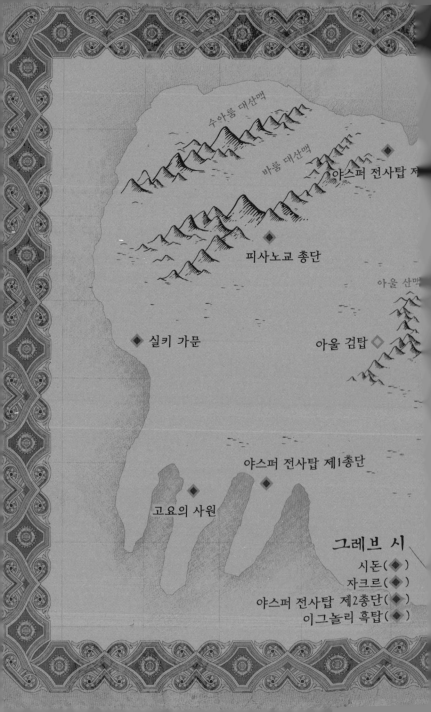

추이라 북산맥

추이라 대초원

추이라 남산맥

피요르드 시
　쿠퍼 가문(◇)
　은화 반 닢 기사단(◇)
　모레툼 교황청(◇)

올라 시

솔노크 시

솔 강

원시림

라폴리움 시
　라폴 도서관(◇)

시
탑(◇)

트루게이스 시

백 진영 ◇
흑 진영 ◆
중립 진영 ◆
도시 ●

뉴브로도 시
　아바니 가문(◆)
　수의 사원(◆)

언노운월드 대륙 전도

ETAN 이탄

ORIGINAL FANTASY STORY & ADVENTURE

쥬논 판타지 장편소설

dream
books
드림북스

이탄 2 듀라한과 리치의 만남

초판 1쇄 인쇄 2020년 10월 21일
초판 1쇄 발행 2020년 11월 4일

지은이 쥬논
발행인 오영배
편집 편집부
일러스트 필연
표지 · 본문 디자인 오정인
제작 조하늬

펴낸 곳 (주)삼양출판사 · 드림북스
주소 서울시 강북구 도봉로 173
대표 전화 02-980-2112 **팩스** 02-983-0660
편집부 전화 02-987-9393 **팩스** 02-980-2115
블로그 blog.naver.com/dreambookss
출판등록 1999년 3월 11일 제9-00046호

© 쥬논, 2020

ISBN 979-11-283-9992-3 (04810) / 979-11-283-9990-9 (세트)

드림북스는 (주)삼양출판사의 팬타지 · 무협 문학 브랜드입니다.

목차

사대신수

『성혈의 바하문트』
―신수: 날개 달린 사자
―상징: 공포
―속성: 흙(土), 피(血)

『불과 어둠의 지배자 샤피로』
―신수: 광기의 매
―상징: 탐욕
―속성: 불(火), 어둠(暗), 나무(木)

『포식자 하라간』
―신수: 투명 마수
―상징: 타락, 나태
―속성: 얼음(氷), 균(菌), 물(水)

『둠 블러드 이탄』
―신수: 냉혹의 뱀
―상징: 파멸
―속성: 금속(金), 빛(光)

발췌문

까마득한 태고에 2명의 신이 다른 세상으로부터 이 땅에 내려왔다. 그중 한 명의 신은 백성들에게 영혼과 에너지를 선물하였다. 다른 한 명의 신은 백성들에게 불과 물을 다루는 법을 가르쳤다.

두 신이 내려오기 전, 세상에는 목숨이 9개인 고양이가 살았다.

고양이는 목숨을 무려 9개나 가질 정도로 집착이 강하고 탐욕스러운 존재였다. 고양이는 이글거리는 태양과 깜깜한 밤을 자유롭게 넘나들었으되, 그 힘을 백성들에게 나눠주지 않았다.

조금 전에도 설명했다시피 고양이는 무척 탐욕스러운 존재였기 때문에 자신 것을 나누기 싫었던 것이다. 그는 그저 마음이 내키면 깜깜한 밤을 동원하여 태양을 집어삼켰고, 다시 변덕을 부려 먹었던 태양을 다시 토해놓곤 했다.

당시의 백성들은 태양이 어둠에 잡아먹히는 현상을 보며 무척 두려워하였다. 고양이는 그런 백성들을 조롱하며 깔깔거리고 웃었다.

그런데 2명의 신이 외지로부터 이 땅에 내려와 어리석은 백성들에게 불과 물을 나눠주고 영혼과 에너지를 선물하였다.

탐욕스러운 고양이가 이를 질투한 것은 어쩌면 당연한 일이었다.

고양이는 강한 존재였으나 2명의 신을 동시에 상대할 정도는 아니었다. 천성이 탐욕스러울 뿐 아니라 교활하기까지 한 고양이는 2명의 신을 그냥 내버려두었다. 꼴 보기 싫지만 꾹 참고 거리를 두었다.

시간이 지나면서 두 신의 사이가 벌어졌다.

두 신은 크게 한 번 싸우고 멀리 떨어져 지내게 되었다.

탐욕스러운 고양이가 그 틈을 놓치지 않았다. 홀로 떨어진 신, 백성들에게 영혼을 나눠주었던 신을 뒤에서 덮쳤다.

신은 고양이를 이기지 못하였다.

또 다른 신이 부랴부랴 도와주러 왔을 때는 이미 늦었다. 백성들에게 영혼을 나눠주었던 신은 결국 처참하게 죽어서 고양이의 먹이가 되어버렸다. 목숨이 9개인 고양이도 어디론가 사라지고 없었다.

세상에는 오롯이 한 명의 신만 남았다.

신은 홀로 오롯하였으나 그만큼 고독해졌다.

—간용음이 수집한 고대의 전설과 신화 중에서 발췌

제1화
듀라한의 비애

Chapter 1

"훌쩍, 훌쩍, 끄윽, 끅끅끅. 할아범. 끅끅끅."

바이칼의 시신 앞에서 헤스티아가 닭똥 같은 눈물을 떨구었다. 바이칼의 신체는 언데드에게 물어뜯기고 할큄을 당해 엉망으로 훼손된 모습이었다. 이탄이 시신을 대충 수습했지만 그래도 참담한 모습을 감출 수는 없었다. 헤스티아는 차마 그 처참한 모습을 볼 수가 없어 고개를 돌리고 하염없이 눈물만 흘렸다.

"영애님."

이탄이 등 뒤에서 헤스티아를 불렀다. 이탄의 얼굴은 화로의 덫 덕분에 다시 신성력을 회복한 상태였다.

"으흐흐흐흑."

헤스티아가 두 손으로 얼굴을 감쌌다.

잠시 시간을 준 뒤, 이탄이 다시 한 번 헤스티아를 재촉했다.

"영애님, 이제는 솔직하게 말씀을 해주셔야 합니다. 영애님께서 계속 입을 다무시면 저도 더 이상 영애님을 도울수 없습니다. 마물들이 우리를 집요하게 노리는 이유. 영애님께서는 그 이유를 아시죠?"

"……."

헤스티아가 침묵했다.

침묵은 곧 긍정을 의미했다. 이탄이 잠시 뜸을 들였다가다시 물었다.

"물건입니까? 아니면 사람입니까? 마물들을 불러들이는것의 정체가 무엇입니까?"

"만약 사람이면요? 만약 그 마물들이 저를 노리는 것이면요? 그럼 신관님께선 저를 이 숲속에 버리실 건가요?"

헤스티아가 눈물 젖은 얼굴로 반문했다.

이탄의 답이 바로 튀어나왔다.

"물건이군요?"

"네?"

"영애님의 말씀을 들어보니 사람이 아니라 물건 같네요.

제 말이 맞죠?"

헤스티아가 흠칫했다.

이탄이 헤스티아에게 선택을 강요했다.

"그 물건이 무엇인지 묻지 않겠습니다. 하지만 한 가지는 확실합니다. 그 물건을 지니고는 결코 살아서 이 숲을 나갈 수 없습니다. 제가 아무리 애를 써도 언데드 군단 전체를 막아낼 수는 없습니다. 언데드들의 파상공세 속에서 영애님을 지켜낼 방도도 없고요. 결국 영애님은 저기 저 바이칼 님과 같은 꼴이 되실 겁니다."

사나운 말에 헤스티아가 몸서리를 쳤다.

"그럼요? 그럼 어떻게 하자는 건가요?"

헤스티아가 경계심 절반, 불안감 절반이 뒤섞인 눈빛으로 이탄을 올려다보았다.

이탄이 손가락으로 땅을 가리켰다.

"그 저주받은 물건을 이곳에 파묻어 버리십시오. 그러면 제가 최선을 다해 영애님을 트루게이스 시까지 호위하겠습니다. 만약 제 제안을 거부하신다면, 영애님 혼자서 목적지까지 가셔야 할 것입니다. 저는 모레툼 님의 신도들을 죽음의 길로 끌고 갈 수는 없습니다. 저들이 무슨 죄가 있습니까?"

이탄이 손가락으로 리리모와 티케를 가리켰다.

리리모와 티케가 서로 꼭 붙어서 몸을 덜덜 떨었다.

"흐흐흑."

결국 헤스티아는 또 한 번 울음을 터뜨렸다.

이탄은 미녀의 눈물을 보고도 표정 하나 흔들리지 않았다. 헤스티아는 이탄의 말을 따를 수밖에 없었다. 헤스티아가 천으로 만든 머리띠를 풀어 돌돌돌 펼치자 그 속에서 핏물처럼 빨간 돌이 나왔다.

'몸에 지니고 있었구나! 그러니 아무리 배낭을 검사해도 잡히는 것이 없지.'

이탄이 속으로 쓴웃음을 삼켰다.

"이 붉은 돌이 마물들을 끌어들인 원흉입니까?"

이탄의 물음에 헤스티아는 말없이 고개만 끄덕였다.

이탄이 질문을 이었다.

"겉으로 보기엔 별 볼 일 없는데요? 흑 계열의 사악한 기운이 넘치는 것도 아니고, 그렇다고 백 계열의 신묘함이 풍기는 것도 아니고요."

"그건…… 이 돌이 강력한 마법으로 봉인되었기 때문이에요."

헤스티아가 풀 죽은 목소리로 말문을 열었다. 한번 말문이 터지자 헤스티아는 이탄이 묻지도 않은 것까지 술술 불었다.

"저도 정확하게 이 돌이 정체를 알지는 못해요. 그저 이

봉인된 돌을 시시퍼 마탑으로 가져다주면 그곳에서 저를 마탑의 도제생 후보로 받아줄 가능성이 있다고 들었어요. 저를 가르쳐준 마법사님으로부터요. 제가 아는 것은 여기까지예요."

"헉. 시시퍼 마탑이라고요?"

이틴이 헛바람을 집어삼켰다.

그럴 수밖에.

시시퍼 마탑은 언노운 월드의 모든 세력과 단체를 통틀어서 다섯 손가락 안에 능히 꼽히는 곳이었다. 백 성향의 세력들 중에서는 최상위 세 곳 중에 하나로 회자되는 곳이기도 했다. 단 999명의 마법사들로만 이루어진 이 소수정예 마탑은, 세상의 모든 마법적 신비와 지식이 농축된 곳이라고 알려져 있었다.

그렇게 막강한 힘을 보유한 대신 시시퍼 마탑의 마법사들에겐 한 가지 가혹한 금제가 주어졌다.

흑과 백 사이에 대전쟁이 벌어질 경우.

혹은 시시퍼 마탑이 무너질 위기.

이상 두 가지 요건이 아니면 시시퍼의 마법사들은 마탑 밖으로 절대 나갈 수 없다는 제약이었다.

이탄의 머릿속에서 퍼즐이 딱딱 맞춰졌다.

"그렇군요. 시시퍼 마탑은 퍼듐 시 인근에 세워져 있죠.

결국 영애님께서 가시고자 하는 목적지는 퍼듐 시가 아니라 시시퍼 마탑이었네요."

"······."

"그리고 아마도 이 붉은 돌은 시시퍼의 마법사들이 제법 중요하게 생각하는 물건이겠죠? 그러니까 이 돌을 마탑으로 가져다주면 영애님을 마탑의 도제생 후보로 뽑아줄 가능성이 있다는 거겠죠."

"흐흐흐흑."

헤스티아가 눈물로 답변을 대신했다.

이탄이 냉정하게 다짐을 받았다.

"영애님께선 마법에 관심이 많으시니 무척 좋은 기회였겠군요. 하지만 아무리 뛰어난 마법도 목숨이 붙어 있어야 비로소 의미가 있죠. 아쉽겠지만 그 돌을 포기하셔야 합니다. 그래야 영애님이 살 수 있습니다."

"흑흑흑. 저도 알아요. 제 욕심 때문에 바이칼 할아범과 루크 부단장이 죽었다고요. 그런데 제가 왜 그 사실을 모르겠어요? 흑흑흑."

헤스티아는 한참을 울다가 붉은 돌을 땅속에 파묻었다.

어느새 새벽이 다가와 별이 하나둘 저물기 시작했다.

"마물들이 또 몰려올 겁니다. 서둘러 이동하시죠."

이탄이 나뭇가지로 끌개를 만들어 그 위에 무드옹을 실

었다. 그다음 배낭을 등에 메고 끝개를 허리에 묶었다. 바이칼의 유품인 대검도 등에 착용했다.

이탄이 앞장서서 길을 열었다. 리리모와 티케, 헤스티아는 배낭을 하나씩 메고 이탄의 뒤를 따랐다.

헤스티아는 길을 걷는 도중에 띄엄띄엄 뒤를 돌아보았다. 땅에 파묻은 돌이 무척이나 아쉬운 모양이었다.

"영애님."

앞서 가던 이탄이 헤스티아의 미련을 끊어주었다.

"알았어요. 알았다고요. 저 미련 없이 포기했어요. 정말이에요."

말은 이렇게 하였지만 헤스티아의 얼굴엔 진한 미련이 남아 있었다. 하지만 언덕을 넘어 거리가 멀어지자 헤스티아도 결국 마음을 완전히 접을 수밖에 없었다.

그렇게 인적이 끊긴 숲 속.

땅속에 파묻힌 붉은 돌이 달그락 달그락 흙을 헤치고 나왔다. 그 다음 이탄이 사라진 방향을 향해 벼락처럼 쏘아졌다.

Chapter 2

그로부터 열흘 뒤.

이탄 일행은 열흘이 지나도록 울창한 원시림을 벗어나지 못하였다. 중간에 비까지 내려 행군은 더 지연되었다. 빽빽한 밀림은 보는 것만으로도 숨이 콱 막혔다. 날은 무덥고, 몸은 무거웠다.

 그나마 언데드들의 습격이 멈춰서 다행이었다. 이탄의 말대로 붉은 돌을 버린 것이 효과를 본 모양이었다.

 최소한 헤스티아는 그렇게 믿었다.

 "하아아, 마법보다는 목숨이 먼저지."

 그래도 헤스티아의 입에서 한숨이 새어 나오는 것은 어쩔 수 없었다. 헤스티아는 짙은 아쉬움을 토하듯이 내뱉었다.

 열흘 전 바이칼을 땅에 묻어준 이후로 헤스티아는 더 이상 울지 않았다. 행군이 고되다고 불평하는 일도 없었다. 이탄이 길을 제시하면 헤스티아는 묵묵히 그 뒤를 따랐다. 이탄이 잠자리를 마련하면 군소리 없이 휴식을 취했다.

 일행을 이끄는 동안 이탄은 말을 전혀 하지 않았다. 원래 이탄이 좀 무뚝뚝하긴 했지만 이 정도는 아니었는데, 여인들은 이탄이 험한 일을 겪으면서 입을 닫게 되었을 것이라고 미루어 짐작했다.

 리리모와 티케가 무뚝뚝한 이탄을 대신하여 헤스티아의

말동무가 되어주었다. 옆에서 살뜰하게 시중도 들었다.

덕분에 세 여인은 제법 친해졌다.

셋은 이따금씩 이탄의 흉도 보았다. 물론 이탄이 나타나면 셋이서 입을 꾹 다물고 킥킥거렸다. 그런 소소한 웃음이 고된 행군을 이겨내는 활력소가 되었다. 여행에서 받은 충격을 덜어내는 완충 역할도 하였다.

안타깝게도 모드융은 대화에 끼지 못했다. 모드융은 많이 아팠다. 데스 울프들에게 물려서 하반신을 잃은 탓이었다. 이탄의 치유 능력이 아니었다면 이미 모드융은 목숨을 잃었을 것이다. 이탄은 고열로 신음하는 모드융을 지속적으로 돌보았다.

치유를 통해 이탄이 신성력을 소모하면 헤스티아가 화로의 덫 스킬을 펼쳐서 이탄의 신성력을 다시 채워주곤 했다.

고통이 꼭 나쁜 것만은 아니었다. 사람은 고통을 통해 성장한다는 격언이 이번에도 적용되었다.

리리모는 초기 단계 수준으로나마 '도살' 특성을 각성하였다. 이탄이 사냥을 해오면 리리모가 식칼을 휘둘러 뼈와 고기를 분리해내었는데, 갈수록 분리 속도가 빨라지다가 결국 리리모가 식칼만 대어도 뼈와 살이 쩍쩍 나뉘었다.

티케도 은연중에 '근미래 예지' 스킬에 익숙해졌다. 망 망대해와도 같은 숲에서 이탄 일행이 길을 잃지 않고 행군 방향을 똑바로 잡은 것은 티케의 특성 스킬 덕분이었다. 비 가 오는 중에 동굴 속 마른 잠자리를 찾아낸 것도 티케의 공이었다.

티케가 길잡이.

리리모가 살림 담당.

이탄은 사냥과 치유 담당.

헤스티아는 신성력 충전.

역할 분담이 확실하게 이루어지자 행군이 한결 편해졌 다. 이탄과 세 여인은 보기보다 손발이 잘 맞았다.

밤이 되어 여인들이 잠자리에 들고 나면, 이탄이 홀로 동 굴 입구를 지켰다. 여인들이 교대로 불침번을 서자고 권하 였다.

이탄은 그 권유를 듣지 않았다. 여인들은 이탄에게 미안 해하면서도 잠을 쿨쿨 잘 잤다.

상처를 치유 중인 모드융은 밤낮없이 혼절해 있는 시간 이 많았다.

사람들이 모두 잠이 든 시간, 이탄은 홀로 깨어 있었다. 지난 열흘간 이탄의 관심은 온통 붉은 돌에 집중되었다.

열흘 전, 헤스티아가 붉은 돌을 땅에 파묻었을 때, 이탄은 돌 표면에 아주 미세한 은실을 한 가닥 붙어 놓았다. 그리곤 그 실을 돌돌 풀면서 길을 떠났다.

헤스티아를 포함한 그 누구도 이탄의 행동을 눈치채지 못했다. 언덕을 넘어 거리가 충분히 멀어지자 이탄이 은실을 확 잡아챘다.

휘익—, 척.

헤스티아가 땅속에 파묻어 놓은 붉은 돌이 쏜살같이 날아와 이탄의 손아귀로 빨려들어 갔다. 이탄은 사람들 몰래 붉은 돌을 입 안에 삼켰다.

'붉은 돌이 언데드를 유혹한다지? 하지만 내 몸속에 숨겨놓으면 그 어떤 유혹의 기운도 차단될 거야. 내게는 마력 순환로와 신성력이 있으니까 말이야.'

이탄의 추측이 맞아 떨어졌다. 이탄의 목구멍에 들어온 붉은 돌은 더 이상 언데드 무리를 끌어들이지 않았다.

대신 목에 밤톨만 한 돌이 걸려 있어 이탄은 말을 할 수가 없었다. 이탄은 낮에 입을 꾹 다물었고, 밤이 되면 남몰래 돌을 토해 유심히 살폈다.

처음에는 돌의 정체를 파악하는 데 시간이 오래 걸릴 것이라 생각했다. 이탄의 정보창에 아무런 정보도 뜨지 않았기 때문이다.

한데 의외의 사태가 벌어졌다. 이탄이 돌을 목구멍에 넣고 다니는 동안 돌 표면이 조금씩 녹기 시작한 것이다. 마치 딱딱한 사탕이 입안에서 녹는 것처럼 사르륵사르륵, 달콤하게 또는 쌉싸름하게.

'헉? 이게 왜 녹지?'

이탄은 깜짝 놀랐다.

'돌 맛 캔디인가? 아니지. 캔디 맛 돌인가?'

이탄이 이런 황당한 생각을 하는 와중에도 붉은 돌은 점점 더 빠르게 녹았다. 달콤하게 느껴지는 액체가 이탄의 목구멍을 타고 뱃속으로 스며들었다가 결국 마력순환로를 따라 순환하기 시작했다.

콰르르르르—

이탄의 몸속에서 기하급수적으로 증식 중이던 어둠의 기운이 붉은 돌에서 흘러나온 기운을 친절하게 받아들였다. 붉은 돌의 기운은 멈칫멈칫하다가 결국 이탄의 도도한 흐름을 거부하지 못하고 그 속에 합류했다.

한번 그렇게 마력순환로에 흡입된 에너지는 어둠의 기운과 하나가 되었다. 그에 비례하여 붉은 돌이 녹는 속도도 더 빨라졌다.

'크읏.'

이탄이 어금니를 꽉 물었다.

마력순환로를 삼중첩으로 그린 것이 얼마 되지 않았는

데, 붉은 돌의 기운을 흡수하면서 순환로가 벌써 꽉 찬 느낌이었다.

투툭, 투두둑.

마치 댐에 구멍이 나고 가둔 물이 터져 나오는 것처럼, 이탄의 몸 주변을 단단하게 둘러싼 신성력을 뚫고 어둠의 기운이 뻗쳐 나왔다.

투확!

결국 한 방이 크게 뚫렸다.

'아, 안 돼.'

견디다 못한 이탄이 동굴 밖으로 뛰쳐나왔다.

Chapter 3

'헉, 헉, 헉.'

3개의 달이 중천에 떠오른 깊은 밤, 이탄은 숲속을 미친 듯이 치달렸다.

나뭇가지가 이탄의 귀밑을 스치며 획획 지나갔다. 이탄의 발밑에서 자갈들이 달그락 달그락 튕겨 나갔다. 풀이 땅바닥에 납작 드러누웠다. 이탄은 한 줄기 질풍이 되어 숲을 가로질렀다.

투확!

이탄의 어깨 부위가 또 터져나갔다. 뚫린 구멍을 통해 시커먼 기운이 와락 뿜어졌다.

투확!

이탄의 등판이 터지면서 지독히도 어두운 힘이 일렁거렸다.

투확!

이탄의 오른쪽 허벅지가 터지면서 음차원의 마나가 폭주했다.

투확! 투확! 투확!

이탄의 신체 곳곳에서 파탄이 드러났다. 이 어마어마한 역도에 비하면 모레툼의 신성력은 아무것도 아니었다.

'안 돼. 안 된다고.'

이탄의 어금니에서 뿌드득 소리가 났다. 두 눈알이 튀어나올 것처럼 부풀었다. 미친 듯이 달리다 보니 눈앞에 격류가 보였다.

'에잇.'

이탄은 발로 땅을 박차 격류 속으로 온몸을 집어던졌다.

풍덩 소리와 함께 새하얀 포말이 일었다. 거센 물줄기가 이탄을 집어삼키는 듯했다.

실제로는 물 한 방울 이탄의 몸에 닿지 않았다. 온몸을 던져 격류에 뛰어들었음에도 불구하고 이탄의 몸 주변엔 수분이 닿을 수 없었다. 이탄의 몸에서 뿜어진 시커먼 기운이 지름 3미터의 구체가 되어 주변을 감싼 탓이었다.

콰르르르르—

검은 구체가 이탄의 마력순환로 외곽을 따라 순환하면서 강한 흐름을 만들었다. 주변의 모든 빛이 그 흐름에 빨려들어 와 소멸했다. 이탄을 감싼 어둠은 지름 3미터에서 4미터로, 다시 4미터에서 5미터 지름으로 점점 더 증폭되었다.

이 시커먼 구체 덕분에 이탄의 몸뚱어리는 격류의 침범을 받지 않았다. 하지만 이탄의 몸이 격류 끝자락 폭포 아래로 내팽개쳐지는 것까지 막지는 못하였다.

풍덩!

어느새 지름 10미터까지 커진 시커먼 구체가 폭포 아래로 뚝 떨어져 사방에 물보라를 튀겼다.

시커먼 구체 속에서 이탄은 필사적으로 마력순환로를 그렸다. 이제 이탄은 거울을 보지 않고도 마력순환로 그리는 것이 가능했다.

이탄이 그린 순환로를 따라 희미한 빛이 명멸했다. 그 빛을 뒤쫓아 어둠의 기운이 야생마처럼 폭주했다.

콰르르르르, 콰드드드드, 콰르르, 콰드드.

세 갈래로 회전하던 마력이 이제 새로운 길을 따라 네 갈래로 늘어났다.

"크으읏."

이탄의 목구멍에서 짐승의 것 같은 신음이 터졌다. 이탄의 몸에는 더 이상 빈 공간을 찾아볼 수 없을 정도로 빼곡하게 마력순환로가 새겨졌다.

드디어 사중첩 완성!

쿠콰콰콰콰!

이탄의 신체 밖으로 표출되었던 어둠의 기운이 새로 뚫린 마력순환로를 따라 빠르게 스며들었다. 어둠의 기운이 무사히 갈무리되자 이탄의 몸도 다시 예전처럼 돌아왔다.

물론 피부 곳곳이 갈라지는 것은 피하지 못했다. 이탄의 화장이 지워지면서 언데드 특유의 창백한 본 모습도 고스란히 드러났다.

하지만 모레툼의 신성력이 다시 살아나 이탄의 피부 위를 얇게 코팅해주었다. 덕분에 아주 흉하게 보이지는 않았다.

물론 지금은 외모를 따질 때가 아니었다. 검은 구체가 사라지자마자 이탄이 물속으로 풍덩 빠졌다. 구체 때문에 막혀 있던 폭포수가 그대로 이탄의 대가리를 때렸다.

"어푸푸."

이탄은 깊은 물 속으로 꼬르륵 잠겼다가 다시 수면 위로 부상했다.

옷은 갈가리 찢어지고 없었다. 발가벗은 이탄이 헤엄을 쳐서 물가로 걸어 나왔다. 이탄의 목을 빙 둘러 흉측한 흉터가 엿보였다.

'서둘러서 옷부터 마련해야겠네.'

이탄이 이런 생각을 할 때였다.

찌—이—잉!

갑자기 편두통이 찾아왔다.

'엉? 듀라한에게도 두통이 있나?'

얼핏 이런 의문이 들었다.

한가한 생각은 오래 가지 못했다.

"큽!"

이탄이 머리를 움켜쥐고 주저앉았다. 두개골 한쪽에 뾰족한 정을 대고 망치로 내리찍는 듯한 고통이 이탄을 엄습했다.

"끄으윽, 끅, 끅, 끅."

이탄은 자갈밭에 엎드려 새우처럼 몸을 웅크렸다.

고통이 얼마나 강했던지 팔다리가 마비되는 느낌이었다. 극심한 고통 때문에 목구멍 속의 붉은 돌이 모두 녹아서 뱃속으로 들어갔다는 사실도 인지하지 못했다. 이탄은 마치 소금불판 위에 올라온 물고기처럼 온몸을 뒤틀었다.

벼락과도 같은 고통이 이어지면서 이탄의 뇌리 속으로 새로운 지식들이 밀려들었다. 알 수 없는 고대어가 저절로 이해되고, 전혀 생각지도 못했던 경험들이 이탄의 뇌신경 다발로 파고들었다.

"끄으윽."

고통을 견디다 못한 이탄이 자신의 머리통을 뽑아 폭포에 집어던졌다. 무의식중에 저지른 일이었다.

머리를 잃은 이탄의 몸뚱어리가 거칠게 자갈밭 위를 뒹굴었다. 폭포수 속에서 이탄의 머리통이 새하얗게 발광했다.

투투투투─화확!

이탄의 두 눈과 쩍 벌어진 입, 2개의 콧구멍과 2개의 귓구멍에서 새하얀 빛이 일직선으로 쏘아졌다.

그 빛에 닿은 모든 물체가 정지했다.

수십 미터 높이에서 떨어지던 폭포가 우뚝 멈췄다. 이탄의 지랄발광에 놀라 푸드덕 날아올랐던 새가 허공에서 날갯짓을 멈추고 우뚝 정지했다. 시원하게 불던 밤바람이 딱 고정되었다. 나뭇잎 사이로 고개를 갸웃 내밀던 거미가 모든 행동을 멈추었다.

일순간에 멈춰진 세상 속에서 이탄만이 움직였다.

"끄어어어어—."

물 위에 둥실 떠오른 이탄의 머리통이 긴 용트림을 내뱉었다. 정처 없이 자갈밭을 헤매던 이탄의 몸뚱어리는 썩은 나무통에 걸려 넘어져 물 속에 처박혔다. 머리와 몸이 분리된 상태에서 이탄은 깜빡 기절했다.

Chapter 4

짹짹짹짹~

작은 새의 지저귐이 기분 좋게 단잠을 깨웠다. 살짝 열린 눈꺼풀 사이로 아침 햇살이 스며들었다. 빛은 이탄의 눈꺼풀 안쪽 깊숙한 곳까지 낱낱이 침투하는 듯했다.

'여기가 어디지?'

문득 이런 생각이 들었다.

'아차!'

이탄이 벌떡 일어났다.

하지만 눈앞에 펼쳐진 풍경엔 전혀 변화가 없었다. 폭포수 앞에 엎어진 이탄의 몸뚱어리만 벌떡 일어났을 뿐, 이탄의 머리통은 그대로였기 때문이다.

'젠장.'

사태를 파악한 이탄이 욕설부터 내뱉었다.

이탄의 시선은 하늘을 향해 고정되었고, 시야 옆쪽 90도 방향으로 물살이 지나가는 모습이 살짝 엿보였다. 뒤통수가 딱딱한 것이, 자갈밭에 머리통이 놓여진 것 같았다.

'젠장, 젠장, 젠장. 대체 어느 위치에 머리가 놓인 것인지 알아야 이 빌어먹을 머리통을 찾아서 다시 목에다 끼우지.'

이탄이 욕을 뱉는 와중에도 아무런 생각이 없는 멍청한(?) 몸뚱어리는 더듬더듬 주변만 만져댔다.

'이러다 영영 내 머리를 못 찾는 거 아냐? 아니지. 머리는 있는데 몸을 못 찾는 셈인가?'

그런 끔찍한 결과를 상상하자 이탄은 겁이 덜컥 났다.

결국 방법은 하나밖에 없었다. 이탄은 목의 위쪽, 그러니까 턱 아래 근육에 힘을 꽉 주고 온 머리통을 힘껏 튕겨올렸다.

움찔.

이탄의 머리통이 낯선 자갈밭 위에서 짧게 진동했다.

물론 목표는 달성하지 못했다. 이탄의 머리통은 단 1 밀리미터도 움직이지 않았다.

'이익, 이이익.'

이탄이 몇 차례나 애를 써도 결과는 마찬가지였다. 이탄의 머리통은 움직임이 불가능했고, 이탄의 어리석은 몸통은 온 사방만 더듬고 다닐 뿐 머리와 만나지 못하였다.

'아아아, 망했구나.'

듀라한.

이 빌어먹을 언데드의 신체에 이런 치명적인 약점이 있을 줄은 몰랐는데, 이탄은 정말 땅을 치며 울고 싶었다. 만약 이탄이 언데드의 몸이 아니었다면 실제로 눈에서 눈물이 왈칵 쏟아졌을지도 모른다.

그때 뾰로롱 새가 한 마리 날아왔다.

'넌 또 뭐냐?'

이탄이 눈을 껌뻑였다.

이탄을 보며 고개를 갸웃거리던 새가 황색 부리로 이탄의 눈알을 콕 쪼았다.

깡!

딱딱한 부리와 말캉한 눈알이 맞부딪쳤건만 마치 창날로 금속을 때리는 소리가 났다. 새의 부리 끝이 쩍 소리와 함께 깨져버렸다.

깜짝 놀란 새가 푸드덕 날갯짓을 했다. 그 바람에 이탄의 머리통이 휙 돌아갔다. 이제 하늘이 아니라 물이 정면에서 보였다.

'옳거니.'

이탄이 두 눈을 희번덕거렸다.

아쉽게도 그의 시야에 몸통이 들어오지 않았다.

'그래도 물이 보이니 다행이다. 폭포수. 이제 폭포수만 찾으면 돼.'

이탄은 귀를 쫑긋 세워서 폭포수가 떨어지는 방향을 탐색했다.

'뒤통수 쪽이구나.'

방향을 감지한 이탄이 머리를 뒤로 돌릴 계획을 세웠다.

새가 한 번 더 날갯짓을 해주면 무언가 수가 날 것도 같은데, 안타깝게도 새는 이미 멀리 날아가 버린 뒤였다.

'쳇. 할 수 없지.'

콧김을 한 번 내뿜어 각오를 다진 다음, 이탄은 있는 힘을 다해 숨을 들이쉬었다.

'숨을 잔뜩 흡입했다가 한꺼번에 내뺕자. 그 반동으로 머리통을 돌리는 거야.'

이게 이탄의 계획이었다.

당연히 초장부터 실패였다. 이탄이 들이마신 공기는 폐로 축적되는 것이 아니라 목구멍을 통해 밖으로 질질 새버렸다.

이탄은 비로소 이 방법의 문제점을 파악했다,

'아차, 폐는 머리통에 달리지 않았지. 그걸 깜빡하다니 내가 아주 똥멍청이가 되었구나. 어이구, 내 팔자야.'

결국 머리통 내에서 문제를 해결하는 수밖에 없었다.

이번엔 또 다른 방법이 떠올랐다.

'이이익.'

이탄은 죽을힘을 다해 혀를 앞으로 내밀었다. 그 다음 혀를 입안에서 뱅글뱅글 돌렸다.

저 웬수같은 간씨 세가에서는 프로펠러라는 것을 사용한다. 이탄은 그 프로펠러를 머릿속에 떠올리고는 시도해 보았다.

에로로로로로로—.

하지만 이탄이 제아무리 혀를 빠르게 돌려도 그 추진력만으로 머리통을 움직이기에는 역부족이었다. 오히려 혀를 마구 돌리다 보니 뒤통수가 찌릿하고 골이 빠개질 것 같았다. 이탄이 거칠게 숨을 몰아쉬었다.

'어허헉, 어헉. 이건 아니야. 다른 방법, 다른 방법을 찾아야 해.'

몇 차례 심호흡을 한 뒤, 이탄은 세 번째 방법을 고안했다.

'침!'

이탄은 젖 먹던 힘까지 쥐어짜서 침샘의 침을 입 안에 모았다.

언데드인 탓에 타액이 잘 나오지 않았다. 그래도 악착같이 발광을 하자 혀끝을 적실 정도의 타액을 모을 수는 있었다.

이탄은 침을 입 앞쪽으로 옮긴 다음, 입술을 동그랗게 말았다.

'침을 많이 모으기 힘드니까 한 번에 해내야 해. 단 한 번에.'

이탄은 바늘 끝에 좁쌀을 올려놓는 듯한 기분으로 정신을 집중한 뒤, 전력을 다해 침을 뱉었다.

'이런 강도의 침 뱉기라면 침으로 철벽도 뚫을 수 있지 않을까?'

얼핏 이런 생각이 이탄의 뇌리를 스치고 지나갔다. 결국 드래곤의 브레스(Breath)도 숨이나 침을 뱉는 행위가 아니던가. 이탄은 '드래곤이 할 수 있는 일이라면 나도 할 수 있다.'라는 심정으로 침을 뱉었다.

퉤에—!

힘차게 침을 뱉은 반동으로 이탄의 머리통이 바위틈에서 튕겨 나와 허공을 한 바퀴 돌았다.

여기까지는 성공이었다.

문제는 침 뱉는 힘이 너무 셌다는 점이었다.

Chapter 5

투투투콰콰쾅!

이탄의 침이 바위 5개를 연달아 뚫었다.

팽그르르르—.

이탄의 머리통은 허공에서 무려 수십 바퀴를 빠르게 회전한 다음 강물에 첨벙 빠져버렸다.

바람 찬 돼지 오줌보처럼 강물 위에서 둥둥 떠내려가는 이탄의 머리통.

'망할!'

욕을 내뱉는 와중에도 이탄은 정신을 바짝 차렸다. 허공에서 빠르게 회전하는 도중에 이탄은 폭포를 발견했다. 그 폭포수 아래 서성거리는 멍청한 몸뚱어리도 이탄의 망막에 살짝 맺혔다가 지나갔다.

'거기가 어디냐?'

이탄은 고속으로 기억을 되감아 몸뚱어리의 위치를 확인했다. 침에 의해 허공에 튀어 오른 머리통의 위치 좌표도 가늠했다. 그 다음 포물선을 그리며 날아간 머리통이 강물에 빠진 지점을 연산했다.

지금은 빠른 조치가 필요한 시점이었다. 이대로 머리가 강물을 타고 계속 흘러가 버리면 끝장. 이탄은 이미 언데드이니 또 죽을 일은 없다손 치더라도, 이렇게 머리만 남아서 무얼 하겠는가.

'이이익.'

이탄은 필사적으로 손을 뻗었다.

풋!

이탄의 손끝에서 튀어나간 가느다란 은실이 무려 150 미터의 거리를 활공하여 빈 허공을 훑고 지나갔다.

'젠장. 엇나갔구나.'

이탄은 재빨리 은실을 회수하였다가 다시 한 번 은실을 쏘았다. 이번에는 조금 전에 노렸던 곳에서 약간 왼쪽으로 방향을 수정했다.

그 사이에도 강물은 계속 흘렀다. 이탄의 머리통은 수면 위와 수면 아래를 오가며 둥둥 떠내려갔다.

풋!

두 번째 시도도 실패.

평생 머리통만 남아 바다로 흘러갈 생각을 하니 눈앞이 캄캄했다.

'우와악, 이런 개 같은 일이 있나.'

이탄은 발악하는 심정으로 은실을 한 번 더 발사했다.

풋!

세 번째 은실이 175 미터를 날아간 순간, 이탄의 귓불에 따끔한 느낌이 왔다.

까앙!

연은의 가호로 만들어낸 은실은 철판도 뚫어버릴 정도의 위력을 지녔으나, 이탄의 귓불은 그런 은실을 거침없이 튕겨내었다.

그래도 감을 잡은 것이 이디인가.

이탄의 몸뚱어리가 어느 한 방향을 향해 쏜살같이 튀어나갔다. 물살을 좌우로 가르고, 물 속 자갈들을 사방으로 튕겨내면서 달려온 이탄의 몸뚱어리가 175 미터 위치에서 두 손을 사방으로 휘저었다.

깡!

그 손톱 끝에 스쳐 이탄의 머리통이 물속에서 한 바퀴 회전했다. 핑그르르 360도를 회전한 이탄의 시야에 몸통이 얼핏 보였다.

이탄이 두 손을 더 크게 휘저었다.

이번엔 이탄의 손바닥에 머리통이 걸렸다.

수심이 제법 깊어 발이 바닥에 닿지는 않았다. 이탄은 두 다리로 헤엄을 치면서 양손으로 자신의 머리통을 꽉 붙잡았다.

'아싸!'

이탄의 머리통이 진심으로 기뻐하였다.

이탄의 몸뚱어리가 물속에서 어깨춤을 추었다.

'머리는 늘 목 위에 달려 있는 줄로만 알았는데, 그것이 이토록 힘든 일이라는 것을 내 비로소 깨달았구나. 세상에 늘 그러한 것이 어디 있으랴. 모두 다 노력이다. 노력. 노력 하지 않으면 머리통이 목 위에 붙어 있기도 힘든 세상이야. 이런 빌어먹을.'

물 위로 어깨를 내밀고 자신의 머리통을 목 위에 찰칵 끼워 맞추면서 이탄은 이런 철학적인 한탄을 하였다.

이탄의 눈꼬리에 물기가 살짝 맺혀 있었는데, 이게 눈에서 나온 액체인지 아니면 강물 한 방울이 묻은 것인지는 알 길이 없었다.

철벅 철벅 철벅.

젖은 발을 질질 끌면서.

덜렁 덜렁 덜렁.

사타구니와 목 주변을 겨우 가린 나뭇잎을 덜렁거리면서, 이탄은 겨우겨우 동굴로 돌아왔다.

중간에 사냥을 해서 모피 옷을 만들어 입겠다는 이탄의 계획은 무산되었다. 이탄의 주변에는 그 어떤 동물도 나타나지 않아서였다. 이탄의 손에는 적당한 크기의 새 두 마리만이 처량하게 들려 있었다.

"앗! 신관님."

헤스티아가 휘둥그레 눈을 떴다.

"이게 대체 무슨 흉한 꼴이래요?"

리리모가 망측스럽다는 듯이 이탄을 타박했다.

"꺄악."

티케는 손으로 자신의 눈부터 가렸다.

"녹색 불. 그것부터 부탁합시다."

이탄이 까마귀 우는 듯한 목소리로 헤스티아에게 도움을 요청했다.

"네, 신관님."

헤스티아가 즉시 화로의 불을 피워주었다.

이탄은 녹색 불꽃 속으로 웅크리고 들어가 신성력을 가득 채웠다. 그 다음 배낭을 뒤져 여분의 옷을 꺼내 입었다. 목 주변을 감싼 나무넝쿨도 뜯어 던지고, 여우털 목도리를 목에 둘렀다.

'여분의 옷과 목도리를 챙겨오기 잘했지. 휴우우.'

이탄은 그제야 겨우 한숨을 돌렸다.

헤스티아가 이탄에게 전후 사정을 캐물었다.

"신관님, 대체 무슨 일이세요? 새벽에 깨었다가 신관님이 보이지 않아서 깜짝 놀랐잖아요. 혹시 마물들이 또 습격을 했나요?"

마물이라는 단어를 입에 담으면서 헤스티아는 겁먹은 표정을 지었다. 리리모와 티케도 부르르 몸서리를 쳤다.

이탄은 고개를 가로저었다.

"마물은 아니었습니다. 단지 맹수들의 습격이 있었죠."

"맹수라고요? 동굴 입구에 짐승들의 발자국은 보이지 않았는데요?"

리리모가 초를 쳤다.

Chapter 6

'평소에는 둔하다가 이럴 때만 똑똑해지지.'

이탄은 속으로 리리모를 욕하다가 서둘러 말을 바꿨다.

"맹수? 내가 맹수라고 했소? 맹수가 아니라 맹금류. 하여간 그것들이 떼거지로 공격을 하기에 내가 그들을 멀리 쫓아내었소. 그러다 그만 발을 헛디뎌서 폭포에 빠졌지."

"그래요?"

리리모가 뭔가 이상하다는 듯이 고개를 갸웃했다. 하지만 꼬치꼬치 캐묻지는 않았다. 헤스티아와 티케도 뭔가 이상하다고는 여겼지만, 이탄이 딱히 거짓말을 한다고 의심하지는 않았다.

지금 이 상황에서 이탄이 굳이 거짓말을 할 이유가 없기 때문이었다. 게다가 마물들이 습격했다면 일행은 이미 죽은 목숨이었을 것이다. 그 전에, 동굴 앞에 마물들의 흔적이 잔뜩 남아 있어야 마땅했다.

"어디 다치신 곳은 없고요?"

헤스티아가 이탄을 걱정해 주었다.

이탄이 처량하게 미소를 지었다.

"상처 하나 입지 않았으니 걱정 마십시오. 그저 맹금류들을 멀리 쫓아내려다가 실수로 폭포에 빠졌고, 그 바람에 옷이 찢어져서 낭패를 겪었을 뿐입니다."

그때 티케가 눈을 동그랗게 떴다.

"앗!"

"왜 그러느냐?"

이탄이 티케를 돌아보았다.

티케가 손가락으로 이탄을 가리켰다.

"신관님, 이제 다시 말씀을 하시네요. 지난 열흘간 꿍하게 입을 다물고 있어서 분위기가 영 싸늘했는데, 이제야 화가 풀리신 건가요?"

"화? 내가 언제 화를 내었다고 그래? 나는 화가 난 것이 아니다. 그저 빨리 이 숲을 벗어나고 싶어서 온 신경을 집중했을 뿐이야."

사실 지난 열흘간 이탄이 침묵했던 이유는 목구멍에 숨긴 붉은 돌 때문이었다. 그런데 이 이야기를 밝힐 수 없어서 적당히 얼버무렸다.

"그런가요?"

여인들은 별 의심 없이 이탄의 말을 믿어주었다.

이런 것이 바로 신관의 혜택이었다. 사람들은 신관의 입에서 나온 말을 크게 의심하지는 않았다. 그것이 비록 사채업자의 신이라 불리는 모레툼 교단의 신관이라 할지라도, 기본적인 예우는 받았다.

적당히 상황을 모면한 이탄이 여인들을 독촉했다.

"이제 출발하죠. 티케가 방향을 잡거라."

"네."

티케가 쪼르르 튀어나와 사방을 두리번거렸다.

티케의 육감은 요 며칠 사이에 장족의 발전을 하여, 이제는 오래 고민하지 않고서도 일행이 가야 할 방향을 제시하였다.

"자, 출발."

이탄이 모드융을 실은 끌개를 허리춤에 매고 앞장서서 길을 열었다. 여인들은 각자의 짐을 짊어졌다.

걷는 중에 또다시 비가 내렸다. 빽빽한 원시림에 물안개가 자욱하게 피어올랐다.

그 날 오후.

비 갠 하늘은 먼지 한 점 없이 청명하였다. 숲 너머로 드러난 백색의 성벽은 뿌옇게 피어오르는 물안개 위로 그 위엄을 드러내었다. 성벽은 굽이굽이 물결치듯 이어진 산등성을 따라 아득한 원거리까지 닿아 있었고, 성벽과 하늘의 경계는 펜으로 그린 듯이 선명했다. 성벽에 묻은 물기가 햇빛을 받아 하얗게 반짝거렸다.

"아아아!"

헤스티아가 입을 딱 벌렸다.

"성이다. 우리가 도시에 도착했어."

"이야아아, 드디어 왔구나."

리리모와 티케도 탄성을 감추지 못했다.

지긋지긋할 정도로 광활한 원시림을 벗어나 드디어 사람이 사는 도시에 도착했다고 생각하자 다들 저절로 눈시울이 붉어지고 가슴이 벅차올랐다. 퉁퉁 부은 발바닥에서 올라오는 고통도 성벽을 마주하는 순간 씻은 듯이 날아갔다.

"네가 꿈에서 본 성이 맞느냐?"

이탄이 티케에게 물었다.

티케가 얼굴을 위아래로 끄덕였다.

"비슷한 것 같아요. 아니. 맞아요. 지난밤 꿈에서 이 성벽을 보았어요."

"그 꿈의 느낌은 어떠했지? 편안한 느낌이었나? 아니면 으스스하고 무서운 기분이 들었어?"

이탄은 꼬치꼬치 캐물었다.

티케가 열심히 기억을 더듬었다.

"으스스하고 무서운 기분은 아니었어요. 그렇다고 아주 편하지도 않았고요. 그냥 평범했다고나 할까요?"

"그럼 되었다. 우리 같은 이방인들이 아주 편한 대접을 받는다면 그것도 이상한 일이지. 일단 저 도시에 들어가도 큰 위험은 없겠구나."

이탄이 결정을 내렸다.

헤스티아의 얼굴이 활짝 폈다. 귀족 출신인 헤스티아에게는 원시림을 횡단하는 일은 아주 고된 노동이었다. 그동안 내색을 하지는 않았지만, 헤스티아는 숲에서 야영하고, 제대로 씻지도 못하고, 누린내 나는 고기만 먹는 일이 극도로 힘들었다. 모처럼 도시에 들어가서 푹 쉴 생각을 하자 헤스티아의 입꼬리가 절로 올라갔다.

다른 한편으로는 이번 여정에서 죽은 이들이 떠올라 헤스티아에게 고통을 주었다.

'내 욕심만 아니었다면 바이칼 할아범과 루크 부단장이 그렇게 되지 않았을 텐데. 으흑흑, 죄송해요.'

헤스티아는 마음속으로 한 번 더 죽은 자들의 명복을 빌었다.

그러는 사이 이탄이 성문으로 이어지는 길을 찾아내었다. 헤스티아 등은 벅찬 마음으로 발걸음을 옮겼다.

울창한 원시림과 맞닿아 있는 이 도시의 이름은 라폴리움.

주민들 대다수가 필드족으로 구성된 인구 오백만의 중대형 도시였다.

제2화
고대문명의 악령 아나테마

Chapter 1

언노운 월드는 복잡도가 높은 세계였다.

이 복잡한 세계를 파악하는 가장 간단한 방법은 씨줄과 날줄이라는, 2개의 얼개를 사용하는 것이었다.

첫째. 흑 진영, 백 진영, 그리고 중립 진영이라는 3개의 세력 구도로 언노운 월드를 구분하는 것이 씨줄.

둘째. 인간종, 아인종, 그리고 마물종이라는 3개의 종족으로 언노운 월드를 구분하는 것이 날줄.

씨줄과 날줄을 가로 세로로 겹쳐서 언노운 월드를 파악해 보면, 인간종 가운데에는 흑도 있고 백도 있고 중립도 있었다. 아인종도 흑과 백, 중립 진영으로 나뉘었다. 다만 마물종은 대부분 흑 진영에 속했다.

인간종은 다시 필드족, 마운틴족, 비치족으로 세분되었다.

마물종은 크게 언데드와 몬스터, 악마족으로 분류가 가능하나, 인간들처럼 구별이 뚜렷하지는 않았고 뭉뚱그려서 모두 다 마물이라고 부르거나 악마종이라고 지칭하기도 하였다.

아인종의 경우는 종족의 수가 워낙 많아 전부 다 파악하기 어려웠다. 또한 일부 아인종은 마물종의 몬스터로 분류되는 경우도 종종 있었다. 예를 들어서, 언노운 월드에서 이탄이 처음 만났던 타우너스 일족은 사람에 따라서 아인종으로 분류하기도 하고, 또 몬스터로 분류하기도 했다.

이상의 기준으로 도시를 나눠 보면, 산악도시 트루게이스는 인간종 가운데 마운틴족이 세운 중립 진영 도시였다. 라폴리움도 중립 진영에 속하나, 주민들 대부분은 필드족이었다. 그러니까 트루게이스 시와 라폴리움 시는 둘 다 중립 진영이되 종족이 달라서 서로 데면데면하였다.

라폴리움 시의 북문을 지키는 수비병들이 이탄 일행을 떨떠름하게 대하는 데는 바로 이러한 심리가 밑바닥에 깔려 있었다.

"필드족과 마운틴족이 섞인 여행객이라? 이거 일반적인 조합은 아닌데?"

"대장님, 어떻게 합니까? 저들을 도시 안으로 들여보내도 괜찮을까요?"

"뭔가 떨떠름한데요."

성문 밖에 이탄 일행을 세워놓은 채 라폴리움의 수비병들이 수비대장의 의견을 물었다. 이들에게는 모레툼 교단의 신관이라는 신분도 통하지 않았다. 이곳 라폴리움 시에는 모레툼의 신도들이 많이 없는 탓이었다.

라폴리움 시는 역사적으로 종교의 영향력이 약했다. 이곳의 백성들은 신에게 의지하기보다는 지식과 지성을 신봉했다.

이 독특한 도시를 떠받치는 기둥은 지성의 상징, 즉 라폴 도서관이었다.

라폴 도서관은 일반적인 도서관과는 궤를 달리했다. 언노운 월드의 희귀한 고서들을 잔뜩 보유한 라폴 도서관은 그 자체가 하나의 강력한 무력집단이었다.

오랜 옛날, 책과 지식, 지성과 논리를 아끼던 초인들이 자발적으로 모여서 건립한 것이 바로 라폴 도서관의 시초였다.

설립 이후 라폴 도서관은 언노운 월드의 수천 년 전쟁역사를 정면으로 돌파하면서 지금까지 그 명맥을 이어왔다. 특히 1,700여 년 전, 라폴 도서관의 당대 관장이 라폴리움에 쳐들어왔던 고위급 흑마법사를 책 모서리로 찍어 죽인 사건은 엄청나게 유명했다. 지금도 라폴리움 시청 앞 광장에는 라폴 도서관장이 책 모서리로 흑마법사의 대가리에 바람구멍을 내주는 동상이 세워져 있을 정도였다.

북문의 수비대장이 이탄을 향해 목청을 돋웠다.

"라폴리움의 방문 목적이 뭐라고 했소?"

"조금 전에 설명을 드렸다시피 저희는 트루게이스로 가는 여행객들입니다. 라폴리움에서 숙박하면서 식량도 사고 휴식도 취하고자 합니다. 게다가 일행 중에 부상자가 있어 약품도 필요합니다."

이탄이 최대한 정중하게 대답했다.

수비대장은 꾀죄죄한 모습의 여행객들을 위아래로 훑어보더니, 다시 물었다.

"라폴리움에 얼마나 묵을 거요?"

"짧으면 이틀. 길어도 닷새를 넘기지 않을 것입니다."

"그 다음은 트루게이스로 출발하고?"

"그렇습니다."

"으으음."

짧게 고민하던 수비대장이 턱으로 도르래를 가리켰다.

"성문을 열어줘라."

"예."

수비병들이 순순히 명을 따랐다. 그들은 도르래를 풀어 도개교를 내려주었다.

이탄 일행이 도개교를 건너 라폴리움에 발을 디뎠다.

성문 입구까지 내려온 수비대장이 이탄에게 나무패를 하나 건네주었다. 오늘 날짜가 적힌 나무패였다. 패의 위쪽에는 '남필 1명, 남마 1명, 여필 1명, 여마 2명'이라는 수수께끼 같은 글귀가 적혀 있었다. 남자 필드족 1명(이탄), 남자 마운틴족 1명(모드융), 여자 필드족 1명(티케), 여자 마운틴족 2명(헤스티아, 리리모)라는 의미였다.

이탄이 패를 받는 동안 수비병들은 이탄 일행의 짐을 검사했다. 특별히 문제가 될 만한 물건은 없었다.

수비대장이 눈을 힐끗 들어 이탄을 보았다.

"라폴리움을 떠날 때는 남문으로 나가시겠지? 그때 남문에서 이 나무패를 보여주시고 2차 통행세를 내시구려."

"2차 통행세라고요? 그럼 1차 통행세도 있습니까?"

"1차 통행세는 한 사람 당 동전 다섯 닢이오. 그건 지금 여기서 내면 되오. 그 다음 남문을 나갈 때 라폴리움에 머문 날짜 곱하기 동전 세 닢이 2차 통행세요. 예를 들어서 한 사람 당 라폴리움에서 닷새를 머물면 열다섯 닢이 2차 통행세로 부과될 게요."

이 정도면 통행세가 아주 싸지는 않았다. 그렇다고 아주 바가지도 아니었다.

"알겠습니다."

이탄은 군소리 없이 통행세를 지불했다.

성문을 지나 도시 안으로 들어오자 헤스티아가 이탄에게 물었다.

"신관님, 다음 계획이 뭐죠? 이대로 계속 걸어서 트루게이스까지 갈 수는 없잖아요."

"우선 여관부터 잡아야죠. 그 다음 내일 아침 일찍 라폴리움 시의 길드들을 방문해보려고 합니다."

"어떤 길드들을요?"

헤스티아가 고개를 갸웃했다.

"상단을 운영하는 머천트 길드, 혹은 여행자를 가이드해주는 길드가 있나 수소문해볼 생각입니다. 아마도 이런 길드들 가운데는 트루게이스 시와 거래를 해본 곳이 있을지 모릅니다. 그런 곳을 통해 도움을 받으면 좋지 않겠습니까?"

"아!"

헤스티아의 표정이 비로소 밝아졌다.

이탄 일행은 우선 도심 지역으로 들어가 숙소부터 잡았다.

라폴리움 시의 여관들은 트루게이스의 여관들보다 훨씬 더 쾌적하고 호화로웠다. 이탄은 그 가운데 한 곳을 골라서 짐을 풀고 몸을 씻었다. 식사도 푸짐하게 시켜 먹었다. 고된 여행에 배를 굶주린 여인들은 모처럼 맛난 음식을 입안에 욱여넣으며 눈물을 글썽거렸다.

동료들이 주린 배를 채울 동안 이탄은 여관의 일꾼 소년에게 이것저것 물었다. 팁을 두둑하게 받은 소년은 신이 나서 떠들어 댔다. 덕분에 이탄은 라폴리움의 길드들에 대해서 대략적인 파악을 마쳤다.

Chapter 2

다음 날 아침.

이탄과 헤스티아가 여관을 나섰다.

리리모와 티케는 여관에 남아서 모드융을 보살폈다.

"어, 춥다."

이탄은 습관적으로 여우털 목도리를 끌어올려 입술까지 덮었다.

"추우세요?"

헤스티아가 물었다.

이탄은 답이 없었다. 사람이 고난을 함께 겪으면 친동기보다도 더 친밀해진다고들 하는데, 이탄과 헤스티아는 아직까지도 사이가 좀 어색했다. 아니, 엄밀하게 말해서 이탄이 헤스티아에게 약간의 거리를 두는 중이었다.

굳이 헤스티아뿐만이 아니었다. 듀라한인 이탄은 주변의 모든 사람들에게 일정한 선을 두고 그 안으로는 접근을 허용하지 않았다. 이건 이탄의 정체성 때문에 불가피한 부분이었다.

"핏."

헤스티아가 무뚝뚝한 이탄을 향해 입술을 삐죽거렸다.

이탄은 말없이 발걸음만 재촉했다.

사실 지금 이탄의 머릿속은 복잡하기 이를 데 없었다. 지난밤 불쑥 튀어나온 못된 영감탱이 악령 때문이었다.

이탄이 흡수한 붉은 돌은 이탄에게 어마어마한 양의 음차원 마나를 안겨주었을 뿐 아니라, 아주 무시무시한 악령까지 함께 보내주었다.

'이런 괘씸한 늙탱이 악령 같으니라고. 감히 누구의 몸을 차지하려고 들어?'

이탄이 속으로 이빨을 뿌드득 갈았다.

어젯밤 이탄은 골로 갈 뻔했다. 한밤중에 기습적으로 튀어나온 악령이 이탄의 영혼을 밀어내고 몸을 차지하려 들어서였다.

아나테마.

이것이 악령의 이름이었다.

고대어로 '저주'를 의미하는 아나테마는 잔뜩 비틀린 악의, 그 자체였다. 까마득한 옛날, 그러니까 문서상으로는 기록 한 줄 남지 않은 고대문명의 어느 한 시점, 아나테마는 그를 추종하는 세상의 모든 흑마법사들과 어둠의 무리들, 그리고 사악한 마물종들을 이끌고 백 진영을 쑥대밭으로 만들었다.

단지 백 진영뿐만이 아니라 세상 전체를 멸망으로 인도했다.

당시 아나테마는 악의 화신체, 혹은 불멸악마종이라는 명칭으로 불리며 뭇사람들을 두려움에 떨게 만들었다.

불멸악마종이라는 명칭은 아나테마가 라이프 베슬(Life Vessel: 생명의 그릇)이 파괴되기 전까지는 절대 소멸하는 않는 불멸의 리치였기 때문에 붙은 이름이었다.

그것도 일반 리치가 아니었다. 고대문명이 탄생시킨 최악 최강의 절대 리치가 바로 아나테마였다. 나름 황금기를 구가하던 고대문명이 멸망한 데는 아나테마의 활약(?)이 지대한 영향을 주었다.

일부 흑마법사들은 종종 데스 나이트와 리치를 비교하곤

했다. 세상의 모든 언데드들 가운데 기사형 언데드의 최고
봉이 데스 나이트라면, 리치는 법사형 언데드의 최고봉인
까닭이었다.

하지만 엄밀하게 말해서 데스 나이트보다는 리치를 한
수 위로 평가하는 것이 학계의 정론이었다. 그리고 고대문
명에서 아나테마는 역대 모든 리치들 가운데에서도 최강
자. 비교 불가의 절대 리치로 손꼽혔다.

'내가 삼킨 붉은 돌이 바로 그 아나테마의 라이프 베슬
이었단 말이지? 쩌업, 이거야 원. 지지리도 운이 나쁘다고
해야 할지, 아니면 희귀한 기연을 만났다고 기뻐해야 할지
모르겠구나. 쯧쯧쯧.'

이탄이 속으로 혀를 찼다.

붉은 돌, 아니 아나테마의 라이프 베슬에 담긴 음차원의
마나는 상상을 초월할 정도로 엄청났다. 세상 모든 언데드
들의 마나를 쥐어짜서 전부 다 긁어모아도 이 정도는 되지
않겠다 싶을 정도로 어마어마했다.

아마도 이탄이 아닌 다른 사람이 붉은 돌을 삼켰다면, 해
일처럼 밀려드는 음차원의 마나를 감당하지 못하고 온몸이
터져버렸을 것이다.

솔직히 이탄도 아나테마의 마력을 온전히 흡수한 것은
아니었다. 지금 이탄의 체내에 흡수된 음차원의 마나는 라

이프 베슬에 응축된 기운의 10퍼센트도 되지 않았다. 나머지 90퍼센트는 여전히 딱딱하게 뭉쳐서 이탄의 뱃속에 남아 있었다.

어젯밤의 끔찍한 위기를 겪기 전까지 이탄은 '붉은 돌의 기운이 내 몸에 잘 순응하는구나.'라고 속 편하게 생각했었다.

착각이었다.

아나테마의 기운이 이탄을 흡족하게 여긴 것은 사실이지만, 그건 순응이 아니라 잠복이었을 뿐이었다. 기회를 엿보기 위한 잠복 말이다.

아나테마의 기운은 처음에 고분고분 굴면서 이탄에 대해서 파악했다. 그 다음 지난밤에 한꺼번에 뛰쳐나와 이탄의 몸과 정신을 빠르게 잠식해 들었다.

아나테마의 기운이 크게 일어나자 아나테마의 기억과 지식들도 한꺼번에 들고 일어나 이탄의 머릿속으로 밀려들었다. 심지어 아나테마의 악령까지 나타나 이탄의 몸을 빼앗으려고 시도했다.

이탄은 엄청난 정신력으로 아나테마에게 맞섰다.

사중첩의 마력순환로를 팽팽 돌려서 야생마처럼 날뛰는 음차원의 마나를 바로 잡고, 어금니가 으스러지도록 버티면서 아나테마의 방대한 지식에 저항하고, 젖 먹던 힘까지 쥐어짜서 아나테마의 악령에 대항했다.

그래도 아나테마를 꺾는 것은 불가능했다. 까마득한 고
대, 아나테마는 데스 나이트를 열여섯 기나 만들어서 자신
의 호위로 삼았던 절대자였다.

[흥! 데스 나이트의 몸뚱어리에 살아 있는 자의 영혼이
깃들었다니, 가당치도 않구나. 당장 소멸하여라. 카— 이
스Θ하 시후Θ다 스Θ하.]

아나테마의 악령이 고대어로 저주를 퍼부었다.

그 저주가 이탄의 영혼을 옭아매어 으스러뜨렸다.

'끄아악.'

이탄의 영혼이 비명을 질렀다. 이탄이 아무리 저항해도
아나테마의 저주를 이겨내지는 못했다. 이대로 이탄의 영
혼은 소멸되고, 아나테마의 악령이 이탄의 몸뚱어리를 차
지해 버리는 듯했다.

그때 기적이 일어났다.

촤라라라락!

이탄의 영혼 깊숙한 밑바닥, 그 아득한 심연 속에서 붉
은 금속처럼 보이는 물질이 갑자기 기지개를 켜듯이 일어
나 이탄의 영혼을 보호했다. 아나테마의 강력한 저주가 붉
은 금속을 넘지 못하고 되반사 되었다.

Chapter 3

[카— 이스Θ하 시후Θ다 스Θ하. 카— 이스Θ하 시후 Θ다 스마하라. 크하스Θ다—아.]

아나테마의 악령이 온갖 종류의 저주를 퍼부었다. 영혼을 속박하는 저주, 영혼을 금제하는 저주, 영혼을 미치게 만드는 저주, 영혼을 소멸시키는 저주에 이르기까지, 아나테마가 알고 있는 모든 종류의 저주가 이탄의 영혼에 깃들었다.

붉은 금속—통상적으로 금속이라 불리는 물리적 실체가 있는 재료가 사람의 영혼에 덧씌워질 수 있는 것인지는 의문이지만—은 이 모든 저주를 아주 무참하게 반사시켰다.

[끄요요요욕! 끄요욕! 끄요욕! 끄욕!]

아나테마의 악령이 미치려고 들었다. 이탄에게 공격을 퍼부으면 퍼부을수록 아나테마의 악령이 오히려 피폐해져 갔다.

반면 이탄의 영혼은 꿈쩍도 안 했다.

아나테마의 악령이 공격 방법을 바꾸었다. 악령은 저주 대신 정신계열의 마법들을 펼쳤다. 고대문명이 발명해낸 거의 모든 종류의 정신계 마법이 이탄의 영혼을 향해 날아왔다.

붉은 금속은 그 마법들조차 모조리 반사시켰다. 이탄의
영혼을 공격했던 정신계 마법이 오히려 아나테마의 악령에
게 피해를 입혔다.

赤陽甲冑(적양갑주)

이탄의 머릿속에 얼핏 이런 문자가 떠올랐다.

이건 고대어가 아니었다. 당연히 현대어도 아니었다. 언
노운 월드와 이탄의 본래 세상에도 이런 문자는 없었다. 두
세계의 과거와 현재, 심지어 미래까지 통틀어도 이런 문자
를 사용하는 문명은 존재하지 않았다. 당연히 이 신비로운
문자가 어디서 기인한 것인지는 알 길이 없었다.

하지만 이탄의 머릿속에는 이 문자에 대한 정보가 일부
떠올랐다.

'침이다. 그 때려죽일 꼽추 늙은이가 내 뇌에 찔러 넣었
던 바로 그 침! 바로 거기에 적혀 있던 문자야.'

저쪽 세상에서 이탄이 죽어서 망령목에 매달리기 전, 간
씨 세가의 꼽추 노인인 운보는 어린 이탄의 뇌에 붉은 침을
찔렀다.

물론 이탄은 자신의 뇌로 파고드는 침을 보지 못하였
다.

그럼에도 불구하고 느낌이 왔다. '적양갑주'라는 문자가 붉은 침에 적혀 있다는 사실도 본능적으로 느꼈다.

그 적양갑주가 아나테마의 파상공세로부터 이탄의 영혼을 지켜주었다.

아니, 이건 단순히 지키는 수준이 아니었다. 적의 공격을 고스란히 튕겨내어 오히려 적에게 피해를 입히는 수법은, 수동적인 방어가 아니라 능동적인 공격에 가까웠다.

'오호라. 공격과 방어가 둘이 아니라 하나구나.'

이탄의 영혼이 히죽 웃었다.

그 모습을 본 아나테마의 악령이 더욱 길길이 날뛰었다.

[끄욕? 감히 이 아나테마 님을 비웃어? 끄요옥.]

아나테마는 자신이 할 수 있는 모든 수단을 다 동원하여 이탄을 공격했다. 그러다 뜻이 이루어지지 않자 마나를 일순간에 일으켜 이탄의 몸 전체를 터뜨려버리려고까지 들었다.

[내가 차지할 수 없다면 차라리 망가뜨려 주마. 끼요요오옥!]

이탄의 영혼이 철벽처럼 굳건히 버티자 아나테마는 공격 대상을 이탄의 몸으로 바꾸었다. 이탄의 뱃속에 똘똘 뭉쳐 있던 붉은 돌이 폭발하듯이 음차원의 마나를 내뿜었다. 그 마나가 성난 파도와 같이 일어나 이탄의 신체를 찢어발기려고 시도했다.

이탄의 마력순환로만으로는 이 거센 파도를 감당하기 힘들었다. 미친 듯이 날뛰는 음차원의 마나는 이탄이 보유하고 있던 음차원의 마나 총량의 10배가 훌쩍 넘었다. 비유하여 표현하자면, 이건 마치 지름 10 센티미터의 종이관 속에 지름 1 미터 크기의 대형 독뱀이 대가리를 들이밀고 파고드는 형국이었다. 당연히 종이관이 찢어지고 독뱀의 몸뚱어리가 밖으로 튀어나오는 것이 마땅했다.

한데 그 순간 변화가 발생하였다. 이탄의 마력순환로 속으로 붉은 금속이 스며든 것이다.

사르륵~

마치 종이 관 내부가 붉은 금속으로 한 겹 코팅되는 것처럼, 이탄의 마력순환로 내벽이 붉은 금속으로 얇게 둘러싸였다.

아나테마의 마나는 감히 붉은 금속을 뚫지 못했다. 지름 1 미터짜리 대형 뱀이 지름 10 센티미터의 관속에 꽉 박혀서 꼼짝도 못 하는 상황이 되었다.

꽈득! 꽈득! 꽈득!

그런 상황에서 붉은 금속이 점점 팽창했다.

꽈악 짓눌린 대형 뱀이 점점 더 조그맣게 오그라들었다. 아나테마의 라이프 베슬 속에 담겨 있던 음차원의 마나는 점점 더 포위망을 좁혀오는 붉은 금속에게 쥐어짜져서 미세하게 부서지고 또 부서졌다.

그렇게 독기가 빠진 음차원의 마나가 마력순환로 안으로 힘없이 빨려들어 와 소화되었다. 마치 철벽위장이 음식물을 꽉꽉 주물러서 으깬 다음 소화하는 것처럼, 아나테마의 난폭한 마나도 붉은 금속에게 한 번 다져지자 말랑말랑한 이유식처럼 변해서 이탄의 것이 되었다.

[끄요요오옥, 끄요옥!]

아나테마의 악령이 발악했다.

이탄의 영혼이 서늘하게 그 모습을 관망했다.

[끄요오오옥!]

아나테마의 악령이 도망치려 들었다.

이탄의 정신세계 전체가 붉은 금속벽으로 둘러싸였다. 아나테마의 악령이 붉은 금속을 뚫지 못하고 팅팅 튕겨다녔다. 붉은 금속벽과 한 번 부딪칠 때마다 아나테마의 악령은 혼백이 산산이 흩어지는 듯한 충격을 맛보았다.

[끄요옥—.]

아나테마의 악령이 이탄의 영혼을 덮쳤다.

붉은 금속이 스르륵 나타나 이탄의 영혼을 보호했다. 거칠게 튕겨 나간 아나테마의 악령이 다시 한 번 도주를 시도했다.

이탄의 정신세계를 단단하게 둘러싼 붉은 금속벽이 점점 더 작게 포위망을 좁혔다. 아나테마의 악령은 붉은 금속이 만들어낸 포위망 속에 갇혀 팅팅팅 튕겨 다녔다.

금속벽에 한 번 부딪칠 때마다 아나테마의 악령은 차마 들어줄 수 없는 지독한 비명을 내질렀다.

마침내 붉은 금속벽이 주먹 크기로 줄어들었다. 이젠 벽이 아니라 붉은 공이라고 불러야 마땅했다.

Chapter 4

공 속 갇힌 아나테마의 악령이 기겁을 하여 외쳤다.

[살려줫!]

'응? 말을 할 줄 아네? 아니지. 상대가 고대어로 말했는데 내가 그걸 해석할 수 있게 된 것인가?'

이탄의 영혼이 이렇게 비아냥거렸다.

아나테마의 악령이 다시 소리쳤다.

[살려줘. 살려줘. 내 혼백을 으깨버리지 마.]

이탄의 영혼이 눈앞에 둥실 떠 있는 붉은 공을 요리조리 살펴보았다.

'흐음. 이 속에 들이있던 말이지?'

[그래. 이 속에 있어. 캄캄해. 나를 꺼내줘.]

'내가 왜?'

[왜라니? 그래야 내가 너의 몸에서 나가지. 너도 나와 같은 악령을 뇌리 속에 품고 사는 것은 껄끄러울 것 아니냐?]

'별로.'

[뭣이?]

'별로 껄끄럽지 않다고. 어차피 그 안에 갇혀서 나오지도 못할 텐데. 내 말이 틀렸소?'

[뭣뭣? 끄요오옥, 이놈이 이 아나테마 님을 뭐로 보고. 끄요오오옥.]

아나테마의 악령이 죽을힘을 다해 날뛰었다.

이제 지름 3 센티미터까지 줄어든 붉은 공 내부에서 팅팅 부딪치는 소리가 울렸다. 그렇게 한 번 충돌할 때마다 악령의 비명도 함께 울렸다.

한동안 씩씩거리며 날뛰던 악령이 이탄에게 다시 말을 걸었다.

[지식을 주마.]

'뭐요?'

[내가 익혀온 지식과 마법을 알려주마.]

'그거 좋구려.'

[대신 내 혼백을 풀어다오.]

'그건 싫은데.'

[뭐엇?]

아나테마의 악령이 다시금 길길이 날뛰었다. 이탄은 악령의 발악에 귀를 기울이지 않았다. 지금 아쉬운 쪽은 악령이지 이탄이 아니었다.

거의 한 시간 동안이나 미쳐서 날뛰던 아나테마가 다시 이탄을 불렀다.

[이노옴, 언제까지 나를 이곳에 가둘 수 있을 것 같으냐? 이건 서로에게 피곤할 일이야. 그러니 그만 나를 풀어줘라. 어차피 내가 라이프 베슬에 모아놓았던 마나도 네가 다 빼앗아가지 않았더냐? 그러니 우리 좋게 헤어지자.]

'싫소.'

[뭐엇? 이런 날강도 같은 놈을 보았나. 끄요오오옥.]

아나테마의 악령이 다시 분기탱천하였다.

이탄은 콧방귀도 뀌지 않았다. 어차피 시간은 그의 편이었다.

새벽이 되어 먼동이 터올 무렵, 아나테마의 악령이 백기 투항했다.

[마음대로 해라. 나를 풀어주건 말건 모르겠으니 네놈 마음대로 하라고, 이 개새끼야이이.]

그때 이탄이 딜(Deal)을 넣었다.

'3 센티미터.'

[뭐?]

'갇혀 있는 공간을 3 센티미터 넓혀주겠소. 그러면 지금 보다 지름 방향으로 두 배, 부피로는 81배 넓어지는 셈이 오. 훨씬 쾌적하지 않겠소? 내가 만족할 만한 마법지식 5 개와 교환합시다.'

[뭐뭣? 이런 미친 새끼. 이 아나테마 님의 지식 한 마디 를 듣기 위해서 흑마법사들이 황금 열 수레를 가져다 바쳤 느니라. 그런데 뭐라고? 공간을 조금 넓혀주는 대가로 마 법지식 5개를 내놓으라고? 어림도 없다, 이 미친놈아. 앗! 으아악! 너 지금 뭐하는 거냣? 이 양아치 새끼, 너.]

촤르륵—.

지름 3 센티미터이던 붉은 공이 1.5 센티미터로 줄었다. 희한하게도 붉은 금속은 이탄이 상상한 것을 그대로 구현 해 주었다.

[끄요오옥! 끄요오오옥! 그만! 그만!]

공 속에 갇힌 아나테마의 악령은 혼백이 쥐어짜지는 듯 한 고통에 고래고래 악을 썼다.

이탄의 영혼이 다섯 손가락을 활짝 폈다.

'공간을 넓히고 싶으면 언제든지 말하쇼. 부피를 81배

넓히는데 마법지식 5개. 물론 내가 만족할 만한 지식 5개에 거래합시다.'

이탄의 직업은 모레툼 교단의 신관이었다. 한번 약점을 잡은 상대를 어떻게 겁박해야 마지막 기름 한 방울까지 탈탈 짜낼 수 있는지를 파악하는 것이야말로 이탄의 전문 분야였다.

[야, 이 개새끼야아아아—.]

비좁은 금속 공 안에 갇혀서 아나테마의 악령이 울분을 터뜨렸다.

이상이 지난밤에 벌어진 일들이었다.

길드를 찾아가는 중에 아나테마의 악령이 이탄에게 말을 걸었다.

[이봐라.]

잔뜩 갈라지고 지친 음성이었다.

그도 그럴 것이, 지름 1.5 센티미터로 줄어든 붉은 공 안에서 아나테마의 악령은 정말이지 혼백이 바스러지는 고통을 느꼈다. 붉은 금속에 혼백이 살짝 스칠 때마다 영혼이 갈가리 찢어지는 듯한 고통이 수반되었다.

이탄이 아나테마의 부름을 무시했다.

[이봐라.]

아나테마의 악령이 다시 한 번 이탄을 불렀다.

이탄이 시큰둥하게 물었다.

'왜 그러쇼?'

[이 양아치 새끼야, 좋다. 5개의 흑마법 지식을 네놈에게 넘기마. 이 빌어먹을 금속 좀 넓혀봐라. 지름 6 센티미터로 말이다.]

'3 센티미터.'

이탄이 말을 잘랐다.

아나테마의 악령이 발끈했다.

[뭐시라? 이런 생양아치 새끼를 보았나. 원래 지름보다 두 배 넓혀주겠다며? 그러면 지금의 단위체계로 6 센티미터여야 되잖아?]

'그건 이미 지나버린 과거의 이야기고. 현재는 지름이 1.5 센티미터가 아니오? 그러니 현 상황에서부터 협상을 시작해야지.'

[뭣? 이런 개또라이 같은 놈. 때려치워라. 협상은 필요 없다.]

'그럽시다.'

이탄은 순순히 수긍했다.

[컥!]

이탄의 눈에는 아나테마의 악령이 뒷목을 잡는 모습이 선했다.

이탄과 헤스티아가 큰길로 나가 마차를 잡아탔다. 트루게이스 시에서는 라마가 주요 교통 수단인 반면, 이곳 라폴리움 시에서는 말과 마차를 주로 사용했다. 삯은 라폴리움이 좀 더 비쌌다.

"헹거스 길드로 갑시다."

"예, 손님."

이탄의 주문에 마부가 채찍을 휘둘렀다.

Chapter 5

말 두 마리가 따그닥 따그닥 말발굽을 놀렸다. 마차는 복잡한 시가지를 가로지르더니 도시 남쪽으로 기수를 틀었다.

도심 한복판을 지날 때 마부가 말을 걸었다.

"외지에서 오셨습니까?"

"그렇소. 우리는 트루게이스에서 왔소."

이탄이 솔직하게 밝혔다.

마부는 도심 한복판을 손가락으로 가리켰다.

"손님, 저기 저 황금빛 지붕이 보이십니까?"

마부가 가리킨 것은 둥그렇게 솟은 반구형의 황금 지붕

이었다. 이탄과 헤스티아가 지붕을 돌아보았다. 한눈에 보기에도 범상치 않았다.

"저게 무슨 건물이오?"

"저것이 바로 우리 라폴리움의 자랑인 라폴 도서관입니다. 허허허."

이탄의 질문에 마부가 자랑스럽게 대꾸했다.

"아."

"저게 바로!"

이탄과 헤스티아는 새삼스레 라폴 도서관을 다시 보았다.

특히 이탄의 호기심이 더 컸다.

'저곳의 지식이라면 음차원의 마나가 마력순환로 밖으로 범람하는 사태를 막아줄지도 몰라. 시간이 되면 꼭 한번 들러보고 싶군.'

이탄은 무심결에 이런 생각을 품었다. 아나테마의 악령을 잠시 잊고 속으로 뇌까린 것인데, 즉각 반응이 왔다.

[오호? 마력순환로? 음차원의 마나가 범람해? 아마도 그것은 마나의 폭주를 우려하는 소리렷다? 끄홋홋홋홋홋. 이제 보니 네놈에게 치명적인 문제가 있었구나. 끄홋홋홋홋.]

괴상망측한 웃음을 터뜨린 아나테마는 거기서 입을 꾹 다물었다. 이탄에게 시급히 해결할 문제가 있다는 사실을 파악한 것만으로도 악령은 기분이 좋았다. 하여 자신이 입을 꼭 다물고 있으면 이탄이 애가 탈 것이라 예상했다.

이탄은 속으로 '아뿔싸!'라고 외치고 싶은 심정이었으나, 아나테마의 악령에게 심리 상태를 들킬까 봐 제대로 한탄도 하지 못하였다.

이탄이 아무 소리 않자 아나테마가 낄낄거렸다.

[끄흣흣흣흣. 끄흣흣흣흣. 마력순환로라는 것이 무엇인지 정확하게 모르겠으나 답은 뻔하지. 아마도 음차원의 마나를 일정한 순서에 따라 몸에 돌리는 것을 뜻할 테지? 끄흣흣흣. 그런데 그 순환로가 성능이 좀 부족한가 보다? 범람을 한다는 것을 보니 말이다. 끄흣흣흣흣. 아니지. 범람이 아니라 폭주겠지? 끄흣흣흣.]

'범람? 폭주? 푸후훗. 이보쇼, 영감탱이.'

[뭣? 영감탱이? 이런 생양아치 놈이 어디서 감히.]

아나테마의 악령이 또 발끈했다.

이탄이 곧장 맞받아쳤다.

'영감탱이가 웃기지도 않은 소리를 하니까 말하는 거잖소. 지난밤 영감탱이의 마나가 내 마력순환로 안에서 어떤 꼴이 되었는지 겪어보지 않았소. 범람? 폭주? 나의 붉은 벽을 넘어서 범람할 수 있는 마나가 있다고 보시오? 정말 웃기는 소리지.'

[……]

이탄의 말이 옳았다. 아나테마의 라이프 베슬에 담긴 음차원의 마나는 인간의 능력으로는 그 총량을 측량하기 힘들 정도로 방대하였다.

그런데 붉은 금속벽은 그 방대하고 난폭한 마나를 압박하여 우두둑 우두둑 으스러뜨렸다. 그 무지막지한 파괴력에 아나테마가 기함했다. 아나테마가 이탄에게 말을 걸기 시작한 것도 그 무지막지함을 겪고 나서부터였다.

[아, 젠장.]

붉은 금속벽을 떠올린 아나테마는 정신이 아득해졌다.

마나의 범람?

마나의 폭주?

이딴 것은 불가능했다. 심지어 아나테마의 악령도 금속벽을 뚫지 못하고 갇히는 판국인데, 마나가 그 벽을 넘어서거나 무너뜨린다는 것은 절대 있을 수 없는 일이었다. 풀이 죽은 아나테마가 입을 꾹 다물었다.

반면 이탄은 기분이 무척 좋았다.

이탄은 지금 마음속으로 '그렇지! 붉은 금속벽, 즉 적양 갑주의 권능이 내게 있는 한 마력순환로가 무너질 일은 없지. 내가 왜 그 생각을 못 했을까?' 라고 외치고 싶은 심정이었으나, 이런 속마음을 아나테마의 악령이 읽을까 봐 두려워 아무런 생각도 하지 않으려 애썼다.

그런데 사람이—비록 이탄이 사람은 아니지만— 의도적으로 무념무상의 상태를 유지하려고 하니 그것도 쉬운 일은 아니었다. 이탄이 머릿속을 백지상태로 비우려고 하면 할수록 자꾸만 무언가가 생각났다.

'에이 씨. 이 짓도 귀찮은데 이 망할 영감탱이의 혼백을 그냥 확 소멸시켜 버릴까? 내 상념 속 붉은 공을 아주 작게 축소시키면 영감탱이의 혼백이 바위에 짓눌린 벌레처럼 바스러질 것 같은데 말이야.'

이탄이 문득 악의를 품었다.

아나테마의 악령이 펄쩍 뛰었다.

[커헉. 이놈아, 이게 무슨 망측한 소리더냐? 네놈이 양심이 있으면 그런 생각을 품으면 안 되지. 내 라이프 베슬을 홀랑 먹어치운 놈이 누구더냐? 다시 말해서 너는 나를 덥석 잡아먹은 놈이라고. 그런데 네놈이 내 혼백마저 바스러뜨리겠다고? 벌레처럼 짓이겨 소멸시키겠다고? 너 그러다가 천벌을 받는다. 이런 고연 놈. 천하에 몹쓸 놈.]

하지만 펄쩍 펄쩍 날뛰기만 할 뿐, 아나테마의 악령은 감히 이탄에게 욕을 퍼붓거나 자극적인 언사를 내뱉지 못했다. 이탄이 진짜로 붉은 공을 축소시켜 그의 혼백을 바스러뜨릴까 두려웠기 때문이다.

이탄도 그 점을 짐작했다.

'그럼 함부로 내 생각을 읽지 마쇼. 확 수가 틀리면 영감의 혼백을 바스러뜨리는 수가 있으니까.'

[커허헉. 이런 나쁜 놈을 보았나? 내가 감히 누구인 줄 알고 협박하는 게냐? 나 아나테마야. 아나테마. 전 대륙에 피의 비를 뿌리고 다니던 최강 최악의 절대 리치 아나테마라곳!]

'그게 뭐?'

[커커커헉.]

'그게 뭐가 대단하다고? 당신이 최강 최악의 절대 리치라면 나도 최악의 듀라한이오. 이 빌어먹을 머리통을 떼었다 붙였다는 하는 듀라한! 아아아, 제기랄.'

이탄이 울컥했다.

Chapter 6

이탄의 가슴속에서 뜨거운 것이 와락 치밀어 올랐다. 이탄의 머리에는 얼마 전 폭포수에 휩쓸려 내려가 머리통을 잃어버리고 개고생을 했던 기억이 새록새록 떠올랐다.

아나테마의 악령이 이탄의 기억을 읽었다.

이탄은 기사형 언데드의 최고봉이라 불리는 데스 나이트 듀라한이었다.

아나테마는 법사형 언데드의 정점으로 손꼽히는 리치였다.

서로가 서로의 정체성을 인지한 순간, 둘 사이에 묘한 동질감이 형성되었다.

[그렇지. 언데드 나름의 고충이 크지. 특히 데스 나이트 듀라한은 여러모로 어려움이 많을 게야.]

냉혈의 불멸악마종 아나테마가 난생 처음 타인을 불쌍히 여기는 마음을 품었다. 절대 리치의 삶(?)을 살아오면서 그 어떤 종족과도 마음의 교류를 해 본 적이 없는 아나테마에게 이런 생경한 기분은 처음이었다.

마음이 싱숭생숭해진 것은 이탄도 마찬가지였다.

'내가 힘든 만큼 리치 영감도 뭔가 힘든 게 있었을지도 몰라. 우리들 언데드의 처지가 다 그렇지 뭐. 휴우우. 세상살이가 참 만만치 않아. 유우우우.'

이탄도 아나테마를 불쌍히 여겼다.

하지만 이러한 동질감은 오래 가지 않았다.

[끄요옵? 이게 뭔 사치스러운 생각이냐? 이게 뭔 감정의 낭비냔 말이다. 내가 왜 이 생양아치 놈을 걱정해? 너 따위 씨가지 없는 데스 나이트는 어려움을 겪어 마땅하느니라.]

'커헉, 내가 왜 동질감을 느끼지? 엄연히 나는 나고 리치 영감탱이는 영감탱이지, 내가 왜 이 영감탱이를 동정하느냐고? 에퉤퉤퉤. 내가 잠시 돌았나 봐.'

생경한 동질감에 화들짝 놀란 이탄과 아나테마는 냉큼 각자의 포지션으로 돌아가 서로에게 저주를 퍼부었다.

달그락 달그락 달그락.

그러는 와중에도 마차는 잘도 굴러갔다. 이탄과 아나테마는 목적지에 도착할 때까지 서로 한 마디도 나누지 않았다. 쓸데없는 생각이 떠오를까 봐 우려한 이탄은 헤스티아에게 이것저것을 물었다.

돌덩이처럼 무뚝뚝하던 이탄이 갑자기 말을 걸자 헤스티아가 당황했다. 그러면서도 헤스티아의 입가에 배시시 미소가 번졌다. 두 남녀는 별 잡스러운 수다를 떨면서 시간을 보냈다. 홀로 외톨이가 된 아나테마의 악령이 이탄의 뇌리 속에서 [쳇, 쳇.] 거리며 콧방귀를 껴댔다.

이탄이 미리 조사해본 바에 따르면, 라폴리움 시에서 이탄 일행이 도움을 받을 만한 길드는 2개였다.

첫째, 머천트 길드.

둘째, 헹거스 길드.

라폴리움 시의 대표적인 상업 길드인 머천트 길드는 트

루게이스의 머천트 길드와 제법 상호왕래가 많았다. 두 도시를 오가는 상단도 보름에 한 번씩은 있는 것 같았고, 자주 연락도 주고받았다.

"트루게이스로 출발하는 상단에 동행하면 좋겠구나."

이탄은 이런 희망을 품었다.

하지만 대개의 상단이 그러하듯이, 머천트 길드의 상단도 트루게이스로 바로 가는 것이 아니라 중간에 이 도시 저 도시를 방문하여 물건을 사고팔게 마련이었다. 그렇게 세월을 보내다 보면 트루게이스에 언제 도착할지 알 수가 없었다.

하여 이탄은 헹거스 길드에 대해서도 알아보았다.

헹거스 길드는 물건 배송이나 여행자 호위를 전문으로 하는 길드였다.

"트루게이스의 라마 길드와 비슷한 곳이네."

여관집 소년에게 헹거스 길드에 대해서 듣자마자 이탄은 이렇게 중얼거렸다.

이 헹거스 길드에 의뢰하면 머천트 길드를 통하는 것보다 훨씬 더 빨리 트루게이스에 도착할 것 같았다. 이탄과 헤스티아가 헹거스 길드에 먼저 들른 것은 바로 이 때문이었다.

라폴리움 남부 시가지에 위치한 헹거스 길드는 쌍둥이

처럼 똑같이 생긴 9층 건물 2개를 사용하는 대형 길드였다.

"워워워. 손님, 다 왔습니다."

마부가 길드 건물 앞에 마차를 세웠다.

이탄은 마차 삯을 지불하고 헹거스 길드로 들어갔다.

"어서 옵쇼."

건물을 들어가자마자 마주한 안내데스크에서 수염이 북슬북슬한 거구의 사내가 이탄을 반겨 맞았다.

이탄이 안내데스크로 다가갔다.

둔해 보이는 첫인상과 달리 거구의 사내는 눈치가 빨랐다. 이탄과 헤스티아를 한 번 훑어본 것만으로도 사내는 견적을 뽑았다.

"여행자 호송이 필요하십니까? 저희 헹거스 길드에서는 특급, 1급, 2급, 3급, 그리고 4급 서비스를 준비하고 있습니다."

"서비스들의 차이점이 뭡니까?"

이탄의 질문에 거구의 사내가 안내장을 펼쳐들었다.

"여기 이 표를 보시지요. 말 두 마리가 끄는 일반 마차를 타고 목적지까지 모셔다드리는 서비스가 4급, 말 네 마리가 끄는 빠른 마차를 타고 목적지까지 모셔다드리는 서비스가 3급입니다. 만약 도시 밖으로 나가신다면 여기에 호위무사가 붙어야 하는데, 이 서비스는 2급으로 취급합니다. 만약 호위무사의 수준이 높은 것을 원하신다면 1급으로 업그레이드 하셔야 하고요."

"특급은 뭡니까? 그건 표에 없던데."

거구의 사내가 눈을 반짝 빛냈다.

"특급은 아주 비쌉니다요."

거구의 사내가 말을 돌리자 이탄이 슬쩍 언성을 높였다.

"그러니까 비싼 것은 알겠는데, 어떤 서비스냐고요."

거구의 사내는 입질을 기다리는 낚시꾼처럼 잠시 뜸을 들였다가 검지로 자신의 콧방울을 슥슥 문질렀다.

"점퍼를 이용한 호송이 바로 특급 서비스입니다. 지체 높으신 귀족님들께서 가끔씩 이 서비스를 이용하시곤 합니다."

"엉?"

점퍼라는 말에 이탄이 눈을 크게 떴다.

옆에서 헤스티아가 치고 나왔다.

"그걸로 해주세요. 특급 서비스."

헤스티아는 한시라도 빨리 트루게이스로 돌아가고 싶은 심정이었다. 그래서 가격도 듣지 않고 덜컥 미끼를 물었다.

이탄은 슬쩍 눈을 찌푸렸으나, 헤스티아의 말에 따죽을

걸지는 않았다. 어차피 비용을 지불할 사람은 이탄이 아니라 헤스티아였기 때문이다.

거구의 사내가 잇몸을 드러내고 웃었다.

"어허허허. 역시 귀하신 분들은 다르십니다. 하긴, 시간이 곧 금덩이나 다름없으신 분들에게는 점퍼를 붙여드려야 마땅하지요. 이곳 라폴리움의 길드 가운데 점퍼를 고용한 길드는 우리 헹거스 길드와 머천트 길드 정도밖에 없답니다. 우허허허허."

Chapter 7

"가격은 얼마요?"

이탄이 흥정을 시작했다.

점퍼를 고용하는 가격은 천차만별. 마음대로 늘어나는 고무줄이나 다름없었다. 거구 사내는 이탄과 헤스티아를 다시 한 번 곁눈질하고는 손가락으로 천장을 가리켰다.

"손님, 특급 서비스에 대한 일정 및 가격 조율은 9층 상담실에서 하시지요."

사내가 짝짝 박수를 치자 단정한 옷차림의 소년이 달려왔다.

"부르셨습니까?"

"응. 이분 귀빈들을 9층 상담실로 모셔다드려라."

거구의 사내가 소년의 머리를 쓰다듬으며 말했다.

"엡."

소년이 발랄하게 대답했다.

9층 상담실에서 이탄을 맞은 말쑥한 차림의 여인은 이탄 앞에 종이를 한 장 내밀었다.

♥♥ 특급 서비스 비용 부과 방침 ♥♥

♥ 여행객 한 사람 당 은화 다섯 닢.

♥ 매 회 점프 당 선불로 지급.

이것이 종이에 담긴 내용이었다.

이탄 일행이 총 5명.

라폴리움에서 트루게이스까지 가는데 총 5회의 점프 필요.

이 숫자들을 전부 곱하면 은화 125닢을 내라는 소리였다. 점퍼의 고용이 비싼 것은 사실이지만, 이건 바가지가 분명했다.

이탄이 잘라 말했다.

"너무 비싸. 이건 말이 안 되오. 트루게이스의 머천트 길드에도 섬써가 있는데, 이 정도의 가격을 부르지는 않소."

말없이 종이만 내밀었던 여인이 생긋 웃었다.

"비싸게 느끼신다면 할 수 없죠. 1층 안내데스크로 가시면 1급 서비스를 받으실 수 있답니다. 그리로 모실게요."

여인이 줄을 잡아당기자 안내 담당 소년이 쪼르르 달려왔다.

"부르셨습니까?"

"응. 이분들을 다시 1층 안내데스크로 안내해드리렴."

이탄이 오른쪽 눈썹을 슬그머니 찌푸렸다.

헤스티아가 팔꿈치로 이탄의 옆구리를 툭 쳤다.

"어쩌려고 그래요? 마차를 타고 언제 트루게이스까지 가려고요? 그러다 중간에 마물들의 습격이라도 받으면 또 어쩌려고요?"

헤스티아가 걱정스레 물었다.

이탄이 상담하는 여자의 눈치를 살피며 속삭였다.

"그래도 너무 비싸지 않습니까?"

"비싸도 어쩔 수 없잖아요. 그냥 점퍼를 고용해요. 비용은 제가 부담할게요."

상담을 하는 여인이 둘의 속삭임을 엿들었다. 여인은 거보란 듯이 이탄을 향해 미소를 뿌렸다.

짠돌이 신을 모시는 이탄은 이 상황이 마뜩지 않았으나 별 수 없었다.

"우리는 특급 서비스를 원하오."

이탄이 말을 바꾸자 여인이 냉큼 계약서를 내밀었다.

"손님, 감사합니다. 우선 여기 계약서에 서명하시고, 첫 번째 점프의 비용을 선불로 내시면 됩니다. 두 번째 점프부터는 그때 그때 비용을 지불하시고요."

이탄이 계약서를 쭉 훑어본 다음 서명했다.

헤스티아는 주머니를 꺼내 5명에 대한 점프 비용을 지불했다.

상담을 하는 여인이 계약 내용을 다시 한 번 확인시켜 주었다.

"이탄 님을 포함하여 총 5명이 점프하는 계약입니다. 최종목적지는 트루게이스 시이고, 저희 헹거스 길드에서는 첫 회 점프 비용을 선불로 받았습니다. 이후 점프부터는 그때 그때 지불하시면 됩니다. 저희는 총 5회의 점프를 통해 귀빈 여러분을 트루게이스 시까지 안전하게 모셔다드릴 예정입니다. 하지만 중간에 도적을 만난다든가, 다른 피치 못할 사유가 발생하여 점프 횟수가 늘어난다면, 그 비용 또한 저희 길드에 지불해 주셔야 합니다. 계약 내용에 동의하시지요?"

"동의하오."

"중간 기착지에서의 숙박비는 비용에 이미 포함되어 있

습니다. 이 또한 동의하시지요?"

"동의하오."

이탄이 연신 머리를 주억거렸다.

그러자 여인이 점프 날짜를 정했다.

"모레 아침 9시에 이 건물 옥상에서 출발할 예정입니다. 귀빈 여러분께서는 모레 아침 8시 30분까지 이곳 상담실로 오시면 됩니다. 지금 당장 출발하지 않고 이틀의 시간을 두는 이유는, 점프라는 것이 보통 일이 아니기 때문입니다. 귀빈께서는 부디 저희 길드가 안전한 점프를 할 수 있도록 이틀의 시간을 허락해주시기 바랍니다. 이상, 저는 마리 헹거스였습니다. 모레 아침에 제가 직접 여러분을 모실 것입니다."

"네에? 그, 그쪽이 점퍼라고요?"

헤스티아가 화들짝 놀랐다.

스스로를 마리 헹거스라고 밝힌 여인이 활짝 웃었다.

"네. 제가 점퍼입니다."

이렇게 말한 다음, 마리가 이탄을 돌아보았다.

"그런데 이탄 님께서는 별로 놀라지 않으시네요? 마치 제가 점퍼라는 사실을 미리 짐작하고 계셨던 것처럼 말이에요."

이탄을 향한 마리의 눈매가 가늘게 좁혀들었다.

"어떤가요? 정말로 제가 점퍼라는 사실을 미리 알고 계셨나요?"

마치 이탄을 추궁하거나 탐색하는 듯한 눈빛이었다.

이탄이 적당히 둘러대었다.

"아니오. 사실은 나도 놀랐소. 다만 내 표정이 좀 굳어 있어서 감정 변화가 잘 드러나지 않을 뿐이오."

새빨간 거짓말이었다. 이탄은 처음 마리를 만났을 때부터 그녀가 점퍼라는 사실을 알아차렸다. 이탄의 왼쪽 눈에 떠오른 정보창 덕분이었다.

"그러시군요."

마리도 더는 캐묻지 않았다.

헹거스 길드를 나온 뒤, 헤스티아가 이탄에게 말을 걸었다.

"모레 아침 출발이니 시간이 많이 남네요."

이탄이 턱으로 큰길가를 가리켰다.

"영애님, 우선 숙소로 돌아가서 사람들에게 이 사실부터 알리죠. 그 다음 남는 시간을 어떻게 보낼지 상의해 보시고요."

"핏."

헤스티아가 작게 김빠지는 소리를 냈다. 아마도 헤스티아는 남는 시간을 활용하여 라폴리움 시내를 구경하고 싶었던 모양이었다. 이탄과 단둘이서 말이다.

"마차, 마차."

여자의 마음을 모르는 이탄이 머리 위로 손을 흔들어 지나가는 마차를 붙잡았다.

'에라, 이.'

등 뒤에서 헤스티아가 이탄에게 주먹감자를 날렸다.

제3화
라폴 도서관

Chapter 1

"정말요?"

점퍼를 구했다는 말에 리리모와 티케가 크게 기뻐하였다. 두 손을 맞잡고 폴짝폴짝 뛰는 두 여인을 보며 헤스티아도 함빡 웃었다.

"출발은 모레 아침이니까 그때까지 푹 쉬도록 해라."

이탄의 말에 헤스티아가 반대했다.

"이틀 동안 여관방에만 틀어박혀 있으라고요? 신관님, 그건 너무해요. 이런 화려한 도시에 왔으면 그래도 구경을 좀 해줘야죠."

"맞아요. 구경해요. 구경."

티케가 첫눈을 본 강아지처럼 흥분했다.

머리를 몇 번 긁적거린 뒤, 이탄이 승낙했다.

"좋습니다. 오늘 하루 시내 구경을 좀 다니죠. 단, 각자 흩어져서 돌아다니는 것은 안 됩니다. 특히 영애님과 리리모는 마운틴족이라 더더욱 조심하셔야 합니다."

"저희도 알아요. 누가 그걸 모르겠어요?"

"신관님께서는 너무 걱정이 많으셔서 탈이에요."

헤스티아와 리리모가 한마음이 되어 불평했다.

티케가 이탄에게 조심스레 물었다.

"모드융 할아버지는요? 우리가 시내 구경을 다닐 동안 그분을 여관에 혼자 두어도 괜찮으실까요?"

마음씨가 고운 티케는 속으로 '정 상황이 어렵다면 나라도 남아서 모드융 할아버지를 돌봐드려야겠구나.'라고 생각했다.

이탄이 해결책을 내놓았다.

"여관 소년에게 팁을 좀 주고 모드융을 돌봐달라고 부탁하면 된다. 그러니 걱정할 필요 없어. 모드융 영감님도 상태가 많이 호전되었으니 그 정도는 괜찮겠지. 아무런 걱정 말고 너도 같이 가자꾸나."

"진짜요? 진짜 괜찮겠지요?"

디게기 모처럼 잇몸을 드러내고 웃었다.

헤스티아가 티케의 어깨를 다독였다.

"그래, 괜찮을 거야. 우리 시내에서 점심도 사먹자. 여관에서 제공하는 식사보다 더 맛난 걸로. 호호호호."

"더 맛난 걸로요?"

티케와 리리모가 두 눈을 반짝반짝 빛냈다.

"신관님, 어때요? 괜찮겠죠?"

헤스티아가 이탄의 의견을 물었다.

티케와 리리모는 불타오르는 듯한 눈빛을 이탄에게 던졌다. 도저히 반대할 수 없는 분위기가 형성되었다.

"뭐, 괜찮겠지요. 영애님 뜻대로 하시지요."

마침내 이탄이 두 손을 들었다.

"와아아—"

"만세, 만세."

그 즉시 여인들이 환호성을 질렀다. 그녀들은 귀중품만 따로 챙긴 다음, 시내 구경을 나갈 채비를 했다.

그 사이 이탄은 여관 소년에게 팁을 주고 모드용을 부탁해 놓았다.

큰길로 나온 이탄이 헤스티아에게 목적지를 물었다.

"영애님, 어디부터 가보시겠습니까?"

헤스티아의 답은 오래 걸리지 않았다.

"라폴 도서관이요. 아까 본 황금지붕 건물이 그렇게 유명하다면서요? 우리 거기부터 가 봐요."

마침 이탄도 라폴 도서관에 가보고 싶었다. 비록 지금은 적양갑주 덕분에 마력순환로가 범람할 위기는 벗어났다지만, 그래도 라폴 도서관에 대한 궁금증이 이탄의 마음을 움직였다.

"좋습니다. 영애님 말씀처럼 우선 라폴 도서관부터 가보시죠."

손을 흔들어 마차를 잡은 뒤, 이탄이 일행을 마차 안에 태웠다.

"이랴, 가자."

마부가 채찍으로 허공에 둥근 원을 그린 다음 바닥을 내리쳤다. 말들이 발을 맞춰 도로를 달렸다. 따그닥 거리는 말발굽 소리가 유난히 경쾌하게 들렸다.

황금빛 지붕으로 유명한 라폴 도서관은 규모부터가 압도적이었다. 도서관 앞에는 세상 각지에서 찾아온 사람들로 장사진을 쳤다. 군중 사이사이로 행상들이 먹거리를 팔고 다녔다. 여자들이 혹할 만한 장신구도 많았다. 다른 한쪽에서는 화가들이 길바닥에 자리를 펴고 사람들의 초상화를 그려주었다.

"야아아. 정말 대단하구나."

"리리모 아줌미, 지기 저것 좀 보세요."

"하아. 신기해라."

헤스티아와 리리모, 티케는 이국적인 풍경에 정신이 팔렸다.

이탄이 앞장서서 인파를 뚫었다.

"다들 제 뒤에 바짝바짝 붙어주시죠. 사람들이 많으니까 일행을 잃어버리지 않도록 조심하고요."

"네, 신관님."

여인들의 이탄의 뒤를 새끼 오리처럼 졸졸졸 따랐다. 이탄은 어찌어찌해서 라폴 도서관 정문까지 도착했다.

언노운 월드의 이름 난 무력단체들 가운데 외부인들에게 자유롭게 내부를 개방하는 곳은 이곳 라폴 도서관이 유일했다. 아마도 도서관이라는 특성 때문에 개방을 하는 것일 텐데, 그 때문에 인파가 더 많이 몰렸다.

이탄은 정문에서 대기 번호를 받았다.

549번째 입장 허가증

번호표에는 이런 문구가 적혀 있었다. 549번이면 점심 식사 시간이 지난 이후에나 도서관 출입이 가능할 것 같았다.

Chapter 2

"후우, 벌써부터 진이 빠지는군."

이탄이 한숨을 내뱉었다.

반면 여자들은 지치지도 않았다.

"신관님, 걱정하지 마세요. 요 앞에서 군것질 좀 하면서 장신구들을 구경하다 보면 시간이 금방 갈 거예요."

"영애님 말씀이 옳아요. 여차하면 초상화를 하나씩 그려도 되겠네요."

"저기 길 건너편은 레스토랑 골목인 것 같은데요? 우리 거기도 한번 가 봐요."

세 여인은 죽이 척척 맞았다. 그녀들은 길거리에서 판매하는 머리핀을 골라서 머리에 꽂아보고, 귀걸이도 대보고 하면서 무척 즐거워했다.

이탄은 딱히 이 상황을 즐기지 못했다.

마침내 도서관 입구의 안내자가 이탄의 번호표를 불렀다.

"549번? 549번?"

이탄이 헤스티아에게 손짓을 했다.

"영애님, 저희가 입장할 차례인가 봅니다."

"까익, 기대돼요."

"저도요. 저도 기대돼요."

헤스티아를 비롯한 세 여인이 쪼르르 달려와 이탄 뒤에 줄을 섰다. 이탄은 안내를 받아 라폴 도서관 안으로 들어갔다.

육각형 기둥을 닮은 건물에 둥그런 황금 지붕을 올린 것이 라폴 도시관의 건축양식이었다. 도서관 안에는 이러한 건물들이 무려 수십 개나 되었다.

"외부인들의 출입이 허용된 건물은 저 앞에 보이는 개방형 도서관 하나뿐입니다. 고서 보존 및 학자들의 연구에 방해가 되니까 다른 건물은 기웃거리지 말아주세요."

안내자가 이탄에게 주의할 점을 일러주었다.

"알겠습니다."

냉큼 대답을 마친 이탄이 동료들을 개방형 건물로 데려 갔다.

마치 신전처럼 드넓게 자리한 개방형 도서관은 4층짜리 건물이었다. 건물의 각 층에는 각각 6개의 서실들이 존재했는데, 각 서실마다 비치된 책의 종류가 달랐다.

이탄은 1층 입구의 안내판을 훑어보다가 관심 분야를 손가락으로 짚었다.

"저는 3층 A번의 신성의 기원실부터 가볼 생각입니다. 영애님은 어떻게 하시겠습니까?"

"저는 3층 B번의 기초 마법실을 둘러보고 싶어요. 신관님과 헤어져서 따로 움직여도 될까요?"

헤스티아가 조심스레 의견을 내었다.

이탄의 입장에서는 반가운 소리였다.

"물론입니다, 영애님. 모처럼 이런 곳에 왔으니 각자 관심사를 둘러봐야죠. 리리모와 티케는 어디를 볼 생각이지?"

리리모가 안내판을 훑어보다가 한 곳을 골랐다.

"저는 몬스터와 마물에 대한 책을 볼게요. 2층 E실이요."

리리모는 특성 스킬이 '도살'인데, 아직 자신의 스킬을 완전하게 개화시키지는 못하였다. 그래도 2층 E실을 선택하는 것을 보면 몬스터와 마물에 대한 해부도 등이 보고 싶은 모양이었다.

'내가 권해주지 않아도 알아서 잘 선택하네. 하하.'

이탄은 내심 리리모를 기특하게 여겼다.

사람들이 각자의 목적지를 결정하는 동안 티케는 마음의 결정을 내리지 못했다. 손가락을 입에 물고 고민하는 티케를 보면서 이탄이 한 곳을 권해주었다.

"3층 C실 어때?"

"기초 주술실이요? 글쎄요?"

티케가 알쏭달쏭한 표정을 지었다.

티케의 특성 스킬인 '근미래 예지'는 주술 계통에 속했다. 하지만 막상 본인은 자신의 특성이 주술 계통임을 알아차리지 못하였다.

이탄이 보조 설명을 덧붙였다.

"내가 볼 때 티케 너는 육감이 무척 발달했더구나. 원시림에서 우리가 길을 찾아 헤맬 때 너의 육감이 큰 도움이 되지 않았더냐? 내 생각에는 기초 주술실에 네게 도움이 될 만한 서적들이 있지 않을까 싶다."

"아!"

이탄의 말을 듣는 순간 티케의 눈이 반짝 빛났다. 티케는 힘차게 고개를 주억거렸다.

"그렇다면 저는 기초 주술실로 가볼게요. 제가 사람들에게 좀 더 도움이 되면 좋겠거든요."

"기특한 마음가짐이구나. 네가 좀 더 발전하면 사람들에게 더 많은 도움을 줄 수 있고, 모레툼 님의 은혜도 매달 꼬박꼬박 갚을 수 있게 될 거다. 하하하."

"어우, 신관님."

매달 빚을 꼬박꼬박 갚으라는 소리에 티케가 얼굴을 구겼다.

이탄은 한 번 히죽 웃고는, 검지로 현재 위치를 가리켰다.

"세 시간이면 충분하겠지? 각자 흩어져서 책을 보다가 세 시간 뒤에 이 자리에서 다시 만납시다. 영애님, 괜찮으시죠?"

"네. 세 시간이면 적당한 것 같아요."

헤스티아가 동의했다.

반면 리리모와 티케는 뜨악한 표정이었다.

'책을 세 시간이나 본단 말이야?'

'어우우.'

울상이 된 두 사람과 달리 이탄과 헤스티아는 얼굴에 웃음꽃이 활짝 피었다.

3—A라는 팻말을 찾아 들어간 이탄은 서실 입구에 놓여 있는 색인부터 훑었다. 이탄이 찾은 키워드는 다름 아닌 모레툼이었다.

'은화를 내려주는 신 모레툼'

'모레툼 신관의 일상'

'은혜로우신 모레툼'

'모레툼의 가호 편람' 등등

주로 모레툼 교단에서 편찬했을 법한 서적에서부터 시작하여, '모레툼의 빚 굴레로부터 탈출하는 비법', '나는 이렇게 모레툼을 벗어났다', '모레툼 = 모래지옥', '고리대 금업을 하려면 모레툼 신관으로부터 배워라', '모레툼의 비법 시계 : 당신도 부자가 될 수 있다' 와 같은 실용서적(?)

에 이르기까지 다양한 책 제목들이 이탄을 반겨 맞았다.

처음 신관 서품을 받았을 때 이탄은 모레툼으로부터 네 가지 가호를 받았다.

치유의 가호, 은신의 가호, 방패의 가호, 연은의 가호가 바로 그것들이었다.

이 네 가지 기호 가운데 은신의 가호와 방패의 가호, 연은의 가호는 업그레이드가 가능한 진화형 가호였다. 예를 들어서 방패의 가호가 한 번 업그레이드되면 '지둔의 가호'로, 두 번 업그레이드되면 '천둔의 가호'로 발전하는 방식이었다. 이탄은 진화의 방법 및 효과에 대해서 좀 더 자세히 알아볼 필요성을 느꼈다.

"그러자면 우선 가호 편람부터 읽어봐야지."

색인 번호를 찾은 이탄이 도서관 사서에게 부탁을 했다. 라폴 도서관에서는 일반인들에게 도서를 오픈하지만, 한 번에 딱 한 권씩만 빌려주는 것이 규칙이었다. 이탄도 책을 한 권씩 따로 빌릴 수밖에 없었다.

"잠시만 기다리세요. 금방 찾아드릴게요."

생글생글 웃는 낮의 여사서는 이탄이 부탁한 책을 찾아주었다. 이탄은 가호 편람을 들고 테이블 빈 자리에 착석했다.

Chapter 3

라폴 도서관의 각 서실에는 8인용 테이블 수십 개가 놓여 있는데, 이미 대부분의 자리가 꽉 찬 상태였다.

'다들 열심히 사는구나.'

책에 몰입한 사람들을 보자 이탄의 지식 욕구가 한결 자극되었다. 이탄은 두께가 10 센티미터나 되는 두툼한 서적을 펼쳐서 빠르게 훑어 내려갔다.

'나와 관련이 있는 가호들을 먼저 찾아보고, 그 다음은 중요한 가호들을 기억해 두어야겠다.'

방대한 분량의 책을 처음부터 끝까지 모두 읽는다는 것은 시간 낭비였다. 특히 이탄에게는 그리 많은 시간이 주어지지 않았다. 하여 빠르게 핵심만 훑을 수밖에 없었다.

이탄이 망령이 되어 언노운 월드로 넘어오기 전, 간씨 세가에서는 어린 이탄에게 강도 높은 훈련들을 시켰다. 이 훈련들 가운데는 책을 속독하여 핵심정보를 뇌에 각인하는 기술도 포함되어 있었다.

당시 교관들에게 채찍으로 얻어맞아 가면서 스파르타식 교육을 받은 것이 이럴 때 도움이 되었다.

사사사사삭—

책에 꽂힌 이탄이 동공이 좌우로 빠르게 스캔을 하였다.

동공에 맺힌 책 한 페이지 한 페이지가 그대로 이탄의 뇌에 박혀들었다.

```
===================================
```
모레툼의 가호 999번 : 치유의 가호.
```
————————————————————
```

1. 가호의 효과: 놋쇠 유척에 성스러운 신의 기운을 불어넣어 각종 병마와 상처, 심리적 충격을 해소시킨다.

2. 가호의 수준: 신성력 레벨에 따라 치유의 속도와 범위에 차이가 난다.

사례1) 신성력 레벨이 1인 하급 신관의 경우 찰과상을 치유하는 데 3분가량의 시간이 소요됨.

사례2) 신성력 레벨 10인 중급 신관의 경우 잘린 팔다리를 다시 붙이는 데 22시간이 소요됨.

사례3) 신성력 레벨 20인 상급 신관의 경우 잘린 팔다리를 다시 붙이는 데 30분이 소요됨.

사례4) 신성력 레벨 30인 주교의 경우 중상자 10명 단위의 단체 치유 가능.

사례5) 신성력 레벨 40인 추기경의 경우 중상자 100명 단위의 단체 치유 가능.

————————————————————————

================================

이탄은 뇌에 박힌 책의 내용을 되새김질했다.

'그러니까 내 신성력 레벨이 얼마라는 거야? 간단한 찰과상을 치유하는 데 3분이나 걸리지는 않으니까 하급 신관은 뛰어넘었는데, 중급인지 상급인지는 모르겠네? 팔다리가 잘린 중상자를 치료하면서 시간을 체크해 본 적은 없잖아. 이거 빚쟁이 가운데 한 명을 붙잡아서 팔부터 잘라놓고 한번 테스트를 해봐야 하나?'

섬뜩한 생각을 스스럼없이 하면서 이탄이 고개를 갸웃거렸다. 어쨌거나 이탄은 3년 전 신관 서품을 받을 당시에도 몰랐던 정보를 이제야 알게 되었다. 나름 기분이 흡족했다.

'다음은 은신의 가호지?'

이탄이 빠르게 다음 정보를 탐색했다.

================================

모레룸의 가호 1,733번 : 은신의 가호

————————————————————

1. 가호의 효과: 냄새의 삭제, 기척과 소리의 제거, 신체의 투명화를 통해 적에게 들키지 않고 접근하기 위한 가호.

2. 가호의 수준: 신성력 레벨에 따라 은신 정도와 은신 지속시간에 차이가 난다.

사례1) 신성력 레벨이 1인 하급 신관의 경우 냄새 삭제 가능 (지속시간 5분).

사례2) 신성력 레벨 10인 중급 신관의 경우 냄새 삭제, 기척과 소리 제거 가능 (지속시간 15분).

사례3) 신성력 레벨 20인 상급 신관의 경우 냄새 삭제, 기척과 소리 제거, 신체의 투명화 가능 (지속시간 30분).

사례4) 신성력 레벨 30인 주교의 경우 100명 단위의 단체 은신 가능 (지속시간 45분).

사례5) 신성력 레벨 40인 추기경의 경우 1,000명 단위의 단체 은신 가능 (지속시간 60분).

3. 연관 가호: 분신의 가호 (3,004번)

————————————————————

*주의: 위 사례는 신관마다 다를 수 있으므로 이것만으로 신성력 레벨을 짐작하지 말 것.

===================================

'흐음. 나는 신체의 투명화가 가능한데, 그렇다면 내 레벨이 상급이란 말인가? 그런데 지속시간은 30분에 미치지 못하는 것 같은데?'

이탄이 고개를 갸웃거렸다. 그러다 연관 가호에 눈길이 멎었다.

'은신의 가호가 업그레이드되면 분신의 가호로 발전하는 모양이구나.'

이탄은 휘리릭 페이지를 넘겨 3,004번으로 넘어갔다.

===================================

모레툼의 가호 3,004번 : 분신의 가호

— — — — — — — — — — — — — — —

1. 가호의 효과: 적을 교란시키기 위해 분신을 만들어내는 가호.

2: 가호의 수준: 신성력 레벨에 따라 분신의 숫자 및 분신이 유지되는 허용거리, 지속시간이 늘어난다.

사례1) 신성력 레벨 30인 주교의 경우 3개의 분신 가능 (지속시간 30분, 허용거리 300 미터).

사례2) 신성력 레벨 40인 추기경의 경우 12개의 분신 가능 (지속시간 60분, 허용거리 1 킬로미터).

3. 연관 가호: 은신의 가호 (1,733번)

———————————————————

*주의: 위 사례는 신관마다 다를 수 있으므로 이 것만으로 신성력 레벨을 짐작하지 말 것.

*주의: 신성력 레벨 30 미만에서는 분신의 가 호를 부여받았다고 하더라도 가호가 작동하지 않 음.

———————————————————

*추가 특징: 분신의 가호와 은신의 가호를 중복 적용 시 분신 전체에 투명화 효과 발휘.

==================================

'이야, 이거 분신이 제법 쓸모가 많겠는데? 게다가 신성 력 레벨만 올라가면 분신을 1 킬로미터 밖까지도 보낼 수 있잖아? 그럼 여러모로 활용할 수 있을 것 같아.'

특히 분신과 은신, 두 가호가 중복 적용된다는 점이 이탄 의 마음에 쏙 들었다.

Chapter 4

이어서 이탄은 방패의 가호를 책에서 찾아보았다.

===================================

모레툼의 가호 1,850번 : 방패의 가호

— — — — — — — — — — — — — — — — —

1. 가호의 효과: 신성력으로 구성된 방패를 소환하여 몸을 보호하는 가호.

2. 가호의 수준: 신성력 레벨에 따라 소환 가능한 방패의 숫자와 지속시간에 차이가 난다.

사례1) 신성력 레벨이 1인 하급 신관의 경우 한 번에 1개의 방패만 소환 (지속시간 5분).

사례2) 신성력 레벨 10인 중급 신관의 경우 한 번에 최대 4개의 방패 소환 (지속시간 15분).

사례3) 신성력 레벨 20인 상급 신관의 경우 한 번에 최대 8개의 방패 소환 (지속시간 30분).

사례4) 신성력 레벨 30인 주교의 경우 한 번에 최대 16개의 방패 소환 (지속시간 60분).

사례5) 신성력 레벨 40인 추기경의 경우 한 번에 최대 32개의 방패 소환 (지속시간 120분).

3. 연관 가호: 지둔의 가호 (3,024번), 천둔의 가
호 (3,994번)

  ─────────────────────────

  *주의: 위 사례는 신관마다 다를 수 있으므로 이
것만으로 신성력 레벨을 짐작하지 말 것.

  ─────────────────────────

  *추가 특징: 소환된 방패를 터뜨려 적 공격 가능.
==================================

이탄은 방패의 가호에 대해서 이미 많은 것을 꿰뚫고 있
었다. 다만, 한 번에 소환 가능한 방패의 개수가 최대 32개
로 제한된다는 점은 알지 못하였다.

'그게 중요한 것은 아니지. 방패를 터뜨려서 소모하고
나면 또 다시 방패를 소환할 수 있으니까 그리 큰 제약은
아니야.'

이것보다는 연관 가호인 '지둔'과 '천둔'이 궁금했다.
이탄은 서둘러 3,024번과 3,994번으로 넘어갔다.

  ==================================
  모레툼의 가호 3,024번 : 지둔의 가호

  ─────────────────────────

1. 가호의 효과: 신성력과 대지 속성이 중첩된 방패를 소환하여 아군 군대를 보호하는 가호.

2. 가호의 수준: 신성력 레벨에 따라 지둔의 크기와 지속시간에 차이가 난다.

사례1)신성력 레벨 30인 주교의 경우 지름 100미터의 지둔 소환 가능 (지속시간 3분).

사례2)신성력 레벨 40인 추기경의 경우 지름 400미터의 지둔 소환 가능 (지속시간 12분).

3. 연관 가호: 방패의 가호 (1,850번), 천둔의 가호 (3,994번)

———————————————————

*추가 특징: 대지 속성의 지둔을 터뜨려 군단 단위의 적 공격 가능.

*추가 특징: 천둔의 가호와 중첩 적용 가능.

==================================

책에 적힌 설명은 그다지 길지 않았다.

하지만 이탄은 큰 감명을 받았다.

'굉장하구나. 대지 속성의 지둔을 터뜨려서 적들에게 군단 단위의 광역 데미지를 줄 수 있다는 말이지?'

이탄이 관심을 둔 깃은 방어기 아니라 공격 효과였다. 지둔을 터뜨려서 적에게 얼마나 큰 타격을 입힐 수 있을지 상상하는 것만으로도 전율이 왔다.

'우와, 지름 400 미터면 어마어마하잖아? 어지간한 성벽은 공성무기 없이도 단숨에 허물어뜨릴 수 있겠어. 지둔의 가호가 이 정도라면 천둔은 도대체 얼마나 대단할까?'

또 한 가지.

방패—지둔—천둔으로 이어지는 가호들과 은신의 가호, 분신의 가호를 잘만 섞어 쓰면 굉장히 효과적일 것 같았다.

'은신과 분신으로 적진에 침투한 뒤, 방패나 지둔을 폭발형 트랩(Trap: 덫)처럼 깔아두는 거지. 혹은 매복지에 설치해도 쓸모가 많을 거야.'

이탄의 머릿속에 그려진 그림은, 폭발형 어쌔신(Assassin: 암살자), 혹은 트랩 타입 어쌔신에 가까웠다.

마음이 급해진 이탄은 파라락 소리가 날 정도로 빠르게 책장을 넘겼다.

'저 사람 뭐야?'

'조용해야 할 도서관에서 뭐가 저렇게 무례해?'

옆자리에 앉은 사람들이 이탄을 향해 눈을 찌푸렸다. 이탄의 눈에는 사람들의 따가운 눈초리가 들어오지도 않았다. 그만큼 이탄은 흥분 상태였다.

천둔의 가호가 기술된 곳은 책의 거의 뒷부분이었다. 이탄의 동공이 빠르게 책 내용을 스캔했다.

==================================

모레툼의 가호 3,994번 : 천둔의 가호

————————————————————

1. 가호의 효과: 신성력과 바람 속성이 중첩된 방패를 소환하여 아군 도시를 보호하는 가호.

2. 가호의 수준: 신성력 레벨에 따라 천둔의 크기와 지속시간에 차이가 난다.

사례1) 신성력 레벨 40인 추기경의 경우 인구 백만의 중급 도시 방어 가능 (지속시간 3분).

사례2) 신성력 레벨 50인 교황의 경우 인구 천만의 대도시 방어 가능 (지속시간 6분).

3. 연관 가호: 방패의 가호 (1,850번), 지둔의 가호 (3,024번)

————————————————————

*추가 특징: 바람 속성의 천둔을 터뜨려 도시 단위의 적 공격 가능.

*추가 특징: 지둔의 가호와 중첩 적용 가능.

==================================

'흠.'

지금까지 이탄이 살펴본 가호들 중에 교황이 언급된 것은 천둔의 가호가 처음이었다. 다시 말해서 천둔의 가호는 교황쯤은 되어야 펼칠 수 있는 가호라는 의미였다.

게다가 지둔과 천둔이 중첩 적용된다는 점도 마음에 쏙 들었다. 지둔을 터뜨려서 적 성벽 아래쪽 지반을 무너뜨리고, 동시에 천둔을 터뜨려서 적 도시를 싹 다 날려버리는 장면을 상상하는 것만으로도 온몸이 오싹했다.

'지둔과 천둔, 꼭 손에 넣는다. 무슨 수를 써서라도 이것들을 가지고야 말겠어.'

이탄은 단단히 결심했다.

천둔까지 살펴보았으니 이제 남은 것은 연은의 가호였다. 이 책에는 희귀한 가호일수록 뒤 페이지에 수록되었는데, 놀랍게도 연은의 가호는 지둔의 가호보다도 더 뒤페이지에 수록되어 있었다.

Chapter 5

==================================

모레튬의 가호 3,991번 : 연은의 가호

——————————————————————

1. 가호의 효과: 사물을 은으로 바꾸는 가호. 그 밖의 효과는 알려진 바 없음

2. 가호의 수준: 신성력 레벨에 따라 은으로 치환되는 무게가 늘어난다.

사례) 신성력 레벨 50인 교황의 경우 하루에 1킬로그램의 철을 같은 무게의 은으로 치환 가능.

3. 연관 가호: 창조의 가호 (4,000번)

——————————————————————

*추가 특징: 창조의 가호를 발현시키기 위한 기초 가호.

=================================

'연은의 가호가 3,991번이라고? 게다가 이건 교황급의 가호잖아?'

오늘 이 책을 읽으면서 이탄은 스스로를 20레벨, 즉 상급 신관의 수준이라고 어림짐작했다. 그런데 연은의 가호가 이탄을 어리둥절하게 만들었다.

'이상하다? 나는 이미 연은의 가호를 펼칠 수 있는데?'

ㅎㅎㅎㅎㅎ .

테이블 아래 이탄의 손가락 끝에서 아주 조그만 은이 생성되었다. 이 은은 이탄이 손가락 주변의 공기를 은으로 치환한 결과물이었다.

이탄이 손가락으로 8자를 그리자 은실이 8자 모양으로 뽑혀져 나왔다. 마치 거미가 꽁무니에서 거미줄을 뽑아내는 듯한 모습이었다.

'이거 뭐야? 내가 이미 교황급이라고? 레벨 50의? 에이. 말도 안 돼.'

이탄이 고개를 설레설레 저었다.

어떤 미치광이 신이 종교에 갓 귀의한 초보 신관에게 교황급의 신성력을 내려준단 말인가? 이건 말도 안 되는 헛소리였다.

'이 책이 잘못된 것이 틀림없어. 연은의 가호가 워낙 희귀하다 보니까 그동안 사례가 잘 없었나 보지. 그래서 이런 오류가 발생했을 거야.'

어쨌거나 연은의 가호가 아주 희귀한 것임에는 틀림없었다. 이탄은 앞 페이지로 책장을 넘겨 3,990번 가호를 찾아보았다.

'지염의 가호.'

땅속 마그마를 끌어내어 적을 도시 단위로 멸망시키는 것이 지염의 가호였다. 이 또한 굉장히 파괴적인 능력이었으나, 교황급의 가호는 아니었다. 황당하게도 연은의 가호는 이 파괴적인 지염의 가호보다도 번호가 하나 더 높았다.

'3,991번부터가 교황급 가호인가 보구나. 그리고 3,092번이 천둔의 가호였지?'

이탄은 3,993번 이후를 쭉 확인해 보았다.

법륜의 가호가 3,993번.

천둔의 가호가 3,994번.

성염의 가호가 3,995번.

빙뢰의 가호가 3,996번.

그런데 3,997번부터 3,999번까지 세 단락이 누락되었다. 누군가가 책을 찢은 흔적이 보였다. 이탄이 대뜸 욕을 퍼부었다.

'이런 쌍놈의 자식. 대체 어떤 놈이 이런 몰지각한 짓을 해놨어? 이 귀한 서적을 훼손하다니, 염병할 놈 같으니.'

중요한 가호 세 가지를 확인하지 못한 점은 아쉬웠으나, 그래도 마지막 4,000번은 남아 있어서 다행이었다.

이탄은 책의 맨 뒷장을 펼쳐들었다.

=================================

모레툼의 가호 4,000번 : 창조의 가호

——————————————————

1. 가호의 효과: 알려진 바 없음.

2. 가호의 수준: 알려진 바 없음.

3. 연관 가호: 연은의 가호 외.

=================================

'뭐야? 내용이 거의 없잖아?'

이탄의 얼굴이 살짝 일그러졌다. 책의 마지막 페이지를 통해서 이탄이 습득한 바는 딱 두 가지뿐이었다.

마지막 가호의 내용이 '창조'라는 점.

연은의 가호가 마지막 가호와 관련되었다는 점.

이탄은 이 두 가지 외에는 아무런 정보도 얻지 못했다. 그래도 수확이 전혀 없는 것은 아니었다.

'처음에 내가 이 책을 선택했을 때 기대했던 것보다는 훨씬 더 많은 것들을 깨달았으니 되었다. 그리고 연은의 가호가 이렇게 중요한 것인 줄 몰랐는데, 그걸 깨우친 것만 해도 어디야? 흠흠.'

이탄이 만족스럽게 책을 쓰다듬었다. 그다음 뒤쪽부터 시작하여 추기경급의 가호들을 빠르게 되짚어 보았다.

교황급 가호가 3,991번부터 4,000번까지 10개인데 반해, 추기경급의 가호는 그 아홉 배나 되었다.

주교급 가호는 여기에 다시 열을 곱한 개수였다. 이탄은 추기경급 가호 90개를 대략적으로 머리에 담다가 웃음을 피식 터뜨렸다.

'홋. 이제 보니 숫자가 딱딱 맞아떨어지네? 신관급 가호가 3,000개, 주교급 가호가 900개, 추기경급이 90개, 교황급이 10개. 그런데 모레툼 교단도 교황 1명에 추기경 9명, 주교 90명으로 구성되잖아? 역시 돈과 숫자에 집착이 강한 교단답게 이런 것들도 맞춤이 착착 되어 있구나.'

이탄은 모레툼의 방식을 납득해 버렸다.

'이제 다른 책을 봐야지.'

이탄이 자리에서 일어나 도서관 사서에게 책을 반납했다.

"벌써 다 보셨어요? 이 두꺼운 책을요?"

여사서가 눈을 동그랗게 떴다.

이탄이 말을 둘러대었다.

"필요한 부분만 발췌해서 읽었거든요. 여기 이 책 좀 찾아주세요."

이탄이 요청한 두 번째 책은 '흑과 백의 세력 분포' 였다. 이 책은 언노운 월드를 구성하는 3개의 축, 즉 흑과 백, 중립 진영의 세력 별 대립 관계를 기술하고 있었다. 그런데 복잡하기 이를 데 없는 우호—적대 관계를 책 한 권에 전부 담으려다 보니 현실에 맞지 않는 부분들도 다수였다.

'이걸 곧이곧대로 믿었다가는 큰코다치겠구나.'

이탄은 두 번째 책에 실망하였다. 그래서 다시 반납하려는데, 책 사이에 끼워져 있던 양피지 한 장이 툭 떨어졌다.

Chapter 6

낡아서 모서리가 거의 다 바스러져 가는 양피지였다. 아니, 얼핏 보면 양피지 같은데, 자세히 보니 재질이 조금 달랐다.

'이게 뭐지?'

이탄이 엉덩이를 반쯤 떼었다가 다시 착석했다. 그리곤 양피지(?) 문서를 조심스럽게 펼쳤다.

'체엣.'

이탄의 얼굴이 이내 구겨졌다.

문서에 적힌 문자는 이미 오래 전에 사멸된 고대어였다. 그것도 반쯤은 잉크가 날아가서 문자의 형태조차 제대로 파악하기 힘들었다.

'이건 해독이 불가능하겠군.'

이탄이 문서를 다시 접어 책 사이에 끼워 넣으려고 했다.
그때 이탄의 뇌리 속에서 움찔 반응이 왔다.

'응?'

이탄이 그 반응을 느꼈다. 이탄의 뇌에 깃든 아나테마의
악령이 문서를 보고는 흠칫하였는데, 이탄은 그 순간적인
반응을 놓치지 않았다.

'영감? 혹시 이 문서의 내용을 읽었소?'

이탄이 아나테마의 악령에게 말을 걸었다.

아나테마는 못 들은 척 시치미를 떼었다.

이탄이 일부러 아나테마를 자극했다.

'못 읽었네. 못 읽었어. 하긴, 치매에 걸려 정신이 오락
가락하는 영감이 이런 어려운 고문서를 읽을 리 없지.'

[치매? 이런 쌍놈의 애새끼가 누구더러 치매래? 불멸악
마종이라 불리던 희대의 리치가 바로 이 몸이시다. 그런데
이 아나테마 님이 치매 따위에 걸릴 것 같으냐? 어림도 없
지. 그리고 그깟 종이쪼가리가 뭐가 어렵다고 못 읽어? 크
흥.]

아나테마가 대뜸 콧방귀를 뀌었다.

이탄이 상대를 슬쩍 떠봤다.

'그럼 읽었소?'

[그래. 읽었다. 어쩔래? 내가 읽었다고 해서 그 내용을

네놈에게 알려줄 것 같으냐? 나를 자극해서 떠보려고 수작 부리는 것을 내가 모를 줄 아느냐? 어림도 없다. 이놈아.]

'흥! 자극은 무슨. 이깟 낡은 문서 따위, 나도 별 관심이 없수다.'

이탄이 대수롭지 않게 문서를 다시 접었다.

[마음대로 해라. 나는 알려줄 마음이 눈곱만큼도 없으니까.]

입으로는 이렇게 어깃장을 놓았지만 사실 아나테마는 속이 복잡했다. 지금 이탄의 손에 들린 고문서는 아나테마가 한창 활약하던 시대, 즉 고대 문명의 유산이었다. 그것도 아나테마와 직접적으로 연결된 내용이라 마음이 두근두근했다. 어쩌다 이렇게까지 질기게 인연이 이어져서 고대 문명의 기록이 지금 그의 눈앞에 등장했는지 모르겠지만, 아나테마는 이 문서의 내용을 좀 더 자세하게 읽고 싶어졌다.

그런데 이탄이 일을 망치려 들었다. 이 망할 자식은 귀하디귀한 고문서를 책과 함께 반납하려고 했다.

[끄웁, 끄웁, 끄요웁.]

아나테마의 악령이 안절부절못했다.

이탄이 사서에게 저벅저벅 걸어갔다.

"벌써 다 읽으셨어요?"

여사서가 동그란 눈으로 이탄을 올려다보았다.

"네. 이 책을 반납⋯⋯."

이탄이 말을 끝마치기도 전이었다. 아나테마의 악령이 소리를 빽 질렀다.

[잠깐. 잠깐만 기다려.]

'왜요?'

이탄이 시큰둥하게 물었다.

[반납하지 말고 다시 자리로 돌아가. 가서 그걸 펼쳐보라고, 이 양아치 놈아.]

아나테마의 악령이 잔뜩 억눌린 음성으로 으르렁거렸다.

이탄이 아나테마에게 답을 하기도 전에 여사서가 이탄에게 물었다.

"책을 반납하시게요?"

[반납 안 해. 반납하지 말고 자리로 가. 어서 가라니까.]

이번에도 이탄의 대답보다 아나테마의 반응이 더 빨랐다. 아나테마의 까마귀 우는 듯한 목소리가 이탄의 뇌 안에서 웅웅 울렸다.

이탄이 여사서에게 사과했다.

"잠시만요. 제가 중요한 부분을 빠트렸네요. 그 부분만 읽고 다시 반납할게요."

"그러세요."

여사서가 생글생글 웃는 낯으로 답했다.

자리로 돌아온 이탄이 책을 펼쳐서 고문서를 꺼냈다. 아나테마의 악령이 씩씩거리다가 말문을 열었다.

[이 종이에 적힌 내용은…… 일종의 일기다.]

'일기라고 했소?'

[그래. 일기.]

아나테마의 악령이 여기서 잠시 말을 끊었다. 아나테마는 이탄에게 이 이야기를 털어놓고 싶은 생각이 없었다.

하지만 이탄의 뇌 속에 들어온 터라 아나테마가 거짓말을 하면 이탄이 곧바로 알아차렸다. 결국 아나테마는 이탄에게 사실대로 털어놓을 수밖에 없었다.

이탄은 묵묵히 상대방의 말을 기다렸다.

아나테마가 한참 만에 다시 말문을 열었다.

[이 편지를 쓴 사람은 샤흐크. 그는 악마사원이라는 곳의 종주였다.]

'악마사원? 어째 이름이 좀 구리네.'

이탄이 속으로 생각했다.

그 즉시 아나테마가 발끈했다.

[구리긴 뭐가 구려? 악마사원이 얼마나 대단했던 곳인지 알지도 못하면서 이 빌어먹을 양아치 놈이.]

이탄이 시큰둥하게 받아쳤다.

'모를 수도 있지 뭘 그러쇼? 기록 한 줄 남기지 못하고 멸망한 조직이 뭐가 대단하다고 내가 알아야 되오? 거 참.'

[끄읍! 이런 미친놈. 네놈이 만약 나와 같은 문명에서 태어났다면 감히 그따위 소리는 내뱉지 못하리라. 악마사원이 얼마나 대단한 곳인지 모르면서 함부로 아가리를 놀리지 말란 말이다. 악마사원은 단 666명의 수도승만 가지고 온 세상과 맞서 싸웠던 곳이니라.]

'그래서, 영감이 그 666명 가운데 하나라도 되는 거요?'

[뭐, 뭣?]

아나테마가 움찔했다.

Chapter 7

이탄이 히죽 웃었다.

'햐, 맞네. 맞아. 영감이 666명 가운데 하나였네. 그러니까 악마사원이라는 명칭에 그렇게 금칠을 해대지. 내 이럴 줄 알았어.'

[캬악.]

'하긴, 트루게이스의 술집 주인인 딸기코 영감도 자기가 빚은 술이 세상에서 가장 맛있다고 착각한다니까.'

[뭣이라? 네놈이 감히 악마사원을 한낱 술집에 비교하는 것이냐? 이 쌍놈의 자식아, 밤하늘의 별보다 더 많은 흑마법과 흑마술을 창안해 내고, 수천만 명의 피로 인신공양을 지냈으며, 온 세상을 공포에 떨게 만든 악마사원을 감히 어디에 비교해? 앙? 대가리 하나 제대로 간수하지 못하는 돌아이 자식이 뭘 안다고 떠드느냐고.]

아나테마의 폭언이 이탄의 기분을 상하게 만들었다. 이탄이 갑자기 정색을 했다.

'하면 묻겠소.'

[뭐, 뭘 말이냐?]

아나테마가 움찔하여 말을 더듬었다.

'악마사원이 밤하늘의 별보다 더 많은 흑마법 지식을 보유했었다니 내가 한 마디만 묻겠소. 악마사원의 몽크들은 산 자의 영혼을 강제로 추출해서 다른 차원으로 보낼 수 있소?'

[엉?]

'사람의 혼을 뽑아내어 다른 차원으로 보낼 수 있느냔 말이오.'

[그게 대체 무슨 소리⋯⋯?]

아나테마가 어리둥절하여 되물었다.

이탄이 아나테마의 말허리를 잘랐다.

'그럼 악마사원에서는 다른 차원에 침투시킨 영혼을 노예처럼 부려서 싸이킥 에너지를 쪽쪽 빨아먹을 수 있소?'

[아니, 그건 또 무슨 소리야?]

'영감, 할 수 있는지 없는지 답변만 해보시오. 영혼을 다른 차원으로 들여보내서 타 차원의 에너지를 채굴하는 것이 가능한지만 답하란 말이오.'

[이놈이 무슨 말도 안 되는 소리를 지껄이는 게야? 영혼이 어떻게 차원을 넘나들어? 설령 요행으로 차원을 넘어간다손 치더라도, 한 번 넘어가면 끝이지 어떻게 다른 차원에서 에너지를 가져오느냐고?]

아나테마가 황당하다는 듯 반문했다.

'흥, 악마사원이 그렇게 대단한 곳이라며?'

이탄이 대놓고 아나테마를 비웃었다.

아나테마의 반응은 불 보듯이 뻔했다.

[당연히 대단하지. 666명이라는 소수의 전력으로 온 세상과 맞서 싸웠던 곳이니까 얼마나 대단한 곳이더냐.]

'그런데 왜 못하오? 간씨 세가에서 하는 일을 악마사원에서는 왜 못하는 거요? 그것도 못하면서 뭐가 그렇게 대단한데?'

이탄이 따지듯이 쏘아붙였다.

아니데미는 어이가 없었다.

[이런 미친놈을 보았나. 간씨 세가? 그건 또 어디냐? 하여간 말도 안 되는 소리 지껄이지 마라. 영혼이 차원을 넘는다고? 그딴 헛소리는 하지도 말고, 악마사원의 위대함에 경배하여라.]

'어우, 말을 맙시다. 리치가 되면서 뇌세포도 모두 굳어버린 치매 영감탱이와 내가 무슨 말을 섞겠소?'

[뭣이라?]

발끈하는 아나테마를 향해 이탄이 쯧쯧 혀를 찼다. 그리곤 본론으로 돌아갔다.

'여하튼, 영감의 말처럼 악마사원이라는 곳이 대단하다고 칩시다. 그렇다면 이 종이에 담긴 내용도 평범하지는 않겠구려. 대체 종이에 적힌 내용이 뭐요? 이게 나의 첫 번째 질문이오. 그리고 두 번째 질문은, 이 편지를 쓴 샤흐크가 영감과 무슨 관계요?'

아나테마가 잠시 망설이다가 답했다.

[샤흐크는…… 내 연인이었다.]

'컥! 뭐라고?'

이탄이 기침을 뿜을 뻔했다. 그만큼 아나테마의 고백은 충격적이었다.

아나테마의 악령이 당당하게 답했다.

[샤흐크가 내 연인이었다고. 그게 뭐? 뭐가 잘못되었느냐?]

이탄이 자세를 바르게 고쳐 앉았다.

'영감, 똑바로 답해보시오. 샤흐크가 악마사원의 종주라고 했잖소?'

[그랬지.]

'그 샤흐크가 남성이오, 아니면 여성이오?'

[당연히 남성이지.]

'하면 영감은 사내요, 여자요? 내가 그동안 영감이라고 불러도 아무런 반박이 없었던 것을 보면 분명 할망이 아니라 영감이 맞잖소?'

[그렇지. 이 아나테마 님은 분명 리치가 되기 전까지는 어엿한 사내대장부였지. 크캬캬캭.]

아나테마 = 남자.

샤흐크 = 남자.

위의 두 가지 명제가 이탄의 머릿속에서 교미하는 뱀처럼 서로 꼬였다.

이탄이 버럭했다.

'나가!'

[뭣?]

'내 머릿속에서 당장 나가버리라고, 이 망할 영감탱이야. 더러우니까 썩 꺼져.'

[뭐뭣?]

아나테마가 당황했다.

[아니, 이 미친놈이 갑자기 왜 그러는 게야?]

'아, 됐고. 난 그런 거 질색이니까 꺼지라고. 이 망할 남색 영감탱이야.'

[끄욥, 이제 막 나가자는 게냣?]

아나테마가 싱을 내었다.

이탄도 지지 않고 마주 성질을 부렸다.

'그만 입 닥치고 어서 썩 꺼지쇼. 내 입에서 더 험한 말이 튀어나오기 전에 꺼지라고, 꺼져. 이 남색 영감탱이.'

[끄요욱, 끄읍. 생명체의 도약과 혁신을 억누르는 것이 바로 질서와 법칙이니라. 그 빌어먹을 질서에 반발하여 세상의 모든 부정한 것들을 집대성한 곳이 바로 악마사원이거늘, 네가 악마사원의 문화에 대해서 뭘 안다고 지랄이냣?]

'어이구, 그러세요? 그따위 더러운 문화는 몰라도 좋으니까 어서 썩 물러나쇼. 내 몸에서 당장 나가란 말이오.'

[그러는 너는 뭐가 그리 잘 났느냐? 너도 부정함 그 자체가 아니더냐? 너는 살아 숨 쉬는 생명체가 아닌 죽음의 족속이다. 이 아나테마와 마찬가지로 너 또한 부정 세계, 혹은 음차원의 산물이란 말이닷.]

Chapter 8

이탄의 눈에서 불똥이 튀었다.

'아 씨, 나는 영감과 달라. 내가 뭐 듀라한이 되고 싶어서 된 줄 알아? 빌어먹을 마녀가 내 목을 뎅겅 자르고 나를 듀라한으로 만들었다고. 난 강제로 듀라한이 된 거야. 영감처럼 자발적으로 부정 세계에 들어간 것이 아니라고. 크아아아악.'

아나테마가 피를 토하듯 외쳤다.

[나도 마찬가지다. 나는 뭐 리치가 되고 싶어서 된 줄 아느냐? 온 세상이 우리 악마사원을 적대시하여 멸하려 들었다. 적의 군세는 수십억이 넘었고 아군은 고작 666명뿐이었다. 우리는 살아남기 위해서 싸웠다. 온 세상을 상대로 피 튀기는 전쟁을 벌이다가 동료들이 하나 둘씩 죽어 가면, 죽은 동료를 언데드로 만들어서 다시 일으켜 세우고, 애써 키운 제자의 목을 뽑아서 데스 나이트로 연성하고, 부모 형제의 정강이뼈를 긁어모아 완드(Wand: 마법지팡이)로 만들어 적들과 싸웠도다. 그리하며 666명의 마지막 한 사람까지 피구덩이 속에서 하나로 뒤엉켜 죽어 나자빠지고, 또다시 피구덩이 속에서 부활하여 적과 싸우다가 재차 쓰러지고, 그 반복되는 삶과 죽음의 수레바퀴 속에서 마침내 죽음

의 세계와 부정의 세계가 하나로 일치하여 거대한 원념을 만들어 내었으니, 그 사무친 원념이 바로 이 아나테마 님을 절대 리치로 거듭나게 만든 것이니라. 크캬캬캬캬. 공포에 질려라. 감히 악마사원을 멸하려 들었던 자들이여. 울부짖어라. 감히 악마사원을 짓밟았던 원수들이여.]

'됐고, 나가.'

이탄이 단호하게 주문했다.

아나테마가 당황했다.

[뭐?]

'영감의 심정은 알겠는데, 그래도 나가.'

[아니. 이 아나테마 님이 피를 토하듯이 앞뒤 사정을 설명하지 않았느냐. 나도 좋아서 리치가 된 게 아니라니까. 나도 너처럼 억울하다고. 그 억울함 때문에 원념이 깃들어서 절대 리치가 된 거라니까.]

'알아. 영감 말뜻은 알아들었어. 그래도 나가.'

[아니, 그렇게 막무가내로 나가라고 하면……]

원래 아나테마는 이탄의 몸에서 벗어나기를 원했었다. 실제로 이탄에게 그렇게 요청하기도 했었다.

그런데 자신이 원해서 나가는 것과 이렇게 강제로 쫓겨나는 것은 기분이 완전 달랐다. 게다가 이탄의 몸에 머물면서 아나테마는 '세상에 이만한 라이프 베슬도 없겠구나.'

라는 생각을 품게 되었다. 이탄에게 음차원의 마나를 모두 빼앗긴 상태에서 거친 세상에 홀로 나가 독립을 하려니 그것도 참 못할 짓이다 싶었다.

'나가.'

이탄이 집요하게 윽박질렀다.

[싫어. 못 나가.]

아나테마가 막무가내로 버텼다.

'못 나가? 그럼 쫓아내 줘?'

이탄이 의지를 일으켰다.

좌라라라라락!

이탄의 영혼 주변에 붉은 금속이 나타났다. 붉은 금속은 마치 거대한 뱀이 비늘을 세우듯이 거창하게 일어나 아나테마의 악령을 에워쌌다. 아나테마가 갇혀 있는 조그만 구체가 바르르 떨었다.

아나테마의 악령이 강하게 항의했다.

[이런 천하에 무도한 놈. 엄동설한에 불쌍한 늙은이를 강제로 쫓아내려 하다니. 이런 경우 없는 놈이 어디 있다더냐. 네놈은 애비 애미도 없냐?]

'엄동설한 아니거든요.'

[아니, 뭐. 그건 그렇다고 치고. 비록 엄동설한은 아니지만 내가 여기서 쫓겨나면 어디로 간단 말이냐? 라이프 베

슬에 담겨 있던 막대한 마나를 네가 다 갈취해 놓고는 이제
와서 이 불쌍한 늙은이를 쫓아내겠다고? 사람이 그러는 거
아니다.]

'사람도 아니거든요. 피도 눈물도 없는 듀라한이거든
요.'

[아니, 뭐. 그건 그렇다 치고. 그래도 나를 이렇게 쫓아
내면 안 되지. 안 나가. 못 나가.]

아나테마의 악령이 떼를 썼다.

촤라락!

붉은 금속이 공격 자세를 취했다.

아나테마가 발광했다.

[끄요옵, 이런 양심도 없는 놈. 내가 평생을 모은 마나를
갈취하고 지식마저 뽑아가더니 이제 와서 이 늙은이를 버
리겠다는 것이냐? 저주할 테다. 너 같은 생양아치 놈을 평
생 저주할 테다. 끄요옵, 끄읍, 끄읍. 끄억, 꺽꺽꺽. 끄허허
허헝.]

마침내 아나테마의 악령이 울음을 터뜨렸다.

서럽게 눈물을 흘리는 악령을 보자 이탄도 마음이 편치
않았다.

'휴우우, 어쨌거나 내가 이 영감의 마나를 빼앗은 것은
사실이지. 그리고 영감의 지식을 갈취했다는 것도 틀린 말

은 아니야. 어찌 보면 아나테마 영감도 나와 비슷한 처지일지 몰라. 막다른 길에 몰려서 다른 선택의 여지는 없었고, 그러다 사람도 아닌 존재로 전락하여 이 망할 세상을 꾸역꾸역 살아내는 중일지도 모른다고.'

[끄허허허헝. 끄허헝. 끄읍, 끅끅끅.]

이탄의 마음이 약해지는 듯하자 아나테마의 악령이 더욱 서럽게 흐느꼈다. 그러다 한쪽 눈을 살짝 뜨고 붉은 금속의 눈치를 살폈다.

좌라락!

살짝 누그러들었던 붉은 금속이 다시 살기를 발산했다.

[이크. 끄허어어어엉.]

깜짝 놀란 아나테마가 펑펑 우는 시늉을 했다.

이탄이 퉁명스레 말을 던졌다.

'그만 우쇼.'

[끄허어어어엉, 끅끅, 끄윽.]

'억지로 눈물을 쥐어짜는 거 다 아니까, 그만 우쇼.'

[끄윽? 끅?]

그래도 아나테마는 울음을 그치지 않았다.

'스읍. 뚝.'

이탄이 본격적으로 인상을 썼다.

그제야 아나테마가 울음을 뚝 그쳤다.

잠시 동안 곰곰이 생각을 하고 난 뒤, 이탄은 아나테마에게 조건을 내걸었다.

  '좋소. 영감을 당장 쫓아내지는 않겠소.'

  [끄윽. 잘 생각했다. 사람이 그러는 거 아니다.]

  '단, 조건이 있소.'

  [조건? 무슨 조건?]

  아나테마의 악령이 갸웃했다.

  '하루에 하나씩 영감이 알고 있는 흑마법과 저주마법들을 내게 알려주시오. 악마사원이라는 곳이 고대문명의 모든 흑마법과 부정한 지식들을 집대성한 곳이라고 하지 않았소? 그 말이 거짓이 아니라면 영감이 내게 전수해 줄 지식도 무궁무진할 것 아니겠소. 하하하.'

  이탄이 호탕하게 웃었다.

  Chapter 9

  아나테마가 가소롭다는 듯이 대꾸했다.

  [미쳤냐? 그걸 내가 왜 네놈에게 알려주어야 하는데? 네놈이 뭐가 예쁘다고?]

  이탄이 검지를 곧게 펴서 1자를 만들었다.

'영감. 혹시 일수도장이라고 들어보았소?'

[뭐?]

'모레툼 교단에 그런 제도가 있소. 한 달에 은화 한 닢을 갚지 못하는 불우한 신도들을 위하여 개발한 제도인데, 부족하면 부족한 대로 신도가 그날 번 돈을 매일 매일 회수하여 모레툼 님의 은혜를 갚은 걸로 쳐주는 제도요. 그리고 그때마다 장부에 도장을 찍어 증표로 삼는 것이지. 그리하여 한 달 동안 일수도장을 모았는데 은화 한 닢이 다 채워지지 않았다? 그래도 문제없소. 자비로우신 모레툼 님께선 남은 자투리쯤은 호탕하게 탕감해준다오. 그러니 일수도장이라는 것이 얼마나 자비로운 제도요. 그렇지 않소?'

[뭐, 뭔가 오싹한데? 잘은 모르겠지만 뭔가 오싹한 것 같아.]

아나테마가 부르르 몸서리를 쳤다.

아나테마는 '이거 악마사원보다 모레툼 교단이라는 곳이 더 사악한 거 아냐?' 라는 생각을 얼핏 하게 되었다.

이탄이 아나테마를 살살 구슬렸다.

'아니지. 이건 오싹한 게 아니라 자비로운 제도라니까. 영감도 일수도장 찍는 심정으로 나에게 저주 마법을 알려주쇼. 하루에 하나씩, 나와 일수도장을 찍어봅시다.'

[네가 왜?]

아나토마가 거부했다.

이탄이 으스스하게 협박했다.

'왜라니? 그래야 영감이 쫓겨나지 않을 테니까. 하루 일수도장을 찍으면, 그날은 쫓겨나지 않는 거지.'

[그러니까 내가 왜 네놈과 일수도장을 찍어야 하는데? 지금까시는 이런 조건이 붙지 않았잖아. 여태 아무 소리 없다가 갑자기 왜 이러는데?]

'그걸 몰라서 묻소? 영감의 취향이 문제잖아. 나는 남색하는 영감과는 단 1분 1초라도 함께 머물고 싶은 생각이 없소. 그런데 그걸 참아야 하니 내가 얼마나 괴롭겠소? 하여 영감에게 살 길을 제시하는 거요. 어떻게 할 셈이오? 일수도장을 찍고 여기 그냥 머물겠소? 아니면 바로 쫓겨나겠소?'

[끄읍!]

아나테마의 악령이 뒷목을 잡았다.

아나테마와 도란도란 잡담을 나누다 보니 세 시간이 훌쩍 흘렀다.

'벌써 시간이 이렇게 되었군.'

이탄은 샤흐크가 남긴 문서를 품속에 몰래 찔러 넣고는, 사서에게 책을 반납했다.

알고 보니 이 고대 문서는 양피지 재질이 아니라 인피였다. 사람 가죽을 벗겨서 그곳에 일기를 작성했다는 뜻이었다.

'샤흐크 종주도 참으로 악취미를 가졌군. 사람의 가죽을 벗겨서 그곳에 일기를 쓰다니 말이오. 그래서, 일기 내용이 뭐라고 적혀 있소?'

[666명의 동료들 가운데 대부분이 죽었다가 다시 부활하여 온 세상과 싸웠지. 싸우다 죽고, 죽으면 다시 부활하고. 이 짓을 반복하다가 팔다리가 마모되고 육체가 붕괴하여 결국 소멸한 동료가 647명이었다. 샤흐크 종주 본인을 제외하면 오직 18명만 남은 셈이지. 그런데 그 당시에 나는 최종병기로 선택되어 사원의 발원지에서 거대한 원념을 모으고 있었으니 샤흐크 종주의 주변에는 오직 17명의 동료만 남은 셈이었지. 샤흐크는 그 비통함과 외로움을 일기에 남겼느니라.]

'그게 다요? 뒤에 내용이 더 있는 것 같은데?'

이탄이 귀신같이 알아차렸다.

아나테마의 악령이 인상을 썼다.

[끄윽. 이 악마 같은 놈. 그래. 더 있다. 일기 후반부에 샤흐크 종주가 17명의 생존자들과 상의한 결과가 적혀 있느니라.]

'그가 뭘 상의했소?'

[당시 상황은 절망적이었다. 최종병기인 나는 아직 원념을 완성하지 못했고, 수억, 수십억의 적들은 죽여도 죽여도 그 끝이 보이지 않았다. 하여 샤흐크 종주와 17명의 동료들은 마지막 수단을 쓰기로 논의하였다.]

마지막 수단이라는 단어를 강조하면서 아나테마의 악령은 비장한 표정을 지었다.

이탄이 호기심을 드러냈다.

'오호라, 마지막 수단이라고 하는 것을 보니 분명 대단한 저주 마법이겠소? 하루하루 일수도장을 찍다 보면 언젠가 영감이 그 저주 마법도 내게 알려주겠지? 후후후.'

[끄윽.]

아나테마가 분통을 속으로 삼켰다. 차마 이탄에게 욕을 퍼붓지는 못했으나 아나테마의 마음속에서는 천 길의 화염이 타올랐다.

'어서 말해보시오. 영감이 말한 마지막 수단이 대체 뭐요?'

[샤흐크 종주는 17명의 생존자들과 한 몸이 되기로 하였다.]

'한 몸? 한 몸이라고? 이런 썅.'

무슨 생각을 떠올렸는지 이탄이 욕지거리를 뱉었다.

아나테마가 버럭했다.

[그 한 몸 아니거든. 그런 거 아니거든. 이 빌어먹을 양아치 놈이 생각을 해도 꼭.]

'어? 그거 아니오? 난 또 그 짓인 줄 알았지.'

이탄이 계면쩍게 웃었다.

아나테마가 풀 죽은 목소리로 말을 이었다.

[에효오. 어쨌거나 샤흐크 종주는 17명의 동료들과 영혼을 합치고 몸을 하나로 뭉쳐 새로운 생명체로 거듭나기로 결심하였다. 이 세상에는 존재하지 않는 생명체. 오로지 부정 세계에서만 존재하는 오염의 악마종! 36개의 눈알로 사물을 분간하고, 32개의 귀로 영혼의 소리를 듣고, 17개의 입으로 통곡하며, 눈앞에 있는 존재하는 모든 바른 것들을 부정하게 비틀어버리는 파멸의 존재. 바로 그 오염의 악마종이 되어 적들을 지옥으로 끌고 들어가겠다는 것이 바로 샤흐크의 결심이었다. 그의 일기에는 이 내용이 구구절절이 적혀 있더구나.]

아나테마는 씁쓸함과 회한이 묻어나는 말투로 과거 어느한 시점을 이탄 앞에 끌어다 놓았다.

이탄의 마음 한구석이 어쩐지 먹먹해졌다. 이탄은 한동안 말문을 열지 못했다.

'성공히였소?'

한참 만에 이탄이 다시 물었다.

[뭐가 말이냐?]

'샤흐크 종주가 오염의 악마종으로 거듭나려 하지 않았소. 그 대법이 성공한 거요?'

[실패했다.]

이탄의 뇌 속에서 아나테마가 단호하게 고개를 가로저었다.

Chapter 10

이탄이 이유를 물었다.

'왜 실패했소? 17명의 동료들과 합심하여 부정 세계의 악마종으로 거듭나겠다며? 샤흐크 종주의 일기에 그렇게 적혀 있다고 하지 않았소?'

[적혀 있지. 샤흐크 종주의 일기에는 그렇게 적혀 있지.]

아나테마의 음성에 갑자기 분노가 섞였다.

이탄이 그 분노를 느꼈다.

'그런데 왜 실패한 거요?'

이탄의 물음에 아나테마가 고개를 설레설레 저었다.

[모르지. 그것까지는 일기에 없으니까 내가 알 수가 없지. 하지만 내가 악마사원의 발원지에서 원념을 완성하고 절대 리치가 되어 다시 세상에 나왔을 때, 샤흐크 종주는 이미 마지막 살 한 점까지 분해되어 사라지고 없었다. 또한 17명의 동료들도 모두 자취를 감춘 뒤였다.]

'허어.'

이탄이 추임새를 넣자마자 아나테마가 독백을 했다.

[오염의 악마종으로 거듭나는 저주마법 말이다. 샤흐크 종주가 마지막으로 결심하였던 마법이 왜 실패했을까? 그건 실패할 수 없는 마법인데? 당시에 나는 샤흐크와 17명의 동료들이 어떤 최후를 맞았는지 알 길이 없었어. 하여 그들이 평범한 방법으로 적들과 맞서 싸우다가 하나둘 무릎을 꿇었을 것이라고 짐작했었지. 한데 그게 아니었어. 샤흐크는 최후의 저주마법을 펼칠 각오를 했어. 자신의 육체와 영혼을 오롯이 제물로 삼아 세상의 모든 적들을 부정하게 뒤틀어 버리려고 했다고. 그런데 샤흐크의 최후 방도가 왜 먹히지 않았을까? 내가 절대 리치가 되어 세상에 다시 나왔을 때, 왜 세상이 부정하게 오염되지 않았지? 샤흐크의 저주마법이 실패한 이유가 뭐지? 설마? 설마! 배신자가 있었나? 17명의 동료들 가운데 살고자 하는 자가 있었나? 그 배신 때문에 오염의 악마종이 탄생하지 못한 것일까?

끄요오옵! 끄요옵! 끄읍! 끄요요욥!]

이건 이탄에게 설명하는 말이 아니었다. 스스로에게 묻고 답하는 독백이었다. 독백의 마지막에 이르러 아나테마의 악령은 괴이한 통곡을 터뜨렸다. 듣기만 해도 사람의 영혼이 바스러지고 소름이 돋는 통곡이었다. 손톱으로 철판을 긁는 소리 같기도 했고, 무딘 칼로 뼈를 써는 소리 같기도 하였다.

한데 이 기분 나쁜 소리를 듣고도 이탄은 아무런 타격을 받지 않았다. 오히려 동요를 듣는 것처럼 포근하게 느껴졌다.

이탄이 도서관 1층으로 내려올 때까지도 아나테마는 분노를 감추지 못했다. 붉은 공 안에서 아나테마의 악령이 이리 서성 저리 서성거렸다.

"신관님."

이탄이 내려오자 티케가 손을 흔들었다. 보아하니 티케는 책을 읽다 지쳐서 미리 나와 기다린 모양이었다.

리리모도 티케와 마찬가지였다.

두 여인이 이탄을 반겨 맞았다.

"영애님은?"

이탄의 물음에 티케가 대답했다.

"영애님은 아직 내려오지 않으셨어요. 정말 대단하세요.

어떻게 그렇게 책을 오래 읽을 수 있죠? 저는 엉덩이가 쑤셔서 앉아있지 못하겠던데요."

티케가 맹랑하게 종알거렸다.

"그렇게 힘들더냐?"

이탄은 티케의 머리를 슥슥 쓰다듬었다.

겉으로는 이렇게 아무렇지 않은 척했지만 이탄의 속은 철렁했다. 건물 출구에서 도서관의 관원들이 사람들의 몸을 수색 중이기 때문이었다. 관원들은 새하얀 막대기로 사람들의 몸을 쭉 훑었다. 책의 일부를 찢어서 숨겨나가던 비양심적인 사람들은 어김없이 관원들에게 발각 당했다.

지금도 관광객 한 명이 관원에게 걸려서 질질 끌려가는 중이었다.

"아니, 이게 왜 내 주머니에 들었지? 아니오. 난 아니오. 내가 훔친 것이 아니라고. 제발 믿어주시오."

중년의 관광객이 바락바락 소리를 질렀다.

하지만 라팔 도서관의 관원들은 그 말을 듣지 않았다. 그들은 좀도둑의 팔을 양쪽에서 붙잡고 지하로 끌고 갔다.

"어이구, 이걸 어째?"

"이 친구야. 그러게 왜 책을 찢어서 주머니에 넣었어?"

끌려가는 관광객의 친구들이 발을 동동 굴렀다.

이탄은 물끄러미 그 모습을 바라보았다.

그때 갑자기 아나테마가 이탄에게 말을 걸었다.

[지금부터 내가 읊는 주문을 마음속으로 따라 해라. 크Λ숨, 바흐테. 크흐르Λ숨 바흐테르.]

이탄이 바로 말귀를 알아들었다.

'알았소. 크Λ숨, 바흐테. 크흐르Λ숨 바흐테르.'

이탄은 꽤나 발음하기 어려운 주문을 척척 따라 했다.

아나테마가 다음 단계로 넘어갔다.

[자, 이제 손가락으로 일기를 붙잡아라. 그 다음 음차원의 마나를 네 녀석의 손끝에 불어넣으면서 주문을 다시 외워봐라.]

'크Λ숨, 바흐테. 크흐르Λ숨 바흐테르.'

이탄이 아나테마의 말대로 했다. 그러자 인피로 만든 일기가 도르륵 말리더니 이탄의 손가락 속으로 스며드는 것 아닌가!

이탄이 단번에 성공할 줄은 몰랐는지 아나테마가 부자연스럽게 헛기침을 했다.

[컴. 커험, 커허험. 역시 가르치는 스승이 뛰어나니 잘 되는군. 커허험. 어쨌거나 지금 내가 일러준 것은 타인의 살점을 흡수하여 본인의 상처를 땜질하는 저주마법이니라.]

'허어, 신기하구려.'

이탄이 품에서 손가락을 꺼내 이리저리 돌려보았다.

'악마사원 종주의 일기가 이 손가락 속에 스며들었단 말이지? 정말 감쪽같은데?'

이탄이 이런 생각을 할 때였다. 헤스티아가 1층으로 후다닥 뛰어내려 왔다.

"죄송해요. 제가 좀 늦었죠?"

"괜찮습니다, 영애님. 저도 조금 전에 내려왔는걸요. 그나저나 재미있는 책을 찾으셨나 보네요?"

이탄의 질문에 헤스티아가 고개를 힘차게 끄덕였다.

"네, 신관님. 제 마법에 제법 도움이 될 만한 서적을 찾았답니다. 그 서적을 읽느라 시간 가는 줄 몰랐네요. 헤헤헤."

대답을 하는 헤스티아의 얼굴이 붉게 상기되었다.

이탄이 빙그레 웃었다.

"축하드립니다."

네 사람은 밝게 웃으며 도서관 출구로 나왔다. 출구 바로 앞에서 라팔 도서관의 관원들이 이탄 일행을 하얀 막대기로 스캔했다.

Chapter 11

티케는 무사통과.

리리모도 무사통과.

헤스티아도 걸리는 바가 없었다. 그런데 이탄의 신체를 스캔할 때 손가락 부분에서 막대기가 멈칫했다.

"무슨 문제라도 있습니까?"

이탄이 어깨를 으쓱했다. 겉으로는 이렇게 능청을 떨었지만 속으로는 뜨끔하여 아나테마를 다그쳤다.

'영감, 이게 어찌 된 일이오?'

[이상하다? 그럴 리가 없는데?]

아나테마도 무척 당황하여 어쩔 줄을 몰랐다.

"이리 와보시죠."

도서관의 관원이 이탄의 손을 검색대 위에 올려놓고 하얀 막대기로 다시 한 번 스캔했다. 막대기는 이탄의 손가락 부분에서 살짝 멈칫하는가 싶더니 그대로 쭈욱 지나갔다. 관원이 이탄의 손가락을 육안으로 유심히 살폈으나 서적을 훔친 흔적은 보이지 않았다.

"통과."

관원이 손으로 입구를 가리켰다.

'휴우.'

이탄은 겨우 안도의 한숨을 내쉬었다.

그날 저녁 이탄과 세 여인은 번듯하게 생긴 레스토랑에서 맛있는 저녁을 사 먹었다. 티케는 꿀에 찍어 먹는 빵을 좋아하여 몇 개나 해치웠다. 리리모와 헤스티아는 불판에 구운 소고기를 즐겼다. 곁들여서 나온 감자도 고소했다.

식사 후 헤스티아는 옷가게에 들러서 맵시 좋은 옷을 몇 벌 샀다.

리리모와 티케가 부러운 눈으로 헤스티아를 훔쳐보았다. 결국 이탄이 한 숨을 한 번 내쉰 다음, 두 사람의 옷을 한 벌씩 사주었다.

리리모와 티케가 배시시 웃었다.

'웃지 마라. 그게 다 너희들이 갚아야 할 빚이다.'

이탄이 속으로 이렇게 중얼거렸다. 이탄의 속마음을 읽었더라면 리리모와 티케는 결코 웃지 않았을 것이다.

양껏 쇼핑을 한 뒤에도 헤스티아는 지치지 않았다. 때때로 여자들은 초인적인 힘을 내곤 하는데, 쇼핑도 그런 케이스 가운데 하나였다.

헤스티아가 이탄을 잡아끌었다.

"신관님, 라폴리움 영주성 동쪽 거리가 그렇게 좋다고 하디리고요. 특히 그곳이 야경이 환상적이라네요. 우리 거기에 가 봐요."

'여관방에 홀로 있으면 죽은 자들이 떠오르는 거겠지? 그래서 영애님은 진이 빠질 때까지 밖을 돌아다니고 싶은가 봐.'

이탄은 동정 어린 눈빛으로 헤스티아를 바라보았다.

"좋습니다. 영애님. 이왕 이렇게 된 거, 오늘은 실컷 구경을 다니죠."

헤스티아의 아픔을 헤아린 이탄이 흔쾌히 대답했다.

"그래요. 우리 실컷 구경을 다녀요."

헤스티아가 신이 나서 대답했다. 두 사람이 앞장서자 리리모와 티케도 따라올 수밖에 없었다.

헤스티아의 선택이 옳았다. 주홍색 램프가 줄지어 늘어선 라폴리움 다리의 야경은 정말로 환상적이었다. 잔잔하게 흐르는 강물 위에서 램프의 불빛들이 아름답게 뒤채였다. 적당히 부는 밤바람이 강물에 비친 불빛들을 살랑살랑 흔들어 주었다.

"와아, 예쁘다."

티케가 자신도 모르게 입을 쩍 벌렸다.

"어쩜."

헤스티아도 두 눈을 반짝반짝 빛냈다.

리리모는 무표정한 척했으나 사실은 그녀의 눈동자도 여기저기 야경을 둘러보느라 바삐 움직였다.

이탄과 세 여자는 아치형 다리 위에서 악기를 연주 중인 노인에게 동전을 하나 던져주었다.

노인이 이탄 등을 향해 고개를 꾸벅 숙였다.

부드러운 선율에 취해 다리를 건너가자 다과를 파는 가게들이 보였다. 빵 굽는 고소한 냄새가 코로 스며들었다. 비단 빵뿐만이 아니었다. 헤아릴 수 없이 많은 가게들이 길 양옆에서 영업 중이었다.

"우리 저것도 마셔 봐요."

헤스티아가 신바람을 내었다.

이탄은 헤스티아가 잡아끄는 대로 움직였다. 세 여인이 깍깍거리면서 차와 과자를 고르는 동안 이탄은 철제의자에 앉아 밤 풍경을 물끄러미 응시했다.

이탄의 시선이 거리 저편 아늑한 어둠 속 특정되지 않은 지점을 부평초처럼 떠돌아다녔다. 관광객들이 내뱉는 소음은 마치 갯벌에 썰물이 빠지는 것처럼 서서히 잦아들었다. 실제로 주변은 시끄러웠으되 이탄의 귀에는 그 소리가 들리지 않았다. 밤거리를 바쁘게 오가는 군중의 모습도 이탄의 시야에서 밀려나 모래성처럼 허물어졌다.

세상은 무채색이었다. 오직 램프 불빛들만이 색깔을 지녔다. 주홍색 빛들이 반딧불처럼 밤하늘을 헤엄치다가 어둠 속으로 자취를 감추었다. 이탄의 주변에 온통 흑과 백,

그리고 회색의 세상만 남았다.

어둠이 밀물처럼 밀려와 이탄을 감쌌다.

휘이잉—

싸늘한 바람이 이탄을 핥고 지나갔다.

이탄은 세상에 홀로 존재하는 듯한 고독감을 느꼈다.

고독은 어지럼증을 유발할 만큼 아득하였고, 동시에 요람처럼 아늑하였다.

제4화

아나톨 주교의 죽음

Chapter 1

다음 날 아침.

이탄은 여인들의 등쌀에 떠밀려 한 번 더 시내 관광을 나왔다. 라폴리움의 유명 관광지 한두 곳을 둘러보자 어느새 점심때가 되었다. 길거리 음식으로 간단하게 끼니를 때운 뒤, 이탄은 리리모와 티케를 여관에 바래다주었다.

"내일부터 힘든 여정이 다시 시작될 테니 오늘은 푹 쉬어라. 괜히 여관 밖을 혼자서 돌아다니다가 사고 치지 말고."

"네에."

티케가 시무룩하게 답했다.

이탄이 리리모에게 시선을 돌렸다.

"리리모가 이 말괄량이 좀 챙기고."

"네, 신관님."

리리모가 티케의 어깨를 토닥였다.

두 사람을 여관에 데려다 놓은 뒤, 이탄과 헤스티아는 라폴 도서관을 한 번 더 방문했다. 이건 헤스티아의 요청이었다.

물론 이탄도 읽고 싶은 책이 있어 냉큼 따라나섰다. 라폴 도서관에 입장한 두 사람은 어제와 같이 각자 보고 싶은 서실로 들어갔다.

"오늘은 여유가 없으니까 두 시간만 보죠."

서실로 들어가기 전, 이탄이 이렇게 제안했다.

"알았어요. 두 시간 뒤에 늦지 않게 내려올게요."

헤스티아가 냉큼 고개를 끄덕였다.

이탄이 서실에 들어가자 여사서가 아는 체를 했다.

"안녕하세요? 오늘 또 오셨네요."

"네. 오늘은 이 책 좀 보려고요."

이탄이 요청한 책은 '영혼학개론'이었다. 원래 이것은 계획에 없던 책이었으나, 요 며칠간 겪은 일들이 이탄을 영혼학개론으로 잡아끌었다.

빈 자리에 앉은 이탄은 두꺼운 책을 펼쳐들고 몰입했다

하지만 안타깝게도 이탄이 찾는 답은 나오지 않았다. 책의 저자는 각종 종교와 사람의 영혼을 연결 지으면서 여러 가지 가설을 제기하였으나, 저자의 경험이 부족하여 깊이 있는 내용을 책에 담지는 못했다.

'하긴. 한 번 죽어 본 적도 없는 미경험자 나부랭이가 영혼에 대해서 뭘 알겠어? 죽어서 영혼이 봄과 분리되는 경험쯤은 해봐야 비로소 책도 쓰는 거지.'

이탄이 실망스러운 표정으로 책을 덮었다.

그렇다고 아주 건진 것이 없지는 않았다.

집념이 강한 영혼은 기어코 자신의 몸을 찾아간다는 '영혼 회귀설'.

죽은 뒤 영혼이 환생한다는 '영혼 윤회설'.

마법사들이 사물을 구성하는 입자를 쪼개고 쪼개서 원소에 대한 가설을 만들어낸 것처럼, 영혼도 쪼갤 수 있다고 주장하는 '영혼 분리설'.

책의 저자가 주장하는 세 가지 가설이 이탄의 마음에 파문을 일으켰다.

'만약에 말이야, 정말 만약에 내 영혼을 쪼갤 수 있다면? 그 영혼의 파편 한 조각이 집념이 아주 강해서 차원을 뛰어넘을 정도라면? 그럼 내 영혼의 파편 한 조각이 간씨 세가로 돌아갈 수 있으려나? 영혼 회귀설과 영혼 분리설이

옳은 가설이라면 가능성이 전혀 없는 것은 아니잖아?'

이탄은 문득 이런 생각을 품었다.

물론 간씨 세가로 돌아가서 무엇을 어떻게 하겠다는 계획은 없었다. 설령 돌아간다고 하더라도 이탄의 신체는 이미 바스러져서 머리통만 남은 상태였다.

'쳇. 괜히 잡념만 늘었잖아? 간씨 세가로 돌아간들 뭘 하겠어? 몸뚱어리도 사라지고 없는데 어디에 깃들려고?'

만약에 이탄의 영혼 한 조각이 적당한 몸을 찾아서 깃들었다고 치자. 그 다음은? 간씨 세가에 복수를 할 것인가?

'물론 복수도 나쁘지 않지. 나를 망령으로 만든 죄를 추궁하여 그 망할 꼽추 늙은이를 죽여 버리면 속은 시원하겠지. 하지만 복수가 그렇게까지 간절하지는 않아. 그보다는 이 언노운 월드에서 내가 어떻게 살아남을 것인가가 더 중요해.'

이탄은 머리를 좌우로 흔들어 잡념을 털어버렸다.

희한하게도 이렇게 털어버린 잡념이 얼마 지나지 않아 이탄에게 현실로 닥치게 된다. 물론 지금의 이탄은 미래에 그런 일이 벌어질 것이라고는 전혀 생각하지 못하였다.

11월 30일의 아침 날씨는 청명했다. 기온이 조금 낮아져서 사람들의 입기에서는 입김이 올라왔다.

이탄은 모드융을 등에 업고 여관을 나섰다.

세 여인이 각자의 배낭을 짊어졌다.

이탄은 언데드인지라 입에서 입김이 나오지 않았는데, 그걸 의식해서인지 이탄은 여우 목도리를 코까지 끌어올렸다.

마차를 타고 헹거스 길드에 도착하자 마리 헹거스가 이탄 일행을 맞았다.

"딱 맞춰서 오셨네요. 건물 옥상으로 올라가시죠. 이미 점프할 준비를 끝내놓았답니다."

마리는 이틀 전과 마찬가지로 단정한 차림이었다.

옥상에 올라가자 마리가 해놓은 준비물들이 보였다. 마운틴족의 주술사들이 커다란 나무문짝과 2개의 메이스를 이용하여 공간을 점프하는 것과 달리, 마법사인 마리는 옥상 바닥에 마법진을 설치하여 점프할 준비를 해놓았다. 마법진의 여섯 귀퉁이에 놓인 마정석들이 마리의 오브와 반응하여 노란 빛을 뿌렸다.

"자. 이제 시작합니다. 모두 마법진 안으로 들어오세요."

마리가 목청을 살짝 높였다.

이탄과 모드융, 헤스티아, 티케, 그리고 리리모가 마법진 안으로 들어가 서로의 손을 꼭 잡았다.

이윽고 마리의 입에서 캐스팅이 시작되었다. 마리의 오브가 샛노란 빛을 토해놓았다. 그 빛이 여섯 갈래로 갈라져 마정석과 공명했다.

파츠츠츠츠—

마정석에서 방출된 강렬한 빛다발이 사람들을 휘감았다. 여인들이 어금니를 꽉 물고 두 눈을 질끈 감았다.

슈왁!

점프는 한순간에 이루어졌다.

이탄은 아찔한 현기증을 느꼈다. 귀에서 지이잉—하고 이명도 울렸다.

Chapter 2

공간을 뛰어넘어 이탄 일행이 도착한 곳은 솔노크 시였다. 비치 일족이 세운 수변도시 솔노크 말이다.

도시 바깥쪽 언덕에 도착한 뒤, 마리는 6개의 마정석을 회수해 가방에 담았다.

"마정석들을 다시 충전하려면 하루가 걸려요. 그러니까 오늘은 솔노크 시에서 머물고, 내일 아침에 다시 점프할게요."

이렇게 통보한 뒤, 마리는 성큼성큼 언덕을 내려갔다. 단호하면서도 자신만만한 태도가 마리를 빛나게 해주었다. 이탄과 헤스티아는 어깨를 한 번 으쓱한 다음, 이 당당한 여성 점퍼의 뒤를 쫓았다.

"솔노크 시에는 우리 헹거스의 형제 길드가 있어요. 실제 형제는 아니지만, 마치 친형제처럼 믿을 수 있는 사이죠. 오늘은 그 길드의 신세를 지려고요."

언덕을 내려가면서 마리가 설명을 붙였다.

마리의 말이 맞았다. 솔노크 시로 들어가는 선착장에는 비치족 사내 몇 명이 마중을 나온 상태였다.

마리가 반갑게 손을 흔들었다.

"샹거 아저씨."

"여어, 우리 말괄량이 아가씨께서 오셨군."

수염이 덥수룩한 비치족 사내가 껄껄 웃으며 마리를 반겼다. 그가 바로 샹거였다.

마리가 발끈했다.

"말괄량이라니요? 누구 앞길을 막으려고 그래요?"

"껄껄껄껄. 실제로 말괄량이니까 말괄량이라고 부르지, 요조숙녀에게 말괄량이라고 부르겠어? 껄껄껄."

"아이 참. 그렇게 부르지 말라니까요."

짐짓 짜증을 내는 척했지만 마리의 얼굴엔 웃음꽃이 피

었다. 이런 태도만 보아도 마리가 샹거를 얼마나 친숙하게 여기는지 짐작이 갔다.

"아 참, 여기 이분들은 헹거스 길드의 손님들이에요. 여기 이분이 의뢰자인 이탄 님. 그 옆이 헤스티아 님. 리리모 님, 티케 님."

마리가 샹거에게 이탄 일행을 소개했다.

"그러시구나. 나는 샹거라고 하외다. 반갑소."

샹거가 이탄에게 손을 내밀었다.

이탄은 악수 대신 오른 주먹을 왼손으로 덮어 인사했다.

"모레툼 교단의 신관 이탄입니다."

"허어. 모레툼의 신관님이시라고? 그렇다면 굳이 우리 길드에서 맞을 필요는 없었는데. 아시다시피 이곳 솔노크 시에서는 모레툼 교단의 영향력이 크다오. 어째, 그곳으로 안내해 드릴까?"

"아닙니다. 일행 중에는 모레툼의 신도가 아닌 분도 있으니까 저는 그냥 일행과 함께 머물겠습니다."

"그러시오."

샹거가 호쾌하게 답했다.

샹거의 부하들이 돛의 방향을 조종해 바람을 탔다. 이탄 일행을 태운 배는 강물을 가로질러 솔노크 도심으로 진입했다.

운항하는 중에 마리가 몇 가지 사항을 일러주었다.

"샹거 아저씨가 운영하는 길드가 샹거 길드에요. 샹거 길드는 솔노크 시의 대표적인 여행 길드죠. 당연히 샹거 길드에서는 여행자들을 위한 숙박업소와 술집, 레스토랑 등을 직접 운영하고 있고, 길 안내와 호위 서비스도 제공해준답니다."

"그렇구려."

"물론 샹거 길드에서 여러분들에게 숙박비를 청구하지는 않아요. 숙박비와 식비는 여러분들이 우리 헹거스 길드와 계약할 때 이미 다 포함되어 있거든요. 다만 술값과 쇼핑 비용은 각자 계산하셔야 해요."

"옳거니. 이해하겠소."

이탄은 적당히 추임새를 넣으며 마리의 설명을 들었다.

마리가 이탄을 젖혀놓고 헤스티아에게 물었다.

"숙소에 짐을 풀고 솔노크 시를 둘러보실 건가요? 만약 관광을 하실 거라면 운하를 꼭 보시라고 권해드리고 싶어요. 이 수변도시의 핵심 기능이 바로 운하거든요."

이탄 일행의 돈줄은 어디까지나 이탄이 아니라 헤스티아였다. 게다가 헤스티아는 씀씀이가 큰 편이었다. 눈치가 빠른 마리는 단숨에 이 역학 관계를 알아차리고는 헤스티아를 집중적으로 공략했다.

곧바로 반응이 왔다.

"저는 좋아요. 신관님 생각은 어떠세요?"

헤스티아가 반짝거리는 눈으로 이탄을 돌아보았다.

이탄도 딱히 반대하지는 않았다.

"저는 좋습니다. 다만 추가비용이 들 테지요."

추가비용 이야기가 나오기 무섭게 마리가 협상에 들어갔다.

"네 분이서 하루 코스를 도시는데 이 금액. 어떠신가요?"

특이하게도 마리는 비용을 입으로 내뱉지 않고 종이에 적어 헤스티아에게만 제시했다. 헤스티아가 머뭇거리자 마리가 재빨리 덧붙였다.

"혹시 솔노크 시 관광비용에 대해서 미리 알아보고 오셨나요? 얼마까지 보고 오셨는데요?"

헤스티아는 이곳에 놀러 온 것이 아니었다. 당연히 관광비용에 대해서 조사해본 적도 없었다.

"아뇨. 알아본 바가 없어요."

헤스티아가 당황하여 도리질을 하자 마리가 신속하게 펜을 놀렸다. 그녀는 조금 전에 제시한 금액을 찍찍 긋더니, 새로운 금액을 썼다.

"저희 헹거스 길드에서는 이 선까지 맞춰드릴 수 있어

요. 운하 관람과 솔노크 시의 관광명소 세 곳을 포함해서 이 가격이면 정말 합리적이에요. 어때요? 오늘 당일 일정으로 추진하려면 빨리 말씀해주셔야지 머뭇거리면 그냥 지루하게 여관방에서만 갇혀 지내야 하거든요. 어때요? 괜찮은 가격이죠?"

벼락처럼 다그치는 마리의 싱술에 헤스티아가 홀랑 넘어갔다.

"괘, 괜찮네요. 그럼 할게요. 운하를 보고 명소 세 곳을 둘러보는 것이 방구석에 처박혀 있는 것보다는 훨씬 낫겠죠."

"브라보. 브라보. 역시 판단이 빠르세요. 제가 접수했으니 고객 여러분의 오늘 하루는 저 마리 헹거스가 확실하게 책임지겠습니다."

똑 부러지게 말하면서 마리가 손을 빙글 돌려 손바닥을 내밀었다.

헤스티아는 주머니를 뒤적여 마리가 제시한 금액을 선불로 지불했다. 그 금액이 얼마인지 이탄은 알 수 없었다. 이탄은 지금 다른 생각에 몰두하는 중이었다.

'히야. 마리라는 이 아가씨, 정말 능력자인데? 우리 모레툼 교단과 궁합이 잘 맞을 것 같아. 신관 보조 자리를 맡기면 끝내주게 영업을 하겠어. 나중에 혹시라도 헹거스 길

드가 망하게 되면 재빨리 손을 내밀어 스카웃해야지.'

이탄이 사람 욕심을 부렸다.

이런 속내를 아는지 모르는지, 마리는 이탄을 향해 생글생글 미소를 보냈다.

Chapter 3

샹거 길드에서 제공한 여관은 으리으리했다. 이건 여관이 아니라 귀족의 대저택에 온 듯한 느낌이었다.

"역시 돈값을 하네. 비싼 것은 다 이유가 있다니까."

여관 로비에 들어서자마자 헤스티아가 이렇게 중얼거렸다.

귀족인 헤스티아가 흡족해할 정도이니 일반 서민들이 숙박할 수준은 아니었다. 리리모와 티케는 로비 중앙에 장식된 화려한 샹들리에를 보고는 입을 쩍 벌렸다. 금으로 도금된 분수대를 목격하고는 꺅꺅 소리를 질렀다.

마리 헹거스가 짝짝 손뼉을 쳤다.

"자자, 각자 방에서 짐을 푸시고 30분 뒤에 이곳 로비로 내려오세요. 우선 솔노크 운하부터 관람하겠습니다. 옷차림은 최대한 가볍게. 무거운 짐은 모두 방에 두고 오시는 것을 잇지 마세요."

마리는 모드융을 위해 간호 서비스도 신청해 주었다.

서비스 비용은 헤스티아가 아니라 이탄이 지불했다. 아직도 정신이 오락가락하는 모드융을 내려다보며 이탄이 중얼거렸다.

"간호 비용이 어디서 나온 줄 아시오? 이건 모두 은혜로 우신 모레툼 님께서 내려주시는 은화외다. 그러니 나중에 훌훌 털고 일어나시구려. 꼭 건강해지셔야 하오. 그래야 모레툼 님의 은혜를 갚을 수 있지."

만약 모드융이 이 말을 들었다면 벌떡 일어났을 것이다. 모레툼의 은화를 받지 않을 테니 그런 소리는 하지도 말라고 손사래부터 쳤을 것이다. 지금 이탄이 모드융에게 한 이야기는, 속된 말로 풀어 쓰면 "너님은 이제부터 모레툼 교단의 노예."라는 것이나 다름없었다.

어쨌거나 모드융은 이탄의 말을 듣지 못했다.

모드융의 남은 생애는 이것으로 결정 났다.

30분 뒤.

이탄이 로비에 내려왔을 때 다른 사람들은 이미 집결한 상태였다. 한데 헤스티아의 표정이 썩 좋지 않았다. 헤스티아의 옆에서 신관의 복장을 입은 장신의 청년이 이탄에게 아는 척을 했다.

"이탄 신관님."

"어? 당신은?"

상대는 모레툼 교단 산하 솔노크 지부에서 복무하는 수움 신관이었다. 이탄이 계단을 내려오다 말고 멈칫했다.

'이자는 아나톨 주교의 심복인데? 간파의 능력을 가진 신관 말이야.'

이탄이 수움을 물끄러미 내려다보았다.

수움이 얇은 입술의 끝을 살짝 끌어올렸다.

"이탄 신관님, 제가 불쑥 나타나서 놀라셨습니까?"

"아니, 뭐. 그렇게 놀라지는 않았습니다. 한데 제가 이곳에 온 것을 어찌 아셨습니까?"

이탄이 최대한 덤덤한 표정을 지었다.

이탄 일행이 솔노크 시에 도착한 것은 불과 한 시간 전의 일이었다. 그리고 일행은 약 30분쯤 전에 샹거의 여관에 짐을 풀었다. 이탄은 솔노크 지부에 자신의 도착 사실을 알리지도 않았다.

그런데 수움 신관이 알아서 이탄을 찾아온 것이다.

'혹시 이자들이 나를 감시하나? 내 몸에 무슨 알람 마법 같은 것을 걸어놓은 거 아냐?'

이탄은 은근히 기분이 나빴다.

수움이 차가운 미소로 이탄을 대했다.

"지난번 솔노크를 떠날 때 이탄 님께서 약속하셨지요. 여정을 마치고 돌아올 때 솔노크에 들러서 주교님을 다시 찾아뵙겠노라고, 그리 말씀하지 않으셨습니까?"

"그리 말했습니다."

이탄이 순순히 시인했다.

"하면 솔노크에 오자마자 저희 지부로 연락을 주시지 그러셨습니까? 그럼 제가 선착장까지 마중을 나갔을 텐데요."

말투는 부드러웠으나 수움의 말에는 뼈가 담겨 있었다. 이탄을 향한 수움의 눈빛도 건조했다.

이탄이 계단을 마저 내려가 수움 앞에 섰다.

"하하하. 그렇지 않아도 오늘 저녁쯤에 지부에 한 번 들리려고 했습니다. 주교님께 드릴 말씀도 있고 해서요."

"하하하. 그거 잘 되었네요. 저녁까지 미룰 이유가 어디 있습니까? 지금 저와 함께 가시죠. 아나톨 주교님께서 기다리고 계십니다."

"지금요?"

"네, 지금."

이탄을 직시하는 수움의 눈빛이 차가운 얼음 같았다.

반면 수움을 바라보는 이탄의 눈빛에는 언뜻언뜻 불쾌한 기색이 내비쳤다. 둘의 시선이 허공에서 불꽃을 튀며 충돌했다.

"좋소. 갑시다."

이탄이 앞장서라는 듯이 손으로 문을 가리켰다.

"신관님……."

헤스티아가 불안한 표정으로 이탄을 불렀다.

이탄이 헤스티아를 안심시켰다.

"영애님, 걱정 말고 운하에 다녀오십시오. 저는 모레툼 지부에 가서 볼일 좀 보고 돌아오겠습니다."

이탄이 이렇게 말하니 헤스티아도 더는 이탄을 붙잡지 못했다.

"하아, 알겠어요. 그럼 무탈하게 다녀오세요."

"영애님도 잘 다녀오시기 바랍니다."

헤스티아에게 가볍게 목례를 한 뒤, 이탄이 수움을 재촉했다.

"빨리 갑시다. 주교님을 기다리시게 하면 되겠소?"

"허어."

나무라는 듯한 이탄의 말투에 수움이 어이없다는 표정을 지었다. 이탄은 수움을 기다리지도 않고 먼저 여관 문을 밀고 나갔다.

'크윽, 이자가 정말.'

수움의 단정한 얼굴에 살짝 금이 갔다. 내색하지 않으려고 했으나 수움의 손아귀에 힘이 꾸욱 들어가는 것은 어쩔 수 없었다.

샹거의 여관을 나오자 모레툼 교단의 쾌속정이 눈에 띄었다. 이탄은 수움의 안내도 받지 않고 당당하게 쾌속정에 올라탔다.

"어어? 아, 안녕하십니까?"

배를 운항하는 선장이 이탄에게 어정쩡하게 인사를 했다.

이탄이 턱을 살짝 들고 선장을 재촉했다.

"주교님이 기다리신다고 하지 않소. 어서 갑시다."

"어이쿠, 예. 예. 물론입죠."

이탄이 아나톨 주교를 언급하자 선장이 깜짝 놀라 허리를 굽실거렸다.

뒤따라 나온 수움이 한 번 더 얼굴을 구겼다.

'끄으응. 이 이탄이라는 자가 정말 오만하구나. 우리 지부의 신도를 자기 집 종놈 부리듯이 하다니.'

수움은 속이 부글부글 끓었지만 겉으로 드러낼 수는 없었다. 어쨌거나 이탄은 아나톨 주교의 손님이었다.

Chapter 4

모레툼 교단 산하 솔노크 지부.

이탄은 건물 23층의 지부장실로 곧장 올라갔다. 무릎까지 수염을 길게 기른 배불뚝이 주교 아나톨이 이탄을 향해 두 팔을 활짝 벌렸다.

"여어, 이탄 신관. 이렇게 또 보니 반갑구먼."

"주교님, 그동안 강녕하셨습니까?"

이탄이 정중하게 인사했다.

아나톨이 손으로 배를 두드리며 크게 웃었다.

"껄껄껄껄. 우리 보름 전에 만나지 않았나. 그 짧은 시간에 무슨 일이 있었겠어? 껄껄껄. 당연히 나야 강녕하게 잘 지냈지. 그러는 이탄 자네는 꽤 피곤해 보이는데?"

이탄은 아나톨이 권한 자리에 앉으며 대답했다.

"보름 사이에 벅찬 일들이 많이 있었습니다. 여정을 함께하던 동료들도 여럿 죽었고요."

"저런. 끌끌끌."

아나톨이 혀를 찼다.

하지만 놀란 기색은 보이지 않았다.

'내 동료가 많이 줄었다는 사실을 이미 보고받은 모양이구나. 이곳 솔노크 시에서 아나톨 주교의 권세가 장난이 아닌 것 같더니, 과연 그 예측이 맞았어. 그는 내 주변 사정을 훤히 꿰뚫고 있다고.'

이탄은 마음속으로 아나톨을 경계했다.

"어쩌다 그리 되었나?"

아나톨이 걱정스레 물었다.

이탄은 솔직하게 답했다.

"중간에 마물들의 습격을 받았습니다. 그 때문에 목적지인 퍼듐까지 가보지도 못하고 트루게이스로 돌아가는 길이었습니다."

"마물이라고? 허어. 마물족들이 비록 사납기는 하지만 자네가 상대하지 못할 정도는 아닐 텐데? 대체 어떤 마물들을 만난 겐가?"

"데스 울프였습니다."

"헙? 그게 진짜인가?"

아나톨이 헛바람을 집어삼켰다.

아나톨의 등 뒤에 배석한 수움도 움찔했다. 데스 울프는 정말 보기 드문 거물급 언데드였다. 아나톨이 손으로 이마를 문질렀다.

"데스 울프를 만났다니, 그거 놀랍군. 모르긴 해도 피해가 막심했을 게야. 그런데 왜 그런 거물급 언데드가 나타났을꼬? 데스 울프는 정말 희박한데?"

이탄은 대답하지 않았다. 머릿속에서 붉은 돌에 대한 생각도 지워버렸다. 자칫 방심했다가는 간파 능력자인 수움에게 이탄의 생각이 읽힐 수도 있기 때문이었다.

아니나 다를까, 아나톨이 수움을 돌아보았다.

수움이 무겁게 고개를 끄덕였다.

"이탄 신관의 말은…… 진실입니다. 그는 진짜로 데스 울프를 만났습니다."

"그렇군."

아나톨이 다시 이탄에게 고개를 돌렸다.

이탄이 물끄러미 아나톨을 보았다.

"험험, 허엄."

몇 번 헛기침을 한 뒤, 아나톨이 단도직입적으로 물었다.

"그래, 생각은 해보았나? 보름 전에 내가 했던 제안 말일세."

"큰물에서 놀라고 충고해주신 말씀 말이신지요?"

"응. 그거."

이탄을 향한 아나톨의 눈빛이 이글이글 타올랐다. 아나톨은 인재 욕심이 많은 사람이었다. 그만큼 배포도 크고 카리스마도 강했다.

이탄이 천천히 고개를 주억거렸다.

"생각해보았습니다."

"하면, 어떤 결정을 하였는가?"

아나톨이 이탄을 향해 상체를 기울였다.

"송구스럽지만……."

이탄의 입에서 부정적인 단어가 먼저 튀어나왔다.

'이자가 정말!'

순간적으로 수움의 표정이 싸늘하게 굳었다. 수움의 손은 뒤춤에 꽂힌 유척을 붙잡았다. 반면 아나톨은 여전히 싱글벙글한 얼굴로 이탄의 입술을 응시했다.

이탄이 잠시 뜸을 들였다가 뒷말을 이어 붙였다.

"제게 시간을 조금 더 주셨으면 합니다."

"시간을 조금 더 달라?"

아나톨이 의자 깊숙하게 상체를 파묻었다. 그 자세에서 아나톨은 불룩한 배 위에 깍지 낀 손을 얹어놓았다.

"주교님. 저는 원래 퍼듐 시에 다녀올 동안 머릿속을 정리하려고 했습니다. 여정을 마무리하기까지 한 달가량 걸릴 것이라 여기고 천천히 생각을 정리 중이었지요. 그런데 그만 중간에 여정을 포기하게 되었습니다. 솔직히 말씀드려서, 저는 아직까지 마음의 결정을 내리지 못했습니다. 용서해 주십시오."

이탄이 자리에서 일어나 아나톨에게 허리를 꾸벅 숙였다.

"흐으음."

아나톨이 검지를 접었다 폈다를 반복했다.

이탄이 숙인 머리를 들지 않자 아나톨이 빙그레 웃었다.

"하면, 얼마의 시간이 더 필요한가?"

이것이 아나톨의 질문이었다.

이탄은 선뜻 대답하지 못했다.

"제게 보름의 시간을 주시겠습니까?"

한참 만에 다시 입을 연 이탄의 목소리에서 고민의 흔적이 엿보였다.

"보름?"

아나톨의 부리부리한 눈이 깍지 낀 손 뒤에서 이탄을 파헤칠 듯이 노려보았다.

이탄이 부연설명을 덧붙였다.

"영애님을 트루게이스 시까지 모셔다드리는 데 나흘이 소요됩니다. 트루게이스의 지부에서 밀린 업무를 정리하자면 다시 닷새가 필요합니다."

"그럼 9일이네?"

"남은 6일간 주교님의 제안을 깊게 고민해보고자 합니다."

이것이 이탄의 제안이었다.

Chapter 5

"너무 길이."

아나톨이 고개를 가로저어 이탄의 제안을 뭉갰다. 무릎까지 내려오는 아나톨의 긴 수염이 좌우로 출렁거렸다.

아나톨이 손가락 하나를 곧게 폈다.

"이보게. 이탄 신관. 고민이 길다고 해서 꼭 좋은 해답을 얻는 것은 아니라네. 하루. 딱 하루를 주지. 트루게이스로 돌아가는데 나흘. 그곳에서 밀린 업무를 마치는데 닷새. 내 제안을 고민하는데 하루. 이걸 다 더하면 열흘이 아닌가? 열흘 뒤에는 내게 답을 주게. 교단에서 지급되는 장거리 통신 마법구를 자네에게 내줄 터이니, 열흘 뒤에 연락해야 하네."

"으으음."

이탄이 입을 꾹 다물었다.

아나톨의 부리부리한 시선은 이탄의 얼굴에 고정된 채 떠날 줄을 몰랐다.

마침내 이탄이 수긍했다.

"알겠습니다. 열흘 뒤에 주교님께 확답을 드리겠습니다."

볼 일을 마친 이탄이 자리에서 일어났다.

아나톨이 쫓아 일어나며 이탄의 손을 붙잡았다.

"껄껄껄. 내가 너무 밀어붙인다고 서운해 말게. 지금 총단의 상황이 급박하게 돌아가서 나도 어쩔 수 없다네. 아마도 조만간 큰 변혁이 이루어질 게야. 더 이상 파파에를 미룰 수는 없으니까 말일세."

'파파에'란, 모레툼 교단에서 신교황을 선출하는 절차였다. 지금 공석인 교황의 자리에 누가 선출되느냐에 따라서 교단 전체에 큰 풍파가 휘몰아칠 수밖에 없는 상황이었다. 이탄이 비록 변방의 소도시에 머물고 있지만, 조만간 파파에가 개최될 것이라는 점은 짐작하고 있었다.

"서운해하다니요? 절대 그렇지 않습니다. 다만 제가 선뜻 결정을 내리지 못해 주교님께 송구할 따름입니다."

"껄껄껄. 그리 말해주니 고맙구먼."

아나톨이 두툼한 손으로 이탄의 손등을 덮었다. 아나톨의 체온은 따뜻했으나, 이탄에게는 차갑게 느껴졌다.

반면 아나톨도 흠칫했다.

"자네, 손이 무척 차구먼."

"아, 네. 제가 수족냉증이 좀 있습니다."

이탄이 되도 않은 핑계를 대었다.

언데드의 차디찬 살갗을 수족냉증이라는 증상으로 덮을 수 있는 것인지 모르겠으나, 아나톨은 별다른 의심을 품지 않았다.

"허어, 그런가?"

"주교님, 하면 저는 이만 물러가겠습니다."

이탄이 공손하게 인사하고 자리에서 물러났다. 이탄이 나가고 나서 아나톨이 소파에 몸을 풀썩 던졌다.

창문 밖의 풍경을 잠시 바라보던 아나톨이 수움에게 턱짓을 했다.

　수움이 아나톨 주교의 맞은편에 착석했다.

　"어땠나?"

　밑도 끝도 없는 질문에 수움이 알아서 답했다.

　"오늘 이탄 신관이 한 말은 모두 진실이었습니다."

　수움의 대답은 솔직하였다. 수움은 이탄이 마음에 들지 않았으나, 그렇다고 이탄을 폄훼하지는 않았다.

　'내가 있는 그대로 진솔하게 말씀드려야 주교님께서 올바른 판단을 내리시지.'

　이것이 수움의 생각이었다.

　아나톨이 손가락으로 관자놀이를 긁적였다.

　"모두 진실이었단 말이지? 하긴, 간파 능력자인 네가 옆에 버티고 서있으니 이탄 신관도 진실만을 말할 수밖에 없었겠지. 이탄. 이탄. 수백 년 만에 처음으로 4개의 가호를 하사받은 유망주. 성격은 신중하고, 눈치도 빨라 보여. 여러모로 이 아나톨이 품어야 할 인재인 것은 분명한데…….　마음 한구석이 왜 이리 찜찜할꼬?"

　"그가 내키지 않으십니까?"

　수움이 조심스레 여쭸다.

　아나톨은 고개를 가로저었다.

"아니. 내켜. 너무나 가지고 싶을 정도로 그 녀석이 내킨다고. 그런데 마음 한구석에서 묘한 불길함이 느껴진단 말이야? 이게 불길함인지, 아니면 꺼려지는 것인지, 그 점을 알 수 없지만 말이야. 이거야 나 원 참."

아나톨이 머리카락을 벅벅 긁었다.

"어쨌거나 열흘 뒤에는 결론이 나겠지."

다시 창문 밖으로 시선을 돌린 아나톨이 무심한 말투로 중얼거렸다. 수움은 허리를 직각으로 숙여 인사를 하고는 아나톨의 앞에서 물러나왔다.

샹거의 여관으로 돌아온 이탄은 모처럼 자유 시간을 가졌다. 우선 이탄은 옷을 훌훌 벗어던진 다음, 사중첩의 마나순환로를 꼼꼼히 점검했다.

"아나톨 주교의 세력에 들어가면 외부 접촉이 늘어나겠지? 특히 신관들을 자주 만나게 될 거야. 그럴 때 혹시라도 어둠의 기운이 밖으로 새어나오면 곤란해."

이탄은 거울에 비친 자신의 나신을 바라보면서 이렇게 독백했다. 거울 속, 이탄의 피부 위에선 희미한 빛망울들이 은은하게 드러났다. 그 빛망울과 빛망울 사이는 미세한 선으로 이어져 있었다.

이탄은 선 하나하나를 체크하고 또 정비했다,

콰콰콰콰콰— 콰콰콰— 콰콰콰— 콰콰콰콰—.

음차원의 마나가 뻥 뚫린 사중첩의 마력순환로를 따라 광활하게 흘렀다. 그렇게 한 바퀴 순환할 때마다 음차원의 마나가 복리로 마구 증식되었다. 음차원의 마나는 거칠고, 음습하고, 난폭하기 이를 데 없었다. 하지만 감히 붉은 금속을 뚫고 나오지는 못했다. 덕분에 이탄의 피부 위로는 눈곱만큼의 누수도 발생하지 않았다.

"복리로 강해지는 것은 좋은데, 균형이 맞지 않아 고민이구나. 어둠의 기운에 비해 신성력이 상대적으로 너무 약해."

이탄은 불균형을 고민했다.

단시일 내에 해결할 수 있는 고민은 아니었다. 지금은 일단 음차원의 마나를 숨기는 것에 주력할 때였다.

옷을 다시 입은 이탄이 침대에 털썩 드러누웠다.

아나테마로부터 넘겨받은 고대문명의 지식이 이탄의 뇌리에 떠올랐다. 이탄은 고대의 지식들을 되새김질하며 시간을 보냈다.

운하를 구경하러 나간 헤스티아는 저녁이 되도록 돌아오지 않았다. 대신 예상 밖의 인물이 이탄을 찾아왔다.

Chapter 6

이탄이 깜짝 놀라 손님을 맞았다.

"아니, 여기까지 어떻게 오셨습니까?"

"쉬는 데 방해해서 미안하네. 상황이 급박하여 불쑥 찾아왔다네."

이탄을 방문한 손님은 다름 아닌 아나톨 주교였다. 이탄의 숙소를 슥 둘러본 아나톨이 엄지로 밖을 가리켰다.

"방은 좀 답답하군. 밖에서 잠깐 걸을까?"

"네, 모시겠습니다."

이탄이 여우 목도리를 두르고 나갈 채비를 했다.

샹거의 여관 밖으로 나오자 강물이 굼실굼실 흘렀다. 아나톨과 이탄은 물길을 따라 형성된 강변로를 함께 걸었다.

해가 뉘엿뉘엿 질 무렵이라 강물은 시뻘겠다. 해를 등지고 걸은 탓에 두 사람의 그림자가 앞쪽으로 길게 늘어졌다.

"전에도 말했다시피 나는 비크 추기경님을 모시고 있다네."

"알고 있습니다."

"차기 교황님을 선출하는 파파에가 개최되면 아마도 비

크 추기경님과 슈로크 추기경님 가운데 한 분이 선출되실 게야."

"……."

이탄이 묵묵히 아나톨의 말을 경청했다.

"나는 비크 추기경님을 위해 열심히 표를 모으고 있다네. 물론 저쪽 편에서도 여러 주교들이 팔을 걷어붙이고 나서고 있지. 그런데 최근 내가 모은 표 가운데 일부가 이탈한 듯하이."

표의 일부가 이탈했다는 말은, 비크를 돕기로 결정한 추기경들 가운데 일부가 슈로크 쪽으로 붙었다는 뜻이었다.

"으음."

이탄이 눈매를 가늘게 좁혔다.

아나톨이 부리부리한 눈으로 이탄을 직시했다.

"정치판에서는 한번 밀리기 시작하면 끝도 없이 밀린다네. 이럴 때는 반전의 계기가 필요해. 어쩌면 피를 보게 될 수도 있음이야. 해서 자네에게 열흘의 시간을 줄 수가 없게 되었단 말일세."

"그 말씀은……?"

이탄의 눈동자가 살짝 흔들렸다.

아나톨이 딱 잘라 말했다.

"지금 당장 답을 주게."

"네?"

"자네를 윽박지르는 것 같아 미안하지만, 더는 시간이 없어. 파파에가 언제 개최될지 모르는 상황이네. 아마도 슈로크 추기경 측에서 파파에를 서둘러 개최하자고 주장할 게야. 지금 당장의 정세는 자신들에게 유리하니까 말이야. 나는 그 전에 피아 식별을 똑바로 하고 싶다네. 그러니 결정하게. 자네, 내 뒤에 설 텐가? 아니면 나와 적이 될 텐가?"

아나톨은 아군 아니면 적군 중 하나를 선택하라고 강요했다. 중립은 용납하지 않겠다는 뜻이었다.

이탄에게 꽂힌 아나톨의 눈이 불타오르는 듯이 이글거렸다. 결국 이탄은 이 자리에서 결정을 내릴 수밖에 없었다.

"끄으응."

"허어, 뭐가 그렇게 어려운가? 이 아나톨이 그렇게 미덥지 않은가?"

석양을 등진 아나톨이 거인처럼 크게 다가왔다. 이탄이 조심스레 물었다.

"제가 설령 주교님을 따른다고 하여도 지금 맡은 일은 마무리를 지어야 합니다. 헤스티아 영애님을 트루게이스시까지 모셔다드리는 일 말씀입니다."

"그거야 당연히 해야지. 내가 그것까지 못하게 할 것 같은가?"

아나톨이 너그럽게 대답했다.

마침내 이탄이 결심을 굳혔다.

"주교님을 따르겠습니다."

이탄이 무너지듯 그 자리에 주저앉아 아나톨 앞에 한쪽 무릎을 꿇었다. 하지만 막상 이탄의 마음속에는 아나톨에 대한 충성심이 아니라 다른 욕심이 자리 잡고 있었다.

'지둔의 가호. 그 정보를 캐내고 싶다. 그러자면 아나톨 주교에게 한 발 걸치는 것이 유리하겠지?'

솔직하게 말해서 이탄은 아나톨의 부하로 살아갈 마음은 없었다. 다만 지금 당장은 아나톨 편에 붙어야 얻어낼 것이 많다고 판단했다.

아나톨의 얼굴이 확 밝아졌다.

"우하하하하. 우하하하. 잘 생각하였네. 정말 잘 생각하였어. 이 아나톨에게 줄을 선 것을 절대 후회하지 않을 걸세. 껄껄껄껄껄."

아나톨은 정말로 기쁜 듯 보였다.

"하하하."

이탄도 어색하게 마주 웃었다.

"유척."

아나톨이 불쑥 손을 내밀었다.

"네?"

"자네의 유척을 내게 줘보게."

"여기 있습니다."

이탄이 허리에 꽂은 유척을 꺼내어 아나톨에게 건네주었다.

아나톨이 이탄의 유척을 받아 품에 넣었다.

"내일 아침에 내게로 오게. 자네가 내 사람이 되었다는 증거로 자네의 유척에 몇 가지 마법을 담아주겠네. 껄껄껄."

"아! 고맙습니다."

"껄껄껄. 고맙기는. 이제 우리는 한 배를 탄 몸이야. 껄껄껄껄."

아나톨은 이탄의 어깨를 툭툭 두드린 다음, 강변에 정박해 놓은 배에 올라탔다. 그는 뱃사공도 없이 홀로 이탄을 찾아온 모양이었다.

"제가 노를 저을까요?"

이탄이 마음에도 없는 말을 했다.

"아니. 나는 비치족의 아들이자 솔노크 사람이라네. 자네보다 내가 배를 훨씬 잘 운항할 게야. 껄껄껄."

아나톨이 배 위에서 손을 흔들었다.

이탄은 아나톨을 향해 공손히 허리를 숙였다.

아나톨이 탄 배가 석양을 향해 쭉쭉 나아갔다. 이탄은 강변에 서서 물끄러미 그 모습을 바라보았다.

'휴우, 결국 아나톨 주교와 이렇게 얽히고야 마는구나. 잘한 결정이겠지?'

이탄이 고개를 절레절레 흔들다가 등을 돌렸다.

Chapter 7

운하를 구경 갔던 동료들은 밤 9시가 넘어서야 여관에 돌아왔다. 이탄이 로비에서 기다리고 있다가 마리를 붙잡았다.

"내일 아침에 내가 잠깐 들릴 곳이 있소. 모레툼 지부에 다녀와야 하니 출발 시간을 조금만 늦춰도 되겠소?"

"그야 문제없죠. 하면 언제 출발할까요?"

"10시 전까지는 여관으로 다시 돌아오리다."

이탄이 시간을 못 박았다.

"알았어요. 그럼 그때 출발하죠."

마리는 흔쾌히 받아들였다.

각자의 방으로 흩어진 일행은 편안한 꿈자리에 들었다. 오직 이탄만이 잠을 자지 않고 밤새 고민에 잠겼다.

"다 잘될 거야."

새벽 동이 터올 무렵, 이탄은 이 한 마디로 모든 고민을 머릿속에서 지워버렸다.

세상만사가 이탄의 뜻대로 움직이면 얼마나 좋겠느냐마는, 일이 틀어지려니 한도 끝도 없었다.

새벽 6시.

척척척척척!

군홧발 소리를 내면서 등장한 도시의 치안병들이 샹거의 여관 로비를 물샐 틈 없이 둘러쌌다. 여관 밖 수로에는 치안대의 전투선들이 배치되었다.

길드장 샹거가 긴급연락을 받고 여관으로 뛰어왔다.

"아이고, 치안감님. 이른 아침부터 저희 여관에 어인 일이십니까?"

샹거는 병사들을 지휘하는 치안감에게 아는 체를 했다.

"크흠."

치안감이 엄지와 검지로 자신의 콧수염을 쭉 잡아당겼다가 놓았다. 치안감의 콧수염이 탄력 있게 늘어났다가 제자리로 돌아갔다.

"치안감님."

샹거가 은근한 목소리로 다시 한 번 치안감을 불렀다.

"길드장은 나서지 말고 가만히 있게. 그리고 이 여관의 숙박객 가운데 이탄이라는 신관을 어서 불러와."

"이탄 신관님이요?"

샹거가 불안한 듯 눈알을 굴렸다.

이탄이 곧 모습을 보였다. 잠에서 깬 헤스티아와 마리도 이탄을 쫓아 로비로 내려왔다.

치안감이 부하들에게 턱짓을 했다.

"붙잡아."

"옙."

솔노크의 치안병들이 척척 움직여 이탄 일행을 에워쌌다.

"무슨 일이신가요?"

마리가 앞에 나섰다.

"나를 찾는 것 같으니 나서지 마시오."

이탄이 마리를 만류한 다음, 치안감 앞에 섰다.

"그대가 이탄 신관인가?"

치안감이 날카로운 눈빛으로 이탄을 훑어보았다.

이탄이 영문을 모르겠다는 표정으로 되물었다.

"그렇습니다. 제가 모레툼 님을 모시는 신관 이탄입니다. 혹시 제게 볼 일이 있으십니까?"

대답은 치안감이 하지 않았다. 치안병들 뒤쪽에서 수움이 모습을 드러냈다. 이탄의 수움을 알아보았다.

"엇? 수움 신관님?"

"이탄 신관님. 잠시 저희와 함께 가주셔야겠습니다."

이탄을 바라보는 수움의 눈이 범상치 않았다. 붉게 충혈되고 바르르 떨리는 그 눈빛에 담긴 것은 선명한 적의였다.

'이자가 나를 적대시하는 이유가 뭐지? 혹시 내가 아나톨 주교와 손을 잡아서 질투를 하는 것인가? 그렇다면 정말 실망인데.'

이탄은 최대한 감정을 자제한 채 정중하게 물었다.

"저를 데려가시겠다고요? 수움 신관님, 이유를 물어도 되겠습니까?"

"이유를 모르시는 겁니까? 아니면 모르는 척 연기를 하는 겁니까?"

수움이 노여움을 드러냈다.

평소 수움은 이렇게 흥분하는 성격이 아니었다. 늘 단정하고 차분한 사람이 이러는 것을 보면 무언가 중대한 일이 터진 것이 분명했다. 이탄이 어깨를 으쓱했다.

"연기라니요? 그게 무슨 소립니까?"

수움이 이탄의 눈을 똑바로 들여다보았다. 이탄의 눈에서 거짓은 읽히지 않았다. 수움이 아무리 간파의 능력을 동원해서 살펴보아도 이탄에게는 전혀 숨기는 구석이 없었다. 수움이 곤혹스럽게 외쳤다

"어젯밤 아나톨 주교님께서 돌아가셨습니다."

"뭐엇?"

이탄은 진짜로 깜짝 놀랐다.

수움이 감정이 폭발한 듯 악을 썼다.

"이탄 신관과 독대를 하시겠다고 나가신 뒤, 돌아오시지 않았습니다. 하여 지부에서 주교님을 찾으러 나섰는데, 강 하류에서 주교님의 배가 발견되었습니다. 그리고 그 배 위에는 주교님의 싸늘한 시신만 남아 있었습니다. 이게 다가 아닙니다. 피살을 당하신 주교님의 후두부에는 강한 타격을 받은 흔적이 역력했으며, 흉기로 짐작하는 물건 또한 현장에서 발견되었습니다. 그 흉기가 무엇인 줄 아십니까? 바로 유척입니다. 이탄 당신의 이름이 똑똑히 박혀 있는 유척. 이탄 신관님, 조사에 협조하십시오."

수움의 말이 떨어지기 무섭게 치안병 2명이 양쪽에서 이탄의 팔을 붙잡았다.

"이탄 신관님."

깜짝 놀란 헤스티아가 이탄을 불렀다.

"이걸 어쩜 좋아."

"아니야. 이탄 신관님께서 그런 짓을 하실 리 없어요."

어느새 로비로 내려온 리리모와 티케도 발을 동동 굴렀다.

이탄이 벌렁거리는 가슴을 냉정하게 가라앉혔다. 그 다음 차분하게 입을 열었다.

"잠깐만. 제가 약간의 시간을 주십시오. 동료들에게 전할 말이 있어서 그렇습니다."

치안병들이 치안감을 돌아보았다.

치안감은 다시 수움에게 고개를 돌렸다.

수움이 한숨과 함께 이탄에게 시간을 주었다.

"휴우. 좋습니다. 딱 1분의 시간을 드리겠습니다. 그 안에 동료들에게 할 말을 남기십시오. 물론 우리가 보는 앞에서 말해야 합니다."

"수움 신관, 그리고 치안감님, 배려해 주셔서 고맙습니다."

이탄은 치안감과 수움을 향해 목례를 하고는, 헤스티아에게 당부의 말을 남겼다.

"영애님, 생각보다 조사가 길어질지도 모르겠습니다. 물론 별일은 없을 겁니다. 저는 아나톨 주교님의 죽음과 아무런 관련이 없으니까요."

"신관님, <u>으흐흐흑.</u>"

헤스티아가 눈물을 글썽였다.

Chapter 8

이탄은 헤스티아의 손을 꼭 잡았다.

"영애님, 저에 대한 조사가 길어지면 길어질수록 영애님께서 헹거스 길드에 지불해야 할 비용도 늘어날 겁니다. 그러니 저를 여기에 두고 먼저 출발하십시오. 티케와 리리모, 모드융을 데리고 트루게이스 시로 돌아가 계시면 제가 조사를 끝마친 다음 뒤쫓아 가겠습니다."

"신관님……."

"제 말 들어주십시오. 그래야 저도 마음이 편합니다. 처음 의뢰를 받았을 때 영애님을 끝까지 호위하기로 계약하였는데, 그 약속을 지키지 못하게 되어서 참으로 송구스럽습니다. 제가 트루게이스로 복귀할 때까지 티케와 리리모를 잘 부탁드립니다."

"흐흐흑. 알겠어요."

헤스티아가 그렁그렁 눈물을 보였다.

이탄이 시선을 돌려 마리를 찾았다.

"영애님을 모시고 먼저 출발하십시오."

"알겠어요. 제가 이분들을 목적지까지 무사히 모셔다드릴게요."

마리가 냉큼 대답했다.

"고맙소."

이탄이 희미하게 웃었다.

볼 일을 마친 이탄이 다시 치안병들에게 말했다.

"갑시다."

치안병 2명이 이탄의 팔을 양쪽에서 붙잡았다.

이탄은 별 저항 없이 치안병들을 따라갔다.

'아나톨 주교가 죽었다고? 그 강해 보이는 사람이 대체 어쩌다가 피살을 당했을까?'

헤스티아와 리리모, 티케가 걱정을 할까 봐 일부러 표정을 담담하게 유지했지만, 사실 이탄도 머리가 복잡했다. 갑작스러운 살인사건 때문에 앞으로 그의 삶(?)이 꼬일 것 같은 불길한 예감도 들었다.

그날 이탄은 솔노크 시 치안대의 감옥에 투옥되었다. 빛이 잘 들지 않는 어두운 감방 안에서 이탄은 이틀 동안 그대로 방치되었다.

아무도 찾아오지 않고 아무런 취조도 없이 감방에 갇혀 있는 것이 그리 만만한 일은 아니었다. 시간이 갈수록 이탄은 초조함을 느꼈다.

'아나톨 주교는 왜 하필 나와 독대를 한 다음에 죽었을까? 그리고 아나톨을 죽인 흉수는 왜 하필 내 유척을 흉기로 사용했지? 이거 꼼짝없이 내가 누명을 쓰는 것 아냐? 대체 어떻게 대응해야 이 난국을 타개할 수 하지? 내 정체가 드러나는 한이 있더라도 탈출을 해야 하나? 하아아. 모르겠구나.'

이탄은 불안하게 감방 안을 서성거렸다.

다행히 감방은 깨끗했다. 갇혀 있다는 점을 제외하면 이탄에게 아무런 제재도 주어지지 않았다. 식사도 잘 나왔으나 이탄은 언데드라 먹지 않았다.

이탄이 투옥된 지 사흘째 되는 날, 덜컹 소리와 함께 이탄을 가둔 감방 문이 활짝 열렸다. 감방 구석 모퉁이에 기대어 손으로 머리를 감싸고 있던 이탄이 고개를 들었다. 환한 빛 속에서 사람의 그림자가 엿보였다.

"누구……?"

이탄이 메마른 입술을 열어 물었다.

상대는 답이 없었다.

"누구십니까?"

이탄이 다시 물었다.

빛 속의 사람은 여전히 묵묵부답이었다. 대신 그 사람의 등 뒤에서 치안병들이 우르르 달려와 이탄의 양팔을 붙잡아 일으켰다.

이탄이 버티면 치안병 따위가 감히 이탄을 감당할 리 없었다. 하지만 이탄은 저항하지 않고 치안병들의 행동에 보조를 맞춰주었다.

치안병들이 이탄을 취조실로 끌고 갔다.

'이제 본격적인 취조가 시작되나 보구나. 누가 나를 심문할까? 치안감? 아니면 지부의 신관들? 수움도 물론 끼어 있겠지? 그는 간파 능력자잖아.'

이탄은 수움이 취조에 참여하기를 원했다. 수움이라면 이탄이 아나톨을 죽이지 않았다는 사실을 읽어낼 수 있기 때문이다.

이탄의 희망과는 달리 취조실 안에는 단 한 사람만 들어왔다. 조금 전 감방 문이 열렸을 때 빛 속에 서 있던 바로 그 사람이었다.

깡마른 체격.

키는 작아 160 센티미터 정도로밖에 보이지 않았다. 곧게 뻗은 눈썹은 마른 얼굴을 벗어날 정도로 길었다. 수염은 따로 기르지 않았다.

'나이는 50대 후반? 아니면 60대 초반?'

이탄은 빠르게 상대를 관찰했다.

눈썹이 유난히 길다는 점을 제외하면 딱히 눈에 띄는 특징이 없는 사내였다. 사내에게서 풍기는 기세도 평범했다.

"신관 이딘."

상대가 입을 열어 이탄의 이름을 불렀다.

'심지어 목소리도 평범하구나. 특색이 전혀 없는 음성이야.'

이탄은 탁자 저편의 사내가 무척 무미건조하다고 느꼈다.

"신관 이탄. 맞나?"

상대가 이탄의 신분을 한 번 더 체크했다.

이탄이 순순히 수긍했다.

"맞습니다. 제가 이탄입니다."

"왜 아나톨을 죽였지?"

사내가 갑자기 훅 치고 들어왔다.

이탄이 차분하게 항변했다.

"저는 죽이지 않았습니다. 아나톨 주교님은 저에게 그분의 그늘로 들어오라고 권하셨던 분이십니다. 저를 이끌어주시겠다고 하신 분을 제가 해칠 이유가 없지 않습니까? 더군다나 아나톨 주교님은 강하신 분이십니다. 제 능력으로 그분을 해치는 것은 불가능합니다."

"호오? 아나톨이 이탄 신관에게 자신의 그늘로 들어오라고 했다고?"

상대가 흥미롭다는 듯이 반문했다.

취조실의 강한 불빛이 오로지 이탄에게만 조명되어 이탄

은 양지에 드러나고 상대는 음지에 숨는 꼴이었다.

그럼에도 불구하고 언데드인 이탄에게는 강한 불빛이 통하지 않았다. 이탄은 상대의 모습을 자세히 꿰뚫어 보았다.

아나톨 주교는 풍채가 좋고, 수염은 풍성한 데다, 눈빛이 이글이글 타오르며, 세상 어느 무리에 가져다 놓아도 눈에 확 띄는 사람이었다.

반면 지금 취조실에 이탄과 마주 앉아 있는 사내는 아나톨과 정반대였다. 그는 세상 어디에 놓아도 눈에 잘 띄지 않을 사람이었다.

그러나 이탄의 가슴은 철렁 내려앉았다. 왼쪽 눈에 떠오른 정보 때문이었다.

Chapter 9

— 종족: 필드 일족 (추기경)

— 주무기: ?

— 특성 스킬: 선동의 가호, 포박의 가호, 지배의
가호

— 성향: 백

— 레벨: A+

— 주 출몰지역: 언노운 월드 평야

— 출몰빈도: 희박

이상이 이탄이 읽어낸 정보였다.

'이자가 추기경이라고?'

이탄이 빠르게 두뇌를 굴렸다.

지금 모레툼 교단은 신임 교황 선출을 앞두고 치열한 파벌다툼 중이었다. 이런 상황에서 아나톨 주교와 같은 거물급의 사망 소식이 널리 퍼졌을 리 없었다. 아나톨이 속한 파벌에서 어떻게든 정보를 통제 중일 테니까 말이다.

'이 와중에 아나톨의 죽음을 알고 있는 추기경이라면?'

답은 하나였다.

'비크 추기경이구나! 차기 교황의 자리를 넘보는 권력자. 그자가 나타났어.'

이탄의 추측이 맞았다. 이 평범해 보이는 노인이 바로 비크 추기경이었다.

불빛 저 너머에서 비크가 깍지를 끼고 이탄을 넘겨다보았다. 비크의 눈에 진한 호기심이 어렸다. 지금 비크는 이탄이 불빛 너머를 보지 못한다고 여기겠지만, 사실 이탄은 비크의 표정 하나까지 놓치지 않고 훤히 꿰뚫어보았다.

비크가 다시 물었다.

"아나톨 주교가 그대에게 손을 내밀었단 말이지? 혹시 증거는 있나? 아무런 증거도 없이 이야기를 지어내면 곤란해."

"증거는 없지만 증인이 있습니다. 아나톨 주교님이 제게 손을 내미시는 자리에 수움 신관이 배석했었습니다."

"흐음. 그 말은 진실이군."

비크는 마치 간파의 능력을 발휘하기라도 한 것처럼 중얼거렸다.

이탄이 속으로 의문을 품었다.

'어라? 이상하네? 비크 추기경은 간파의 가호가 없는데? 그의 가호는 선동, 포박, 그리고 지배뿐이잖아.'

비크 추기경의 능력 가운데 지배의 가호는 무려 3,989번째 가호였다. 이 정도면 추기경급 가호 가운데 최상위권에 속했다. 이탄은 비크 추기경이 대단한 인물이라는 점을 한눈에 알아보았지만, 그렇다고 상대가 간파 능력을 지녔다고 믿지는 않았다.

'혹시 나를 속이려는 것인가? 간파 능력을 지닌 것처럼 위장하는 거야?'

비크가 다시 이탄을 추궁했다.

"사건 당일 아나톨과 만난 것은 사실이지?"

"그렇습니다. 저녁 7시 무렵에 아나톨 주교님이 여관으로 지를 찾아왔습니다. 그리곤 본인의 그늘로 들어와서 비크 추기경님을 함께 돕자고 말씀하셨습니다. 그것이 곧 모레툼 교단을 바로 세우는 길이라고도 강조하셨습니다."

이탄은 일부러 비크 추기경을 언급했다. 상대가 비크 본인이라면 무언가 반응이 있을 거라 생각했기 때문이었다.

아니나 다를까, 강렬한 불빛 너머에서 비크 추기경의 눈썹이 살짝 위로 올라갔다. 비크는 잠시 뜸을 들였다가 입술을 열었다.

"그 말도 진실이군."

이번에도 비크는 거짓말로 포장을 했다. 마치 본인이 간파의 가호를 부여받은 것처럼 위장한 것이다. 만약 이탄에게 정보창 기능이 없었다면, 해서 비크의 가호를 훤히 들여다보지 않았다면, 이탄은 비크 추기경이 간파 능력자라고 착각했을 것이다.

'그리곤 오직 진실만을 털어놓았겠지. 간파 능력자 앞에서 거짓말을 하는 것은 불가능하니까 말이야.'

아마도 이것이 비크가 노리는 것일 터.

그런데 이 단순한 속임이 의외로 효과를 발휘했다. 모레툼의 여러 주교와 추기경들은 비크가 진짜로 간파 능력자일 거라고 믿었다.

바로 '선동의 가호' 덕분이었다.

이 가호를 부여받은 신관은 말의 무게가 달라진다. 별 뜻

없이 한 마디 내뱉어도 군중들에게 진실로 다가서게 되고, 신빙성이 확 높아진다. 이것이 바로 선동의 가호가 지닌 효능이었다.

비크가 취조를 계속했다.

"그래서 신관 이탄은 아나톨 주교에게 뭐라고 대답했나? 그의 파벌에 들어가겠노라고 답했나?"

"그렇습니다. 저는 그 자리에서 아나톨 주교님과 비크 추기경님을 위해 뛰겠노라고 약조했습니다. 그러자 주교님께서 제게 선물을 해주시겠다면서 제 유척을 받아가셨습니다. 유척에 마법 몇 가지를 담아주시겠다는 것이 주교님의 말씀이셨습니다. 그 후 주교님은 배를 몰아 자리를 뜨셨고, 저는 주교님을 다시 뵌 적이 없습니다. 다음 날 아침에 수움 신관이 저를 찾아오기 전까지는 주교님의 죽음에 대해서도 알지 못했습니다. 제 말을 믿어주십시오."

이탄이 절실하게 항변했다.

마침내 비크가 취조 결과를 선포했다.

"신관 이탄은 들으라."

"말씀하십시오."

"너는 진실을 말하였다."

"아아아, 알아주셔서 감사합니다. 정말 감사합니다."

이탄이 벌떡 일어나 그대로 바닥에 엎드렸다.

비크의 무미건조한 음성이 이어졌다.

"하지만 지금 정황이 신관 이탄에게 불리하게 돌아가는 것도 사실이다. 아나톨 주교가 피살을 당한 그 시각, 먼 타지에서는 슈로크 추기경이 의문의 피살을 당했느니라."

"허억!"

이탄의 눈이 휘둥그레졌다.

슈로크 추기경은 차기 교황 자리에 가장 근접했다고 알려진 실력자였다. 지금 이탄의 눈앞에 있는 비크 추기경의 가장 강력한 라이벌이기도 했다.

그런 슈로크가 죽었단다. 아나톨이 피살당한 그 시점에 슈로크도 죽었다고 한다. 그 이면에 무언가 음모가 도사리고 있는 것이 분명했다. 이탄은 침을 꿀꺽 삼켰다. 불빛 너머에서는 비크의 목소리가 계속 들렸다.

"교의 총단에서는 이 일련의 살인사건들이 결코 범상치 않다고 보고 있다. 파파에를 앞둔 시점에서 교의 적들, 즉 어둠의 세력들이 신임 교황 선출에 개입하고 있다는 것이 추기경회의 판단이다. 신관 이탄이 혹시 어둠의 끄나풀이 되어 아나톨 주교를 도모하지 않았을까? 일부 추기경들은 그런 시각으로 그대를 의심하고 있도다."

Chapter 10

이탄이 반사적으로 소리쳤다.

"절대 아닙니다. 저는 결백합니다."

지금까지 이탄은 마음의 평정을 유지했었다.

'나는 아나톨을 죽인 범인이 아니니까 결국 풀려날 거야.'

이것이 이탄의 믿음이었다.

그런데 일이 커졌다. 이탄은 아나톨을 죽인 범인은 아니지만, 어둠의 끄나풀(?)인 것은 분명했다. 아니, 끄나풀 정도가 아니라 어둠의 주체라고 불려도 손색이 없었다. 듀라한은 언데드족의 최상위 계층이기 때문이다.

'이거 잘못하다가는 큰코다치겠구나.'

이탄이 주먹을 꾸욱 말아쥐었다.

"그 말은 진실이군."

비크 추기경이 끝까지 간파 능력자인 척을 했다. 그 다음 이탄을 은근히 협박했다.

"하지만 총단의 오해를 풀기엔 설득력이 부족해. 신관 이탄을 당장 총단으로 압송해 어둠의 끄나풀인지 조사하라는 목소리가 높아."

"저는 아닙니다. 절대 어둠의 끄나풀이 아니란 말입니다."

이탄이 절규하듯 외쳤다.

"흐음. 나는 그 말을 믿네만……."

비크가 일부러 뜸을 들였다.

이탄은 눈치가 빨랐다.

'이자가 내게 원하는 바가 있구나. 나를 궁지로 몰아서 뭔가를 얻어내려 하고 있어.'

비크의 속내를 읽은 이탄이 의뭉을 떨었다.

"제가 어찌하면 되겠습니까? 말씀하시는 것을 들어보니 총단에서 파견 나오신 높으신 분이신 것 같습니다. 저는 지금까지 취조를 받으면서 진실만을 말씀드렸고, 높으신 분께서는 저의 결백을 알아봐 주셨습니다. 그러니 간곡하게 부탁드립니다. 부디 제가 누명을 벗을 방도를 조언해주십시오."

이탄이 무릎걸음으로 다가가 비크 앞에 엎드렸다. 자존심을 가벼이 여기고 실리를 무겁게 여기는 것이 이탄의 장점이었다. 이탄의 허리는 낭창낭창한 갈대와 같았고, 무릎은 생각보다 가벼웠다.

이탄을 내려다보는 비크의 입꼬리가 살짝 올라갔다. 상대가 굴복했다고 여긴 탓이었다.

"허어, 내게 방법을 물었나? 하나 있기는 하지."

비크가 미끼를 툭 던졌다.

이탄이 덥석 그 미끼를 물었다.

"방법을 알려주십시오. 뭐든지 하겠습니다."

이탄은 정말 간절해 보였다. 비크의 입이 비스듬하게 비틀렸다.

"신관 스스로 억울함을 풀게."

이것이 비크의 조언이었다.

"네에? 저 스스로 억울함을 풀라고 하셨습니까?"

의외의 말에 이탄이 고개를 번쩍 들었다.

비크가 짧게 고개를 주억거렸다.

"그렇다네. 모레툼의 신관들 가운데 신심이 깊고 능력이 뛰어난 자들이 스스로를 신께 바쳐 성기사로 거듭나곤 하지. 신관은 혹시 그런 사람들에 대해서 들어보았나?"

"성기사!"

이탄이 짧게 외쳤다.

가맹점을 모집하듯 지부를 마구잡이로 늘리는 곳이 바로 모레툼 교단이지만, 그렇다고 해서 모레툼 교단이 모두 가맹 체제로 돌아가는 것은 아니었다. 모레툼 총단은 각 지부에서 긁어모은 막대한 재화를 이용하며 핵심 지역에 직영 지부를 설립하였을 뿐 아니라, 총단의 무력 강화를 위하여 성기사를 육성했다. 이탄은 성기사에 대해서 주워들은 바가 있었다.

비크가 설명을 이었다.

"옳거니. 신관도 성기사에 대해서 알고 있구먼. 신관이 어디까지 파악하고 있는지는 모르겠네만, 우리 교단에는 총 3개의 성기사단이 있다네."

"……!"

이탄이 침을 꿀꺽 삼켰다.

비크의 입에서 삼대 기사단에 대한 이야기가 뒤따랐다.

"모레툼 님의 은화를 고스란히 회수하기 위한 추심 기사단. 모레툼 님의 교리를 수호하는 수호 기사단. 마지막으로 모레툼 님의 영광을 위해 오로지 음지에서 헌신하는 은화 반 닢 기사단. 이렇게 3개일세."

이상의 삼대 기사단 가운데 가장 유명한 것은 첫 번째인 '추심 기사단'이었다. 이곳은 한 마디로 말해서 떼인 돈을 받아내는 기사단이었다. 기사의 수도 가장 많고 이권과 직결되어 있어 많은 신관들이 추심 기사단의 성기사가 되기를 원했다.

교단의 두 번째 기사단인 '수호 기사단'은 가장 뛰어난 신관들이 가입하는 곳이었다. 이들은 추심 기사단처럼 이권에 직결되지는 않지만, 대신 교단의 중요한 인물들을 지키는 기사들이라 자부심이 높았다. 무력도 뛰어난 자들이 많았다.

마지막으로 '은화 반 닢 기사단'은 일반 대중들에게는 전혀 알려지지 않은 곳이었다. 하지만 교단의 높으신 분들 사이에서는 은화 반 닢 기사단이 음지에서 활동하면서 모레룸 교단의 이익을 지키기 위해 헌신하는 비밀결사로 알려져 있었다.

비크 추기경은 이탄에게 "이 은화 반 닢 기사단에 가입하라."고 권유했다.

이탄이 떨떠름하게 되물었다.

"은화 반 닢 기사단이라고 하셨습니까? 제가 그곳에 가입하면 제 누명을 밝힐 수 있단 말씀이십니까?"

"물론일세. 은화 반 닢 기사단이야말로 어둠의 세력들을 추적하고, 그 세력에 직접 침투하여 놈들의 정보를 캐내고, 놈들의 음모를 파헤치는 곳이 아니던가? 신관이 직접 은화 반 닢 기사단에 가입하여 어둠의 세력들과 맞서 싸우게. 그러다 보면 자연스럽게 슈로크 추기경과 아나톨 주교의 억울한 죽음도 파헤칠 수 있을 것 아닌가? 하면 그대에게 덧씌워진 누명도 벗겨질 테지."

비크의 말은 논리적이었다.

'크크큭. 역시 선동의 가호를 하사받은 사람답구나. 무척 설득력 있게 들려. 그런데 혹시 비크 추기경이 은화 반 닢 기사단의 기사단장을 겸임하나?'

이탄이 의심을 품었다.

이 의심이 곧 현실이 되었다.

"현명하신 조언에 감사드립니다. 저는 당장에라도 은화 반 닢 기사단에 가입하고 싶습니다. 그리하여 더럽혀진 제 명예를 회복하고 누명을 벗고 싶습니다. 한데 제가 미욱하여 은화 반 닢 기사단에 가입할 방법을 알지 못합니다. 심지어 저는 은화 반 닢 기사단을 어떻게 찾아가야 할지도 모릅니다. 무지한 저를 위해 방법을 일러주십시오."

이탄이 이마를 바닥에 대고 하소연했다.

비크의 입에서 곧바로 답이 나왔다.

"은화 반 닢 기사단은 비밀결사일세. 아무나 원한다고 해서 가입할 수 있는 곳이 아니란 말이지. 그곳은 엄격하게 신입 성기사를 선발하며, 결코 쉽게 문호를 개방하지 않아."

"으으으."

이탄이 어깨를 축 늘어뜨렸다.

비크가 엷게 웃었다.

"하지만 신관은 운이 좋았네. 은화 반 닢 기사단의 단장을 겸임하고 있는 사람이 이렇게 신관의 눈앞에 서 있으니 말이야."

"아아아!"

이탄이 갑자기 고개를 번쩍 들었다.

강렬한 불빛 뒤에서 비크 추기경이 몸을 일으켰다.

"음지에서 양지를 지향하며 모레툼 님의 영광을 위해 헌신하고 있는 은화 반 닢 기사단의 단장 자격으로 나 비크는 신관 이탄을 은화 반 닢 기사단 구성원, 즉 성기사로 추천하는 바일세."

비크의 입에서 이러한 선포가 떨어졌다.

이것으로 이탄이 애써 가꾸어온 일상은 완전히 비틀리게 되었다. 이탄 스스로 원하던 바는 아니었으나, 그렇다고 이 비틀림을 거부할 수도 없었다. 이탄은 비틀린 길의 끝자락에 무엇이 기다리고 있는지 한번 우직하게 걸어가 볼 요량이었다.

물론 비크에 대한 원한도 가슴 속 깊은 곳에 새겨놓았다.

'구린내가 진동하는구나. 나를 이용하여 수상쩍은 일을 획책하는 추기경에게서 지독한 냄새가 풍겨. 슈로크 추기경의 죽음 뒤에 과연 누가 있을까? 비크의 말처럼 혹 진영이 저지른 짓일까? 아니면 비크의 수족인 은화 반 닢 기사단? 두고 보자. 내 삶을 비틀어버린 대가는 톡톡히 치르게 해주마.'

이탄이 마음속에 비수를 한 자루 담았다.

하지만 이탄의 행동은 속마음과 정반대였다.

"아아아아아!"

이탄은 뜨거운 불구덩이 속에서 삶의 동아줄을 발견하기라도 한 사람처럼 가슴 벅찬 환호성을 내뱉었다. 두 팔을 하늘로 뻗고 비크를 찬양하는 듯한 몸짓도 취했다. 물론 이것은 속마음을 숨기기 위한 꾸밈에 불과했다.

이탄이 속으로 칼을 가는 것도 모르고 비크의 광대뼈가 위로 솟구쳤다.

제5화

은화 반 닢 기사단

Chapter 1

2년이라는 시간이 빠르게 흘렀다.

지금 대륙 북동부의 피요르드 시는 때 이른 폭설로 인해 한바탕 홍역을 치르는 중이었다. 사흘 전부터 시작된 눈발은 시간이 지나도 그칠 줄 몰랐다. 이틀 전 저녁부터는 바람까지 세게 불어 블리자드(Blizzard: 눈보라) 주의보가 떨어질 정도였다.

사방에서 휘몰아치는 강풍이 눈송이를 딱딱하게 얼렸다. 날카로운 표창이나 다름없는 눈송이들이 거의 수평으로 날아와 창문을 때려댔다.

피요르드 시의 시민들은 창문 위에 나무덮개를 덧대어

유리를 보호했다. 덮개 틈새로 보이는 하늘은 온통 희뿌연 회색이었다.

인적이라고는 찾아볼 수 없이 흰 눈만 가득한 도심 한복판. 어른의 가슴 높이까지 쌓인 눈 더미를 헤치며 한 사내가 무섭게 치달렸다.

"헉, 헉헉헉, 허헉, 헉헉."

사내의 입에서 뿌옇게 입김이 올라왔다. 사내의 심장은 터질 듯이 펌프질했다. 사내가 헤쳐 온 경로를 따라 피가 점점이 떨어져 하얀 눈을 뻘겋게 물들였다. 무섭게 쏟아지는 폭설이 붉은 피의 흔적을 덮어주려 했으나, 사내의 몸에서 흐르는 피가 점점 많아지면서 그것도 불가능해졌다.

"헉헉. 허허헉."

사거리에 도착한 사내가 불안한 눈빛으로 사방을 두리번거렸다. 폭설과 부상이 겹치면서 사내는 방향을 잃어버렸다.

"젠장, 젠장. 여기가 대체 어디야?"

거리엔 그 흔한 길고양이 한 마리 눈에 띄지 않았다. 사내의 수염엔 어느새 새하얗게 얼음 알갱이가 달라붙었다. 머리카락도 얼음 알갱이로 인해 백발처럼 변했다.

"쿠퍼 가문으로 가려면 어느 쪽으로 가야 하지?"

초조하게 방향을 가늠하던 사내가 도박을 하는 심정으로 동쪽 길을 신택했다. 사내가 몸을 움직이자 가슴 높이의 눈이 사방으로 튕겨나가 저절로 길을 열었다. 사내의 몸 주변에는 마나의 기운이 강하게 피어올랐다.

다만 그 기운이 심각한 부상으로 인해 불안정하게 흔들리는 것이 문제였다. 사내가 몸을 놀리면 놀릴수록 상처는 더 악화되었다.

"크윽."

사내는 오른손으로 검을 꽉 움켜쥐고, 왼손으로 옆구리의 상처를 눌렀다. 피는 사내의 왼쪽 옆구리에서 흐르기 시작하여 왼 다리 전체를 흠뻑 적셨다.

가만히 보니 사내의 등에도 큰 상처가 나 있었다. 사내가 발을 놀릴 때마다 왼쪽 옆구리와 등판이 욱신거렸다.

"큭. 제기랄."

사내가 어금니를 꽉 물었다.

그렇게 블리자드를 헤치며 달리던 어느 순간, 사내가 우뚝 멈췄다.

"헉헉, 벌써 따라붙었구나. 지독한 놈."

사내의 검이 45도 각도로 누워 전면을 겨냥했다.

강하게 몰아치는 눈발이 사내의 왼쪽 얼굴을 때렸다. 사내의 이마를 타고 땀 한 방울이 또르륵 떨어졌다.

땀방울이 사내의 눈썹 끝에 잠시 머물렀다가 바닥으로 낙하하는 순간이었다.

꽝!

금속이 폭발하는 듯한 굉음과 함께 눈 더미가 폭발했다.

"큿."

사내는 본능적으로 검에 마나를 쏟아부었다. 사내의 검에서 피어오른 시퍼런 기운이 전면 수십 미터를 휩쓸었다.

눈 더미 속에서 터진 폭발과 검날에서 쏟아진 시퍼런 기운이 서로 맞부딪쳤다. 그 여파로 사내가 뒤로 4 미터나 튕겨 나가 눈 속에 파묻혔다.

저벅 저벅, 발소리가 들렸다.

"끄으윽."

사내가 검을 지팡이 삼아 겨우 몸을 일으켰다. 폭발의 여파에 휘말려 사내의 몸은 만신창이였다. 깨진 이마에서 흐르는 피가 사내의 시야를 방해했다.

그렇게 붉어진 시야에 눈처럼 흰 옷을 입은 괴한이 들어왔다. 은빛으로 반들거리는 여우 목도리로 얼굴의 절반을 가린 괴한은, 새하얀 무복에 하얀 토시를 끼고 정강이에는 하얀 각반을 착용한 차림이었다. 괴한의 등에는 검 두 자루가 X자로 교차하여 꽂혀 있었다.

사내의 눈이 괴한의 어깨에 박힌 숫자를 읽었다.

"444호?"

여우 목도리의 괴한이 짧게 고개를 끄덕였다. 444호가 맞는다는 의미였다.

사내가 툴툴 웃었다.

"큭큭큭. 나도 이제 퇴물이 다 되었군. 400번 대의 후배에게 사냥을 당하다니 말이야. 큭큭큭. 하지만 그냥 당해줄 수는 없지."

사내가 몸을 지탱하던 검을 다시 들어 444호에게 겨눴다. 사선으로 비스듬하게 기울어진 검날로부터 아지랑이처럼 푸른 기운이 피어올랐다.

이처럼 검의 기운을 구체화할 수 있는 검수는 흔치 않았다. 검의 기운을 무려 1 미터 이상의 길이로 뽑아낼 수 있는 검수는 더더욱 보기 드문 강자였다.

하지만 여우 목도리를 두른 444호는 그 시퍼런 검의 기운을 보고도 눈 하나 깜짝하지 않았다. 오히려 검을 움켜쥔 사내가 압박감을 느끼고 주춤 후퇴했다.

444호가 성큼 다가왔다.

사내가 주춤주춤 뒤로 밀려났다. 사내의 이마에서 시작된 피가 땀과 뒤섞여 더욱 빨리 흘러내렸다.

'시간을 끌수록 불리하다.'

이렇게 판단한 사내가 갑자기 보폭을 넓게 잡았다.

뒤로 확 물러선 것.

후웅—.

444호가 거리를 주지 않기 위해 바짝 따라붙었다.

그 순간 사내가 발뒤꿈치로 땅을 콱 찍었다. 그리곤 발뒤꿈치를 축으로 삼아 용수철처럼 앞으로 튀어나갔다.

둘 사이의 거리가 갑자기 확 좁혀졌다.

Chapter 2

"걸렸구나!"

사내가 쾌재를 불렀다. 사내의 검에서 솟구친 푸른빛이 북극의 오로라처럼 수십 미터 길이로 장대하게 피어올랐다. 그 푸른 색채가 회색 하늘을 파랗게 물들였다. 사내는 이 회심의 일격이 444호의 머리를 쪼개버릴 것이라고 믿어 의심치 않았다.

헌데 웬걸?

쫘앙!

금속 깨지는 소리와 함께 사내의 검이 뒤로 크게 튕겨 나갔다. 444호의 튕겨내는 힘, 즉 반탄력이 어찌나 거셌던지 검을 움켜쥐었던 사내의 오른손이 완전히 박살 났다. 단지 살점만 날아간 것이 아니라 손을 구성하는 뼈가 모두 으스러졌다.

"으으윽. 대체 이렇게?"

사내는 조금 전 무슨 일이 벌어졌는지 파악하지도 못했다. 444호를 유인하여 카운터펀치를 날린 것까지는 확실했는데, 대체 무엇이 그의 검을 이토록 강하게 튕겨내었는지 알 수가 없었다.

콱.

444호가 사내의 목 줄기를 움켜쥐었다.

그 악력이 어찌나 거세었던지 눈 깜짝할 사이에 사내의 목살 절반이 뜯겨나갔다. 사내의 목에서 콸콸 피가 쏟아지고, 성대가 너덜너덜하게 뜯겨 목소리가 나오지 않았다. 사내의 왼쪽 옆구리를 뜯어내었던 바로 그 수법이었다.

"꾸룩, 끄윽, 끅."

사내가 두 손으로 자신의 목을 움켜쥐었다. 폭포수처럼 쏟아지는 핏물이 눈 위에 후두둑 떨어졌다. 피 웅덩이로부터 김이 모락모락 피어올랐다.

사내가 털썩 무릎을 꿇었다.

444호가 여우목도리를 끌어올려 코까지 바짝 덮었다. 그리곤 저벅저벅 다가와 사내의 머리통을 오른손으로 붙잡았다. 왼손으로는 사내의 어깨를 잡아 눌렀다.

'으으. 대체 내게 무슨 짓을 자행하려는 걸까?'

사내는 눈밭에 무릎을 꿇은 채 얼핏 이런 생각을 했다.

결과가 곧 나왔다.

뿌드득.

444호는 무자비하게도 사내의 머리를 힘으로 잡아 뜯어 몸통과 분리시켰다. 목뼈가 주르륵 뽑혀 나오다가 중간에 뚝 끊겼다.

털썩.

머리를 잃은 몸뚱어리가 눈 속에 고꾸라져 박혔다. 444호는 피가 철철 흐르는 상대의 머리통을 봉지에 담아 대롱대롱 들었다.

피요르드 시 북쪽 협곡.

444호가 눈 쌓인 협로를 따라 걸었다. 쏟아지는 눈보라 때문에 길은 잘 드러나지 않았다. 경계가 불분명한 길이 눈보라 속으로 깊숙하게 감겨들었다.

444호가 한참을 걸어 도착한 곳이 절벽 앞이었다. 444호는 절벽 바로 앞, 잎사귀 하나 없는 나무로 다가갔다. 그 다음 나무에 쌓인 눈을 탁탁 털어 옹이를 찾아내었다.

444호가 나무 옹이에 엄지를 대었다.

지이잉—

놀랍게도 옹이가 444호의 지문을 자동으로 스캔했다.

지문 스캔이 완료되자 절벽 한복판에 갑자기 철문이 드러났다. 444호는 철문 앞으로 다가갔다.

안에서 암구어 확인이 있었다.

"은화."

"반 닢."

444호의 대답이 있고 잠시 후, 철문이 위로 들렸다.

철문 속은 동굴로 이어졌다. 동굴 천장에 램프가 줄지어 걸려 있어 어둡지는 않았다. 444호는 망설임 없이 발을 옮겼다.

개미굴처럼 복잡한 동굴을 지나 계속해서 안으로 들어가자 444호의 최종 목적지가 나왔다. 스무 평 남짓한 넓이에 12개의 단상이 반원을 그리며 설치된 밀실이 444호가 찾은 목적지였다.

444호가 밀실 중앙에 섰다.

잠시 후 하얀 가면으로 얼굴을 가린 자들이 유령처럼 나타났다.

명수는 총 열둘.

어깨에 5부터 16까지 숫자를 새겨 넣은 복장을 입은 유령들이 각자의 단상에 올라섰다. 444호의 조직에서는 이 12명을 '어르신', 혹은 '원로기사'라고 불렀다.

444호가 어르신들 앞에 한쪽 무릎을 꿇었다.

5호 어르신이 변조된 음성으로 물었다.

"임무는?"

"달성했습니다."

444호의 대답은 까마귀가 우는 듯 칼칼했다.

어르신들이 흠칫했다.

'달성했다고? 이번 임무는 결코 녹록지 않았는데?'

'444호가 정말 49호를 처단했단 말인가?'

어르신들이 서로의 얼굴을 마주 보았다. 가면 속 어르신들의 눈동자가 가늘게 흔들렸다.

49호는 조직을 기만한 반역자였다.

아니, 엄밀하게 말해서 조직의 반역자라기보다는 적 진영에서 조직 내부에 침투시킨 첩자였다.

첩자의 존재를 눈치챈 조직에서는 444호에게 첩자를 제거하라는 명령을 내렸다. 물론 실패할 것을 가정한 명령이었다. 조직에서는 444호에게 불가능한 임무를 내려서 좌절감을 맛보여준 다음, 담금질부터 다시 시킬 요량이었다.

한데 444호는 명이 떨어지자마자 첩자의 목을 따왔다. 이건 이만저만한 공이 아니었다.

"봉지를 열어라."

5호 어르신이 명했다.

444호는 한쪽 무릎을 꿇은 상태에서 봉지를 열고 머리통 하나를 꺼냈다. 두 눈을 부릅뜨고 죽은 49호의 머리통이 단상을 향해 놓였다. 피비린내가 훅 끼쳤다.

'윽. 정말이구나.'

'정말로 49호가 죽었어.'

'49호는 나름 강자라고 들었는데? 그런데 까마득한 후배에게 뒤를 잡혔구나. 쯧쯧쯧.'

어르신들이 복잡한 눈빛으로 444호를 굽어보았다.

12명의 어르신 가운데 몇 명은 444호를 대견스러워 하였다. 몇 명은 444호를 경계하였다. 나머지 몇 명은 혼란스러운 눈치였다.

Chapter 3

5호 어르신이 변조된 음성으로 물었다.

"네 손으로 직접 첩자를 잡았더냐?"

"그렇습니다."

444호의 대답은 공손했다.

이번엔 6호 어르신이 질문했다.

"혹시 이번 임무를 수행하는 데 너를 뒤에서 도운 조력자가 있었더냐?"

"없었습니다."

"우리를 속일 생각일랑은 말거라."

"속이지 않습니다."

444호는 당당했다.

어르신들이 12호를 보았다. 12호 어르신은 진실과 거짓을 판별하는 간파 능력자였다.

12호가 미세하게 고개를 끄덕였다. 444호의 말이 진실이라는 뜻이었다. 결국 어르신들은 444호의 능력을 인정할 수밖에 없었다.

5호 어르신이 대표로 말했다.

"좋다. 444호. 너는 너의 능력을 충분히 입증하였도다. 이에 우리 원로기사들은 너에게 붙은 수습기사라는 딱지를 떼고 정식 성기사로 임명하노라. 이리 가까이 오라."

444호가 옷깃을 바로 여미고 단상 앞으로 나아갔다.

444호가 양쪽 무릎을 꿇고 앉자 12명의 어르신들이 단상 아래로 내려왔다. 16호 어르신이 허리춤의 검을 뽑아 검신으로 444호의 양쪽 어깨를 한 번씩 두드렸다. 이어서 15호 어르신이 검으로 444호의 양쪽 어깨를 두드렸다. 14호 어르신도, 13호 어르신도 같은 행위를 반복했다. 그렇게 어르신들이 차례로 의식을 치렀다.

마지막 5호 어르신이 검으로 444호의 양쪽 어깨를 두드리며 변조된 음성으로 읊조렸다.

"이 성스러운 의식을 통해 우리 12명의 원로기사들은 그대를 온화 반 닢 기사단의 정식 멤버로 받아들였도다. 그대는 이름 없는 자가 되어 모레툼 님의 영광을 온 세상에 드러내는 일에 기꺼이 헌신할 것이다. 내 말이 맞는가?"

"예, 맞습니다."

444호가 목을 살짝 숙여 대답했다.

5호 어르신이 다시 물었다.

"우리들 은화 반 닢 기사단은 결코 개인의 명예를 추구하지 않는다. 개개인의 이름을 드높이기를 원치도 않는다. 그저 음지에서 궂은일을 도맡아 처리하며 모든 영광을 모레툼 님께 돌릴 뿐이다. 그대는 이미 이 맹세를 지키기로 결심하였다. 내 말이 맞는가?"

"예, 맞습니다."

444호의 대답에는 단 한 점의 망설임도 없었다.

마침내 5호 어르신이 444호에게 새 번호를 부여하였다.

"400번대 번호는 수습기사에게나 붙는 것. 그대는 이제 수습기사의 딱지를 떼었으니 마땅히 위쪽 번호를 부여받아야 할 것이다. 나는 12명의 원로기사를 대표하여 그대에게 49번을 부여하노라."

"헉? 49번이라니."

"아니, 그건 너무 과한데?"

"과하지. 너무 과해."

다른 어르신들이 웅성거렸다.

보통 수습기사의 딱지를 뗄 때 부여받는 번호는 200번대가 일반적이었다. 가끔가다 아주 뛰어난 자들이 100번대의 번호를 받기도 하지만, 49번이라는 번호가 주어진 적은 없었다. 원로기사들은 5호 어르신의 파격적인 결정에 깜짝 놀랐다.

그 점을 의식한 듯 5호 어르신이 재빨리 말을 이었다.

"49호."

"말씀하십시오."

"이제부터 그대는 444호가 아니라 신임 49호다. 우리의 주적이자 저 가증스러운 흑 진영에서 우리 조직에 침투시킨 첩자가 전임 49호였다. 그대는 이제부터 완벽한 49호로 거듭나라. 49호의 행세를 하면서 흑 진영의 정보를 역으로 캐내는 것이 우리 조직이 그대에게 내리는 첫 번째 퀘스트(Quest)이니라."

"허어. 그런 계획이 있었구려."

"죽은 49호 대신 신임 49호를 이용하여 흑 진영에 역공을 취하시겠다? 역시 5호시오."

"정말 뛰어난 계책이시오."

원로기사들이 앞다투어 5호의 계책을 칭찬했다.

반면 444호, 아니 49호는 남몰래 얼굴을 찌푸렸다. 신임 49호의 정체는 다름 아닌 이탄이었다.

'빌어먹을. 인생이 한번 꼬이기 시작하니까 한도 끝도 없구나. 본의 아니게 언데드가 되었다가, 어떻게든 살아보려고 신관으로 변신하였더니, 이제는 성기사란 놈들이 나를 다시 흑 진영에 침투시키려고 드네? 이런 개 같은 세상. 간씨 세가에서는 나를 망령으로 만들어 이 빌어먹을 세상으로 보내버리고, 마녀는 그런 나를 또다시 죽여서 듀라한으로 만들고, 자비로우신 모레툼 넘은 나를 자신의 신관으로 받아주었는데, 그 신의 쫄다구들은 나를 다시 흑 진영으로 쫓아내다니. 대체 나는 어떤 장단에 춤을 추란 말이냐? 제기랄.'

속으로 욕을 해봤자 답답함은 가시지 않았다. 444호에서 졸지에 49호로 승진(?)한 이탄은 머리가 지끈지끈 아팠다.

"여기 있습니다."

단발머리의 미녀가 무명천 위에 놓인 물건들을 이탄에게 건네주었다.

은화 반쪽.

기다란 칼 한 자루.

어깨 부위에 49라는 숫자가 수놓아져 있는 새하얀 무복 한 벌.

흰 토시와 흰색 각반 각각 한 쌍씩.

이 물건들은 이탄이 은화 반 닢 기사단의 49호로 임명되면서 하사받은 지급품들이었다. 이탄의 손에 죽은 전임 49

호의 애장품들이기도 했다.

이탄은 지급품들을 배낭에 넣었다. 전임 49호의 검은 허리에 찼다.

"이것도 챙기십시오."

단발머리 미녀가 이탄에게 또 다른 보따리를 내밀었다.

'이건 또 뭐지?'

이탄은 묵묵히 보따리를 펼쳤다.

보따리 속에 들은 물건은 총 5개였다.

사악한 기운이 물씬 풍기는 두루마리 한 권.

팔뚝에 착용하는 흑색 팔찌 하나.

커다란 사파이어가 박힌 금반지 3개.

생각보다 내용물이 단출했다. 단발머리 미녀가 내용물에 대한 설명을 덧붙였다.

"사파이어 반지 2개는 왼손 검지와 약지에 끼십시오. 그리고 나머지 하나는 오른손 중지에 끼시면 됩니다."

이탄이 시키는 대로 반지 3개를 착용했다.

반지의 원주인과 이탄은 손가락 굵기가 달랐다. 그래서 약간 헐거운 느낌이 들었으나 눈에 띄게 불편할 정도는 아니었다.

Chapter 4

단발머리 미녀가 반지의 용도를 설명해주었다.

"그 반지들은 이곳 피요르드 시의 권문세가이자 대부호인 쿠퍼 가문을 상징합니다. 전임 49호는 쿠퍼 가문의 후계자로, 배움을 위해 먼 도시로 떠나 있다가 부친의 사망 소식을 듣고 가문에 복귀하던 중이었습니다. 신임 49호께서는 전임 49호의 역할을 대신하셔야 하므로, 제가 말씀드린 배경지식부터 외우셔야 합니다."

단발머리 미녀는 은화 반 닢 기사단 소속 333호였다.

보통 300번대 번호는 성기사를 보조하는 팀원들에게 부여되곤 했다. 원로기사들은 이번 작전의 성공을 위해 이탄에게 전담 보조팀을 붙여주었는데, 333호도 이 전담 보조팀에 소속되었다.

이탄이 333호에게 물었다.

"전임 49호와 나는 얼굴이 다르지 않소? 어디 얼굴뿐인가? 목소리도 다르고 체격도 딴판이지."

"그 점은 걱정하지 않으셔도 됩니다. 쿠퍼 가문 자체가 우리 조직에서 만들어낸 곳입니다. 조직의 어르신들께서는 원래 49호에게 쿠퍼 가문을 맡겨 큰일을 도모하시고자 하였으나, 그가 혹 진영의 첩자로 밝혀져 사전에 제거하신 것입니다."

"그럼 쿠퍼 가문에서는 나를 알아볼 만한 사람이 없소?"

"없습니다."

"내가 알아두어야 할 만한 위험 요소는?"

"역시 없습니다. 그 밖의 사소한 문제들은 저희 전담 보
조팀에서 처리할 것입니다."

333호는 딱 부러진 여성이었다.

이탄이 다른 것을 물었다.

"반지는 그렇다고 치고, 이 두루마리와 팔찌는 뭐요?"

"그것들은 전임 49호의 짐 꾸러미 속에서 찾아낸 물건들
입니다. 아마도 그의 진짜 신분과 관련된 물건들인 듯한데,
용도는 신임 49호께서 직접 밝혀내셔야 합니다. 아마도 신
임 49호께서 쿠퍼 가문에 복귀하셔서 본격적인 활동을 시
작하시면 그 즉시 흑 진영에서 신임 49호에게 접근할 것입
니다. 그때 저 물건들이 필요할 것 같습니다."

"흐음."

이탄은 두루마리와 팔찌를 한 번씩 손에 쥐어보았다. 특
별한 느낌이 들지는 않았다.

333호가 이탄을 재촉했다.

"이제 서두르셔야 합니다. 갑작스러운 블리자드 때문에
49호님이 쿠퍼 가문에 복귀하는 날짜가 늦어졌다고 연막은

쳐놓았습니다만, 더 이상 복귀를 미룰 수는 없습니다. 자칫 하다가는 혹 진영에서 눈치를 챌 수 있기 때문입니다."

"알겠소."

이탄이 물건들을 챙겨서 일어섰다.

333호가 이탄에게 공손히 목례했다.

"그럼 저는 나중에 다시 뵙겠습니다. 쿠퍼 가문에 들어 가시면 전담 보조팀의 389호가 49호님을 모실 것입니다."

"389호?"

"네. 가보시면 바로 그녀를 만날 수 있습니다."

333호의 말을 들어보면 389호 또한 여자인 것 같았다. 이탄이 손바닥으로 얼굴을 한 번 쓸어내렸다.

12월의 첫날.

하늘은 여전히 우중충했다. 블리자드는 아직도 가시지 않았다. 한 사내가 휘몰아치는 눈폭풍을 뚫고 쿠퍼 본가의 정문을 두드렸다.

탕탕탕탕탕!

세차게 문을 두드리는 사내의 정체는 다름 아닌 이탄이 었다.

지금 이탄은 낡은 옷을 여러 벌 겹쳐 입고 허리에 검 한 자루를 찬 행색이라 겉모습만 보면 여행에 지친 방랑객 꼴이나 다름없었다. 쿠퍼 가문의 문지기는 당연히 이탄을 쫓아내려고 들었다. 그러다 이탄의 손가락에서 반짝거리는 3개의 반지를 보고는 깜짝 놀라 안으로 기별을 넣었다.

철문이 덜컹 열리고, 문 안에서 집사장이 뛰쳐나왔다.

"도련님."

쿠퍼 가문의 살림을 책임지는 집사장은 나이가 지긋한 노파였다.

이름은 세실.

연령은 70대 초반.

집사장 세실이 이탄의 팔을 붙잡고 울먹거렸다.

"도련님. 도련님이 맞으시군요. 어릴 적 모습이 그대로 남아 있으세요."

세실은 눈물이 그렁거리는 눈을 들어 이탄을 올려다보았다.

세실의 등 뒤에 늘어선 하인과 하녀들이 두 눈을 껌뻑거렸다. 그들은 이탄을 난생 처음 보았기에 이탄의 어릴 적 모습이 어떠했는지 알지 못했다. 그저 세실이 그렇다고 하니 믿을 뿐이었다.

"흐흐흑. 도련님. 가주님께서 그만……."

세실이 설움에 북받쳐 말을 잇지 못했다. 그러면서 그녀는 이탄의 팔뚝에 손가락으로 880라는 숫자를 반복해서 썼다,

'아하. 이 노파가 바로 389호구나.'

이탄이 새삼스러운 눈빛으로 세실을 살폈다.

세실이 이탄에게 남몰래 눈짓을 보냈다.

이탄이 쿠퍼 가문에 도착하고 바로 다음 날, 전대 가주의 장례식이 거행되었다. 대리석으로 짜 맞춘 화려한 관이 일꾼들의 손에 의해 가묘 안에 안착되었다. 가묘 밖에서는 여전히 눈폭풍이 몰아쳤다.

이탄은 입관 장면을 말없이 지켜보았다.

"으흐흑, 가주님."

등 뒤에서 세실이 훌쩍거리는 소리가 들렸다.

피요르드 시의 권력자이자 대륙에서 가장 부유하다는 쿠퍼 공은 그렇게 무덤 속으로 들어갔다.

이탄은 가묘 내부에 걸린 쿠퍼 공의 초상화를 물끄러미 올려다보았다. 이어서 관 속에 드러누워 있는 쿠퍼 공의 시체를 내려다보았다. 시체의 눈 위에는 은화 2개가 덩그러니 놓여 있었다.

'이분이 내 아버지란 말이지?'

이탄이 쿠퍼 가문의 후계자로 포장되었으니 전대 쿠퍼 공은 어쨌거나 그의 선친인 셈이었다. 난생 처음 보는 사람의 아들이 되어 상주 노릇을 하려니 참으로 어색했다. 이탄은 입술을 굳게 다물었다.

Chapter 5

모레툼 교단의 주교 3명이 쿠퍼 공의 장례 의식을 주관
했다. 주교들은 뎅뎅 종을 울리며 가묘 내부를 세 바퀴 돌
았다.

이탄이 주교들의 뒤를 따라 가묘를 순회했다.

"으흐흐흐흑, 가주님."

대리석으로 만든 관 뚜껑이 닫힐 때 세실의 흐느낌도 절
정에 달했다. 가문에서 일하는 하인과 하녀들이 다 함께 흐
느꼈다. 그들은 집사장의 눈치를 보며 필사적으로 눈물을
짜냈다.

뎅, 뎅, 뎅, 뎅, 뎅.

주교들이 종을 울리며 다시 관 주위를 세 바퀴 돌았다.
이번에는 이탄뿐 아니라 장례식에 참석한 전원이 신관의
뒤를 따라 관 주변을 함께 돌았다. 이 가운데는 이곳 피요
르드 시의 영주도 포함되었다. 영주뿐 아니라 피요르드 시
의 내로라하는 권력자들이 모두 장례식에 참석했다.

상례식이 끝난 뒤, 사람들은 쿠퍼 기문의 응접실료 장소

를 옮겼다. 이탄은 시커먼 장례 복장을 벗고 화려한 대관복으로 갈아입었다.

모레툼 교단의 신관 3명이 이탄을 위해 승계식을 치러주었다.

승계식이란 이탄이 선친의 뒤를 이어 새 쿠퍼 공이 되었다는 점을 만천하에 알리는 의식이었다. 이탄은 3개의 사파이어 반지를 끼고 사파이어 스태프(Staff)를 손에 들었다. 피요르드 시의 영주인 피요르드 후작이 손수 승계식의 증인이 되어주었다.

승계 절차를 마친 뒤에는 쿠퍼 가문의 응접실에서 파티가 벌어졌다.

이탄이 오늘 선친의 장례를 치른 점을 감안하여 파티는 조촐하게 진행되었다. 참석자들은 가볍게 와인과 다과를 나누며 전대 쿠퍼 공에 대한 이야기를 나눴다. 집사장 세실이 하녀들 사이를 누비며 파티를 꼼꼼하게 챙겼다.

그 사이 이탄은 2층으로 올라가 피요르드 후작 가족과 면담했다.

피요르드 후작은 몸이 건장하고 눈빛이 유난히 강렬했다. 부채꼴 모양으로 기른 수염도 유독 눈에 띄었다.

후작의 곁에는 2명의 여인이 함께했는데, 그중 한 명은 후작부인이었고, 나머지 한 명은 딸이었다.

두 여인 모두 빼어난 미녀들이었다. 다만 후작부인은 우아하고 여성스러운 반면, 후작의 딸은 부친을 닮은 탓인지 강인해 보였다.

피요르드 후작이 먼저 운을 떼었다.

"고인으로부터 말씀은 들었는가?"

이탄이 정중하게 여쭸다.

"어떤 점을 말씀하시는지요?"

"자네의 혼사 말일세. 고인께 들었는지 모르겠네만, 고인과 나는 어린 시절 같은 아카데미에서 동문수학한 벗이었지. 그 무렵부터 우리는 굳은 약조를 했다네. 나중에 서로 사돈을 맺기로 말일세."

피요르드 후작이 갑자기 훅 치고 들어왔다.

보통 아버지가 이런 이야기를 꺼내면 딸이 볼을 능금빛으로 붉히든가, 아니면 신경질을 내든가 해야 정상인데, 후작의 딸은 표정에 변화가 없었다.

이탄의 안색도 변화가 없기는 마찬가지였다. 이탄은 어젯밤에 세실로부터 이 이야기를 들었기에 침착한 대응이 가능했다.

"그 이야기라면 선친께서 일러주신 적이 있습니다."

"허, 그런가? 다행이군."

피요르드 후작이 하얀 이를 드러내었다.

"하면 언제가 좋겠는가? 우리 쪽에서 날짜를 잡아도 되겠는가?"

이탄은 피요르드 후작이 결혼을 서두르고 있다는 느낌을 받았다.

'이상하군. 이런 초강자가 왜 쫓기듯이 딸을 시집보내려고 하지?'

이탄의 눈에 비친 피요르드 후작은 최강이라고 봐도 좋을 만한 강자였다. 이탄의 왼쪽 눈에 떠오른 정보창만 보아도 후작의 강맹함이 여실히 드러났다.

― 종족: 필드 일족 (무사 계열로 추정)

― 주무기: 검

― 특성 스킬: 산악 베기, ?

― 성향: 백

― 레벨: 추정 불가

― 주 출몰지역: 언노운 월드 평야

― 출몰빈도: 희박

이탄이 언노운 월드에 정착한 이래, 레벨이 '추정 불가'로 판정된 상대는 딱 2명뿐이었다.

이탄의 목을 잘라 듀라한으로 만든 마녀.

그리고 그 마녀의 손에서 이탄을 납치하려 들었던 괴인.

이들 두 초인을 제외하면 이탄의 정보창에 추정 불가라고 판정된 사람은 전무했다. 심지어 2년 전 모레툼 교단의 교황 자리에 추대된 비크 추기경도 추정 불가 레벨을 띄우지는 못했다.

이어서 이탄은 피요르드 후작의 딸을 살폈다.

— 종족: 필드 일족 (무사 계열로 추정)

— 주무기: 검

— 특성 스킬: 산악 베기

— 성향: 백

— 레벨: B+

— 주 출몰지역: 언노운 월드 평야

— 출몰빈도: 희박

'이 여자도 보통내기는 아니네.'

이탄의 눈에 날카로운 빛이 스몄다가 빠르게 사라졌다.

그도 그럴 것이, 머천트 길드의 바이칼이 B0 레벨이었다. 비록 바이칼이 데스 울프 무리와 격전을 벌이다가 죽기는 했지만, 살아생전 바이칼은 머천트 길드의 무력을 대표하는 인물이었다.

그런데 후작의 딸 프레야 피요르드는 바이칼보다 한 단계 높은 B+였다. 이탄은 새삼스러운 눈빛으로 프레야를 주목했다.

한편 이탄을 향한 프레야의 눈빛에는 불편함이 어렸다. 그녀는 이탄의 미소년다운 외모가 마음에 들지 않았다. 자신을 향한 이탄의 눈빛도 왠지 모르게 불쾌했다. 이런 상대와 혼인을 한다는 것이 프레야는 내키지 않았다.

'그래도 어쩔 수 없지. 내가 아울 검탑에 들어가려면 참아야 해.'

프레야가 입술을 지그시 깨물었다. 부친의 뒤를 이어 '아울 검탑'의 일원이 되는 것은 프레야의 오랜 꿈이었다.

'아울 검탑.'

그 드높은 이상향을 떠올리는 것만으로도 프레야는 가슴이 두근두근 뛰었다.

Chapter 6

이것은 비단 프레야만 겪는 현상은 아니었다. 아울 검탑은 정말 대단한 곳이었고, 그에 걸맞게 아울 검탑을 표현하는 수식어도 무수히 많았다.

백 계열로 분류되는 수천 종의 세력들 가운데 당당하게 세 손가락 안에 꼽히는 곳.

　언노운 월드 전체를 다 뒤져보아도 능히 다섯 손가락 안에 드는 초강자들의 집단.

　백 계열 모든 검수들의 이상향.

　검에 대한 모든 것을 집대성한 총아.

　365일, 24시간 검만 생각하고 검만 집착하는 검귀들의 집합체 등등.

　이런 명예로운 수식어들이 아울 검탑에 집중되었다. 검을 손에 쥔 검수들에게 있어서 아울 검탑은 누구나 한 번쯤 꿈꾸어보는 선망의 대상이었다. 백 계열 마법사들의 마음속 넘버원이 '시시퍼 마탑'이라면, 또한 백 계열 주술사들이 꼽는 최고봉이 '마르쿠제 술탑'이라면, 백 계열 검수들은 '아울 검탑'을 머릿속 서열 꼭대기에 올려놓았다.

　그리하여 시시퍼 마탑, 마르쿠제 술탑, 아울 검탑으로 이어지는 삼대 탑이야말로 흑 진영에 맞서서 백 진영을 수호하는 3개의 봉우리라 불렸다.

　프레야는 바로 그 아울 검탑 입성을 코앞에 두고 있었다. 실제로 그녀는 아울 검탑 예비자 시험을 우수한 성적으로 합격하였다.

항목	판정값
검에 대한 의지	A0
검에 대한 재능	B+
검의 축복	A0
신체 단련도	B0
오러 숙련도	A0

이상이 아울 검탑 예비자 시험에서 프레야가 받은 성적 표였다. 이 정도 성적이면 아울 검탑의 예비자로 합격하기에 충분했다.

다만 아울 검탑은 미혼자를 받아들이지 않는다는 점이 문제였다. 무슨 이유 때문에 이러한 전통이 생겼는지는 알 수 없으나, 아주 오래 전부터 아울 검탑은 오로지 기혼자에게만 문호를 개방했다.

따라서 피요르드 후작도 결혼을 한 이후에나 아울 검탑의 일원이 될 수 있었다.

프레야도 마찬가지였다. 그녀가 목표로 하는 아울 검탑에 들어가려면 일단 결혼식부터 치러야 했다.

'불합리한 규칙이지만 할 수 없지. 규칙은 규칙이니까 따를 수밖에. 일단 이 남자와 결혼을 하자. 그 다음 바로 아울 검탑으로 가는 거야.'

프레야가 이탄을 똑바로 쳐다보았다.

마침 이탄은 프레야에게서 시선을 거둬 피요르드 후작을

보는 중이었다.

피요르드가 한 번 더 이탄을 재촉했다.

"우리 쪽에서 날짜를 잡아도 되겠느냐고 물었네. 쿠퍼 공의 생각은 어떠한가?"

이탄이 프레야를 돌아보았다. 이탄의 눈빛은 마치 '그쪽 의견은 어떤데요?' 라고 묻는 듯했다.

프레야가 미세하게 고개를 끄덕였다. 긍정의 의미였다.

이탄이 피요르드 후작의 질문에 답했다.

"선친의 뜻을 어찌 어기겠습니까. 후작 각하께서 날을 정해주십시오. 프레야 영애님과 혼인하겠습니다."

"호오, 역시 젊은 사람이라 그런지 결정이 빠르구먼. 잘 생각했네. 그럼 우리 내외가 의논하여 혼인 날짜를 잡도록 함세."

피요르드는 더 볼 것 없다는 듯이 자리에서 일어났다.

후작 부인도 덩달아 몸을 일으켰다. 후작 부인은 이렇게 급하게 딸의 결혼을 결정하는 것이 마뜩지 않았다. 하지만 속마음을 꾹 억누를 수밖에 없는 사정이 있었다.

사실 후작 부인은 피요르드의 두 번째 부인이었다. 첫 번째 정실이 낳은 후계자—프레야의 배다른 오빠—가 엄연히 살아 있고, 그가 장차 피요르드의 뒤를 이어 이 도시의 주인이 될 것이 뻔했다.

'그때 우리 프레야가 배척을 받지 않고 편안하게 살려면 쿠퍼 공과 혼인하는 것이 좋아. 그러니 잘된 일이야. 암. 잘된 일이고말고.'

후작 부인은 이렇게 위안을 삼았다.

"쿠퍼 공, 우리 프레야를 잘 부탁해요."

후작 부인이 이탄에게 생긋 미소를 보냈다.

"제가 드릴 말씀입니다. 앞으로 잘 부탁드리겠습니다."

이탄이 정중하게 응답했다.

반면 프레야는 이탄에게 눈길 한 번 주지 않고 등을 돌렸다.

'이제 되었다. 조건을 모두 갖추었으니 검탑에 들어갈 일만 남았어.'

프레야의 머릿속에는 오로지 검에 대한 생각만 가득했다.

쿠퍼 가문은 상업으로 거대한 부를 축적한 가문이었다. 쿠퍼 가문의 상단은 이곳 피요르드 시뿐 아니라 대륙 북동부의 대도시 50여 곳에 골고루 퍼져 있었다. 쿠퍼 가문이 직영하는 농장은 도시와 도시 사이에 형성된 곡창지대를 따라 어마어마한 규모를 자랑하였으며, 쿠퍼 가문 소속 광산은 그 수가 무려 800개가 넘었다.

"대륙 북동부의 진정한 주인은 각 도시의 영주들이 아니라 쿠퍼 가문이다."

이런 말이 괜히 떠도는 것이 아니었다. 쿠퍼 가문은 그자체가 하나의 거대한 세력이나 다름없었다.

이 쿠퍼 가문이 사실은 모레툼 교단의 하부 조직이라는 사실은 극비 중의 극비였다. 모레툼 교단에서는 신도들을 통해 긁어모은 막대한 재화를 쿠퍼 가문을 통해 불려 나갔다. 그렇게 굴리기 시작한 재화가 눈덩이처럼 불어나 지금 쿠퍼 가문의 부유함은 모레툼 교단에 버금갈 정도였다.

하지만 세상에는 그저 '전대 쿠퍼 공이 모레툼을 믿는 신도였고, 그 후계자인 신임 쿠퍼 공도 선친의 유언에 따라 모레툼의 신도가 되었다.'고만 소문이 났다. 자연스럽게 백 계열의 수많은 세력들이 쿠퍼 가문과 손을 잡기 위해 물밑에서 접촉을 해왔다.

그 와중에 전대 쿠퍼 공이 사망하고 그 아들이 새 가주가 되었다. 곧이어서 신임 쿠퍼 공의 혼인 소식까지 전해졌다.

막대한 부를 상속받은 후계자가 결혼을 한다는 것은 보통 일이 아니었다. 쿠퍼 가문처럼 50개가 넘는 대도시에 사업체를 꾸린 가문은 당연히 하객이 많을 수밖에 없었다. 사방 각지에서 사람이 몰려들었다. 수많은 선물 보따리가 도착했다. 쿠퍼 가문 대저택이 손님들로 북적거렸다.

이탄의 실제 결혼식 날짜는 12월 12일이었으나, 먼 거리에서 방문한 하객들은 결혼 날짜보다 미리 도착했다. 물론 쿠퍼 본가에는 빈 방이 어마어마하게 많아 하객들이 묵을 공간은 충분했다.

퀘스트1: 어둠의 접근

Chapter 1

달을 가리키는 숫자와 날을 가리키는 숫자가 똑같은 12월 12일, 이탄과 프레야는 여러 하객들이 지켜보는 가운데 성대한 결혼식을 치렀다.

두 사람의 결혼을 축복이라도 하듯이 모처럼 블리자드가 잠잠해지고 날이 개었다. 모레툼 교에서 파견 나온 주교가 직접 결혼식을 주관했다.

결혼식의 피로연은 장장 일주일에 걸쳐서 계속되었다. 집사장 세실이 총 일곱 번의 피로연을 꼼꼼하게 챙겼다.

그렇게 길게 이어지던 피로연마저 결국엔 끝을 보였다.

결혼식 일주일 뒤인 12월 19일.

하객들이 썰물처럼 빠져나간 쿠퍼 가문은 어딘지 모르게 공허했다. 이탄은 그 공허 속에서 한숨을 내쉬었다.

'언데드 주제에 사람과 결혼한다는 것이 가당치도 않은 일이지만, 이미 벌어진 일을 어쩌겠는가. 하아아.'

그나마 첫날밤부터 소박을 맞아서 다행이었다. 만약 이탄이 소박을 맞지 않았다면 정체가 발각됐을지 모른다.

'제기랄. 다행은 다행인데 왠지 모르게 기분이 더럽구나.'

이탄이 혀를 찼다.

이탄의 머릿속에는 7일 전 결혼 첫날밤의 해프닝이 떠올랐다.

신혼 첫날밤, 당돌한 새 신부가 허리에 손을 척 얹고는 새 신랑에게 당당히 선포했다.

"이봐요. 당신도 짐작하겠지만 나는 당신을 사랑하지 않아요. 우리의 결혼은 사랑하는 사람끼리의 결혼이 아니에요. 그저 피요르드 가문과 쿠퍼 가문의 결합일 뿐이죠."

"알고 있소."

이탄은 최대한 덤덤하게 말을 받았다.

프레야가 다행이라는 듯이 맞받아쳤다.

"말귀가 통해서 좋네요. 앞으로도 내게 부인의 역할을 기대하지는 말아요. 나도 당신에게서 남편의 모습을 찾지는 않을 테니까요. 대신 나는 질투가 전혀 없을 거예요. 당신이 어떤 여자를 품건, 첩을 몇 명을 들이든 신경 쓰지 않을 테니까 생리적인 욕구는 그 여자들을 통해서 해결하면 돼요. 또한 당신이 적당한 여자를 통해서 아이를 낳으면 그 아이를 쿠퍼 가문의 후계자로 세우고요."

프레야는 잔인한 말을 서슴지 않고 뱉었다.

"알겠소."

이탄은 묵묵히 수긍했다.

프레야가 잠시 눈썹을 찌푸렸다가 포옥 한숨을 내쉬었다.

"하아, 좋아요. 당신이 이해를 해준 만큼 나도 장단은 맞춰줄게요. 내가 꼭 필요한 행사가 있으면 미리 알려줘요. 그러면 나도 가능하면 그 행사에 참석해서 정부인 역할을 할 테니까요. 알았죠?"

"알겠소."

"대신 피로연이 끝난 뒤 5년 동안은 나를 보지 못할 거예요. 그 기간 동안 나는 친정에서 할 일이 있어요. 여기에 대해서는 조만간 아버님께서 당신에게 따로 말씀을 해주실 예정이에요."

친정 핑계를 대었으나, 사실 프레야는 피요르드 후작가가 아닌 아울 검탑에 들어가서 5년간 지낼 생각이었다.

"알겠소."

이탄의 답변은 한결같았다.

프레야는 '별 이상한 사람 다 보겠구나.' 라는 표정으로 이탄을 흘겨보다가 더는 대화를 끌지 않고 방에서 나가버렸다.

이탄은 그렇게 부인으로부터 소박을 맞았다. 초야를 홀로 보내게 된 셈이었다.

물론 이쪽이 마음은 더 편했다. 이탄은 사중첩의 마력순환로를 따라 음차원의 마나를 회전시켰다. 모레툼의 가호들도 정교하게 가다듬었다. 이런 것들이 신혼 첫날밤을 맞은 새 신랑이 행한 일들이었다.

다음 날에도, 또 그 다음 날에도 같은 패턴이 반복되었다. 일주일간의 피로연이 치러지는 동안 이탄과 프레야는 다정한 모습으로 손님들을 맞았다. 밤이 되면 각자의 침실로 들어가 각자의 수련에 매진했다.

부부지만 결코 부부가 아닌 이들 두 사람은 결국 피로연이 끝난 뒤에야 완전히 떨어지게 되었다.

프레야는 공식 행사가 끝나자마자 기다렸다는 듯이 짐을 챙겨 친정으로 복귀했다. 물론 실제로 프레야의 발걸음이 향한 곳은 친정이 아니라 아울 검탑이었지만 말이다.

이탄의 입장에서는 환영할 일이었다.

이탄은 쿠퍼 가문의 진짜 주인이 아니었다. 쿠퍼 가문을 움직이는 실세는 어디까지나 모레툼 총단이고, 이탄은 은화 반 닢 기사단에서 부여한 임무를 해결하기 위해서 가주 역할을 맡았을 뿐이었다.

당연히 이탄에게는 가주에 걸맞은 실권이 주어지지 않았다.

쿠퍼 가문 휘하 10대 상단의 상단주들이 오로지 모레툼 총단의 뜻에 따라 가문을 움직였다. 이탄에게는 단 한 장의 보고서도 올라오지 않았다. 쿠퍼 가문 내에서 이탄의 정확한 위치는 바지 사장이나 다름없었다.

'흥. 가주는 무슨 가주야. 은화 반 닢 기사단의 성기사 49호. 이게 진짜 내 신분이지.'

이탄은 자신이 처한 현재 위치를 절대 잊지 않았다. 어쭙잖은 대부호 노릇에 취해 정신줄 놓고 있다가는 단숨에 훅 가는 수가 있다는 점을 이탄은 누구보다도 잘 알았다.

'그렇게 따지고 보면 은화 반 닢 기사단의 성기사도 내 진짜 신분은 아니야.'

쿠퍼 가문의 새 주인.

이건 위장막이었다. 그 위장막을 한 꺼풀 벗겨놓고 보면, 이탄은 은화 반 닢 기사단의 성기사 49호였다.

그런데 이 49호라는 신분도 위장막이었다.

그 위장막을 한 꺼풀 벗겨놓고 보면, 이탄은 모레툼 교단의 신관이었다. 아나톨 주교의 살인범으로 몰려 누명을 뒤집어쓴 신관 말이다. 당연한 일이지만 이탄의 누명은 아직까지 벗겨지지 않았다.

이탄은 은화 반 닢 기사단의 최상층부로부터 "기사단이 내리는 퀘스트를 20회 성공시키거나, 9년간 성기사로 헌신하면 누명을 벗을 기회를 주겠다."라는 약조를 받았고, 이를 서류로도 확보했다.

따라서 이탄은 앞으로 20회의 퀘스트를 완료하거나 9년만 버티면 다시 신관으로 돌아갈 수 있었다.

그런데 이탄이 그토록 돌아가고 싶어 하는 신관이라는 신분도 알고 보면 또 다른 위장막이었다.

그 위장막을 한 꺼풀 벗기면 이탄은 데스 나이트 듀라한이었다. 그것도 그냥 듀라한이 아니라 고대 리치의 악령을 포식해버린 특이한 듀라한이었다.

그런데 이 듀라한도 껍데기에 지나지 않았다. 데스 나이트라는 위장막 속에 들어 있는 본질은 망령!

그렇다. 이탄은 망령이었다. 간씨 세가에서 싸이킥 에너지 채굴을 위하여 이곳 언노운 월드에 파견한 망령.

Chapter 2

'내 신세가 마치 양파 같구나. 쿠퍼 공이라는 껍질을 벗겨보면 그 속에 성기사 49호가 있고, 그 껍질 속에 다시 신관이 있고, 그 속에 다시 듀라한이 있고, 그 안에 들은 진짜 알맹이는 망령에 불과하구나. 하아아—.'

이탄은 자신의 기구한 신세가 가여워 잠시 한탄을 했다.

그렇다고 마냥 푸념만 늘어놓을 수는 없었다.

'젠장! 젠장! 젠장! 이왕 인생이 이렇게 꼬인 거, 보란 듯이 살아남아 주마. 듀라한의 껍질이건, 신관의 껍질이건, 성기사의 껍질이건, 쿠퍼 공의 껍질이건, 그 위에 또다시 어떤 껍질을 뒤집어쓰건 상관하지 않는다. 심지어 살아 있는 사람의 살가죽을 벗겨서 얼굴에 뒤집어쓰는 한이 있더라도 어떻게든 살아서 버텨주마. 버티고 또 버텨주마. 하지만 똑똑히 기억하여라, 너 간씨 세가여. 이름 모를 마녀여. 열두 원로기사들이여. 비크 교황이여. 나의 운명을 멋대로 비틀어댄 네놈들을 언젠가 한 놈 한 놈 붙잡아 목줄기를 뽑아버릴 것이다. 내가! 이 이탄이! 반드시!'

복수의 맹세를 가슴에 새기는 순간, 이탄의 두 눈이 섬뜩한 섬광을 뿜어냈다. 이탄의 폐부 깊은 곳으로부터 낮은 으르렁거림이 울렸다.

그때였다.

똑똑똑.

방문 두드리는 소리가 났다.

"들어와."

이탄의 허락이 떨어지자 문이 살짝 열렸다. 집사장 세실과 하녀 한 명이 함께 들어왔다. 하녀는 따뜻한 꿀차가 담긴 다기를 들고 있었다.

"거기."

이탄이 턱으로 테이블을 가리켰다.

세실이 하녀에게 눈짓을 주었다. 하녀는 테이블 위에 소리 나지 않게 꿀차를 내려놓은 다음, 한 걸음 뒤로 물러섰다.

"가주님, 더 필요한 것이 있으신지요?"

세실이 물었다.

"아니. 이거면 되었어."

이탄은 고개를 가로저었다.

"그럼 편히 쉬십시오."

세실과 하녀가 허리를 깊게 숙이고 방에서 물러났다.

고요한 방 안, 이탄이 찻잔에 힐끗 눈을 던졌다.

이탄은 언데드인지라 음료를 마시지 않았다. 그래도 딸그락 뚜껑을 열어 찻진 속을 들여다보았다.

모락모락 김이 올라오면서 달콤한 꿀 향기가 코끝에 스쳤다. 이탄은 꿀차 속에 잠긴 스푼을 꺼내 손잡이 부분을 비틀었다.

도자기 재질의 손잡이를 빼내자 그 속에서 돌돌 말린 종이가 톡 떨어졌다. 아무것도 적히지 않은 빈 종이였다.

이탄은 종이를 꿀차에 담갔다가 다시 꺼냈다.

그러자 놀랍게도 빈 종이 위에 글자가 드러났다.

피카로스연나으두로림 북성적이거낭리가는유 와케중신에토 보이안도망그에그 구루멍라 발케생고 흔나적크 발코견소 조리만두간이 적라들소이리 접피촉모 할있 듯파 접잡촉시 후이 즉리시오 보수고누 바킹람러.

판독이 불가능한 문장 같지만 해독은 단순했다. 홀수 번째 글자만 읽으면 된다.

'피로연으로 북적거리는 와중에 보안망에 구멍 발생 흔적 발견. 조만간 적들이 접촉할 듯. 접촉 후 즉시 보고 바람.'

쿠퍼 가문의 경비체제에 구멍이 뚫렸고, 전임 49호를 쿠퍼 가문에 침투시킨 흑 세력이 조만간 접촉해 올 것이니 보고하라는 의미였다.

'쳇. 일은 잘도 시키지.'

이탄이 젖은 종이를 벽난로 속에 던져 넣었다.

종이가 호르륵 말리며 타들어 갔다. 이탄은 불붙은 종이를 물끄러미 바라보다가 의자에서 일어났다.

이탄의 사중첩 마력순환로 속에서는 음차원의 마나가 웅대하게 돌아가는 중이었다. 그 양이 어마어마하건만 음차원 특유의 음습한 기운은 단 한 톨도 밖으로 새어 나오지 않았다. 대신 이탄의 피부 위에는 선명한 신성력이 맺혔다.

후왕!

이탄은 그 신성력을 응집시켜 빛의 방패를 만들었다.

최근 이탄은 커다란 단일 방패를 잘게 쪼개서 홍합 껍데기 크기의 소형 방패 수백 개를 만드는 훈련을 하는 중이었다.

후웅! 후웅! 후오웅!

이탄이 의지를 일으키자 소형 방패 수십 개가 이탄의 손가락 위에 따닥따닥 달라붙었다. 이탄의 손등에도 홍합 껍데기 크기의 방패 수십 개가 동시에 형성되었다.

이탄이 춤을 추듯 양팔을 휘저었다.

빛의 방패들이 이탄이 손을 휘두를 때마다 멀리 떨어졌다가 다시 살갗에 달라붙기를 반복했다. 그 모습이 마치 이탄의 몸 주변에 자체발광하는 해파리 떼가 모여들었다 흩어졌다는 반복하는 것처럼 보였다.

'이 소형 방패들을 자유자재로 조정하여 적의 발밑 흙 속에서 기습적으로 터뜨린다면? 혹은 적의 급소 바로 앞에서 폭파시킬 수 있다면?'

단순히 하나의 방패를 터뜨려서 적을 공격하는 데는 한계가 있었다. 물론 큰 방패를 터뜨리면 그만큼 파괴력은 커질 테지만, 때로는 파괴력을 줄이는 편이 더 효과적일 경우도 많았다.

'특히 매복 중이거나 적진에 침투하여 임무를 수행할 때는 이런 정교한 컨트롤이 필요하지.'

이탄은 방패의 소형화와 폭파의 정교화에 매진했다.

이렇게 신성력을 미세 컨트롤하는 훈련을 하다 보니 이탄의 신성력 총량도 조금씩 늘어나기 시작했다.

'신성력을 계속 늘려나가다 보면 언젠가는 방패의 가호를 지둔의 가호로 업그레이드 할 수 있을 거야. 분명히 그렇게 될 거라고.'

이탄은 굳은 믿음을 갖고 훈련에 몰두했다.

밤 10시부터 12시까지 두 시간 동안 방패의 가호를 연습한 다음, 이탄은 은신의 가호와 연은의 가호에도 꼬박 두시간씩을 할애했다. 은신의 가호는 갈수록 익숙해졌지만, 연은의 가호는 아직까지 특기할 만한 발전을 이루지는 못했다. 그래도 이탄은 포기하지 않고 꾸준히 시간을 쏟아부었다.

Chapter 3

신성력 훈련을 끝마치면 새벽 4시가 되었다. 이때부터 이탄은 아나테마의 악령으로부터 갈취한 저주마법을 연성했다.

이탄이 듀라한이기 때문인지, 아니면 음차원의 마나를 풍부하게 보유한 덕분인지, 저주마법은 수월하게 숙달되었다. 이탄이 저주마법을 습득하는 속도가 어찌나 빨랐던지 아나테마의 악령이 움찔움찔 놀랄 정도였다.

[이런 미친놈. 끄응, 이런 당황스러운 놈. 도대체 나중에 뭐가 되려고 방대한 저주마법을 모조리 익혀댄단 말이냐?]

아나테마의 악령이 스쳐 지나가는 말투로 한탄했다. 어쩌면 아나테마의 악령은 일수도장을 찍듯이 매일매일 새로운 저주마법을 알려주는 일이 버거운 것일 수도 있었다.

이탄은 아나테마의 목소리에 귀를 기울이지 않았다. 그저 배운 것을 열심히 익히고 또 연습할 따름이었다.

다만 한 가지.

이탄은 아나테마에게 배운 저주마법을 오직 머릿속으로만 연마했다. 실제 살아 있는 생명체를 대상으로 저주를 걸어볼 수는 없기 때문이었다.

그래도 아무 문제 없었다. 상상 속 훈련만으로도 이탄의 흑마법 실력은 일취월장했다. 신성력이 쥐똥만큼 늘어날 때 어둠의 힘은 강물만큼 계속 불어났다. 그렇게 콸콸 유입된 어둠의 물줄기들이 이탄의 사중첩 마력순환로 안에 하나로 융해되어 거대한 대해를 만들어 갔다.

이것만 해도 엄청난데, 여기에 한 가지가 더해졌다. 이탄이 꿀꺽 삼킨 붉은 돌, 즉 아나테마의 라이프 베슬이 녹으면서 어둠의 힘은 상상을 초월할 수준으로 불어났다.

[이런 미친놈. 어이구, 이런 미친놈.]

고대 문명의 그 어떤 흑마법사도, 그 어떤 마녀도, 그 어떤 악마종도 지금 이탄이 보유한 수준의 기운을 가지지는 못하였다. 고대 악마사원의 종주였던 샤흐크도, 심지어 불멸악마종이라 불렸던 아나테마도 지금의 이탄에 비하면 손색이 있었다.

[그럼 뭐하냐? 몸속에 꽁꽁 숨겨 놓고 사용하지도 않을 것을. 어이구, 아까워라. 어이구, 아까워.]

아나테마가 답답하다는 듯이 주먹으로 가슴을 치는 시늉을 했다.

이탄은 아나테마가 어떤 반응을 보이건 신경 쓰지 않았다.

'나는 그저 내 갈 길을 갈 뿐이다. 묵묵히. 꾸준하게.'

이탄이 고집스레 입술을 다물었다.

다음 날 아침이었다.

똑똑똑.

세실이 이탄의 방문을 두드렸다.

"들어와."

이탄은 잠에서 막 깨어난 척하면서 세실을 맞았다. 세실의 뒤에는 하녀 2명이 공손히 시립 중이었다. 이중 한 명은 어젯밤 꿀차를 대령했던 아이였고, 다른 한 명은 오랫동안 전대 쿠퍼 공을 시중들었던 하녀장이었다.

세실이 하녀장에게 눈짓을 보냈다.

이탄이 침대 앞에 앉자 하녀가 금으로 만든 대야를 이탄 앞에 대령했다. 하녀장이 금대야 안에 적당한 온도의 물을 부었다.

"가주님, 세안을 해드리겠습니다."

하녀장과 하녀가 손수 이탄의 얼굴을 씻겨주려고 들었다.

이탄이 거부했다.

"며칠째 말을 반복해야 하지? 나는 선친과는 다르다고. 세안 시중은 익숙하지 않으니 내가 직접 씻을 것이다."

"송구합니다."

하녀장과 하녀가 한 발 뒤로 물러나며 허리를 꾸벅 숙였다.

이탄은 하녀들이 달라붙기 전에 금대야 속에 손을 담가 얼굴을 직접 씻었다. 그리곤 하녀장의 팔뚝에 걸린 수건을 빼앗아 물기를 닦았다. 듀라한인 이탄은 사람들과 피부 접촉하는 것을 극도로 꺼렸다.

방 안에 잠시 싸늘한 분위기가 조성되었다. 하녀장과 하녀는 난처하여 어쩔 줄 몰랐다. 노련한 세실이 냉큼 화제를 돌렸다.

"가주님, 식사는 방에서 하시겠습니까?"

"응."

이탄이 고개를 끄덕이자 하녀장과 하녀가 금대야를 들고 밖으로 나갔다.

"바로 아침식사를 올리겠습니다."

세실이 공손히 인사를 하고 이탄의 앞에서 물러나왔다.

이탄은 굳게 닫힌 방문을 물끄러미 응시했다. 이탄의 손에는 어느새 돌돌 말린 천 뭉치가 쥐어져 있었다. 조금 전 금대야 속에 은밀하게 들어있던 천이었다.

'어느 쪽이냐? 은화 반 닢 기사단에서 보낸 전언이냐? 아니면 혹 세력의 접촉이냐?'

이탄의 눈이 기묘한 빛을 품었다.

천에는 아무 글씨도 보이지 않았다. 천을 불에 쬐어보아도, 램프로 비춰보아도, 실밥을 뜯어보아도 변화가 없었다.

'하녀가 실수로 떨어뜨린 건가? 아무런 의미도 없는 천 뭉치일까?'

그럴 리는 없었다. 이탄은 고민 끝에 마지막 수단을 써보기로 했다.

"후우."

천 조각을 테이블 위에 올려놓고 심호흡을 한 번 한 뒤, 이탄은 신성력을 모두 거둬들였다. 그리곤 손끝의 마력순환로를 살짝 개방해 음차원의 기운을 아주 살짝, 물방울이 톡 맺힐 만큼만 끄집어내었다.

크콰콰콰콰콰!

바깥의 신선한 공기를 살짝 맛본 음차원의 마나는 그 즉시 마력순환로에서 벗어나 밖으로 뛰쳐나가려 들었다.

콰득! 콰드득!

거대한 마나가 통째로 미쳐서 날뛰었다. 이탄의 신체가 크게 한 번 흔들렸다.

[끄요옵? 드디어!]

아나테마의 악령이 아가리를 귀까지 찢고 기뻐했다. 이 기회에 이탄의 몸을 차지하든가, 아니면 라이프 베슬을 되찾을 생각이었기 때문이다.

그 즉시 진압군이 나타났다. 이탄의 정신에 깃든 붉은 금속이 쿠쿠쿠쿠 일이나 아나테마의 악령을 찍어 눌렀다.

[끼욥!]

아나테마는 찍소리 못하고 움츠러들었다.

콰르르—

붉은 금속은 꼬리에 불붙은 멧돼지처럼 날뛰는 음차원의 마나도 진압했다.

그동안 이탄의 몸속에서 음차원의 마나가 몸집을 잔뜩 불린 것은 사실이었다. 하지만 붉은 금속이 찍어 누르자 꼼짝도 못 했다. 음차원의 마나는 그저 이탄이 원하는 대로 단 한 방울의 기운만 손가락 밖으로 내보냈을 뿐이다.

츠츠츠츠츠—

백지에 먹물이 퍼지는 것처럼, 평범하던 천조각이 어둠의 기운에 노출되어 시커멓게 변색되었다.

그 검은 천 표면에 하얀 글씨가 드러났다.

Chapter 4

이탄은 천 속에 적힌 내용을 빠르게 읽었다.

새 쿠퍼 공이 탄생하였다는 말을 들었다.

네가 무사히 적진에 침투했다는 뜻이리라 믿는
다. 만약 내 짐작이 맞는다면 너는 이제 적의 3개
세력이 만나는 교집합 속에 도달한 것이리라.

아들아.

나는 네가 쿠퍼 가문의 신임 가주이자, 아울 검
탑 99검의 사위이자, 모레툼 산하 비밀조직의 일원
이 된 것을 축하하는 바이다. 오로지 이날을 위해
나는 너에게 피사노의 각인을 내리지 않고 적들처
럼 키웠던 것이리라.

검은 드래곤의 아들로 태어났으되 하얀 양떼 속
에 들어가기 위해 양처럼 비루하게 키워진 나의 아
들아.

드래곤의 무리 속에서 한 번 커보지도 못하고 태
어나면서부터 멀리 떨어져 성장한 드래곤의 후예
야.

니의 오욕이 언젠가 무궁한 영광으로 돌아오리

니, 네가 너의 할 일을 마치고 교로 돌아오는 날 그 어떤 각인보다 더 영광스러운 피사노의 각인이 네게 있을 것이다.

오로지 피사노의 이름으로 다시 전하마.

— 피사노 싸마니야 —

이상이 편지의 내용이었다. 이탄의 손이 가늘게 떨렸다.

"허억! 피사노라니? 피사노교가 다시 활동에 들어갔단 말인가?"

이탄이 기함을 할 만큼 적의 실체는 가공스러웠다.

피사노교.

모든 마물종, 즉 악마족, 몬스터족, 언데드족의 최정점이자 수천이 넘는 흑 세력의 최고봉.

달리 마교라고 불리는 어둠의 총주.

한동안 세상에 나타나지 않던 그 무시무시한 마교가 다시 활동을 재개하였다. 이탄의 손에 죽은 전임 49호는 그 마교에서 보낸 첩자였다. 그것도 그냥 첩자가 아니라 피사노 싸마니야—이탄은 그가 누구인지도 모르지만—라는 고위층의 아들이었다.

'그런 고위층의 아들이 어찌 그리 맥없이 내 손에 죽었

단 말인가?'

이탄이 의문을 품었다.

답은 편지 안에 있었다. 전임 49호는 피사노의 각인이라는 것을 받지 못하고 양처럼 키워진 탓에 약했던 것이 분명했다.

"아마도 그 탓에 그렇게 약했던 것이겠지. 큭큭큭. 이거 정말 일이 더럽게 꼬이네. 내가 마교 고위층의 아들을 죽였단 말이지? 큭큭큭. 나는 그저 가늘고 길게 살고 싶었을 뿐인데, 그래서 내 정체도 숨긴 채 변두리 도시에서 신관 행세나 하면서 소소하게 살아갈 뿐이었는데, 뭐가 이렇게 복잡하게 꼬이나? 크크큭큭큭."

이탄이 툴툴거리며 웃었다. 헛웃음이 절로 날 정도로 이탄은 허탈하고 어이가 없었다.

"큭큭큭. 피사노란 말이지? 피사노? 크크큭큭."

어이가 없을 만도 한 것이, 피사노는 보통 집단이 아니었다. 단일 세력으로 치자면 언노운 월드 전체를 통틀어서 가장 막강한 곳이 바로 피사노였다. 흑 진영에서도 피사노교는 당연히 원탑(One Top)의 위치에 있었다.

호사가들의 평에 따르면, 백 진영의 삼대 봉우리, 즉 시시퍼 마탑, 마르쿠제 술탑, 아울 검탑이 힘을 합쳐야 겨우 피사노교 하나를 감당할 수 있다고 했다. 혹자는 하얀 봉우리 3개가 다 합쳐도 검은 봉우리 하나를 이기지 못한다고 도 하였다.

피사노교는 그만큼 가공할 만한 곳이었다.

다행인 점은, 피사노교가 아무 때나 활동하지는 않는다는 것이었다. 피사노교는 대부분의 시간 동안 존재하는지도 모르게 수면 아래 웅크리고 있다가, 한번 활동을 시작하면 들불처럼 일어나 전 대륙을 피바다로 만들어 버리는 곳이었다. 이런 이유 때문에 피사노교라는 본래 이름보다 '마교'라는 별칭으로 더 많이 불렸다.

마교가 활동을 멈추면 흑 진영 전체가 잠잠해졌다.

이것이 곧 세상의 평화로 이어졌다.

마교가 다시 활동기에 접어들면 온 세상의 흑 진영이 다 함께 들끓어 올랐다.

이것이 곧 전쟁이었다.

전쟁과 평화.

언노운 월드의 역사는 이 두 패턴의 반복이었고, 이 두 패턴 사이의 전환점, 혹은 역사의 톱니바퀴가 맞물려 돌아가는 시점은 오로지 피사노교가 결정했다.

어쨌거나 지금 피사노교가 다시 활동에 들어갔으니 평화의 시기는 저물고 조만간 흑과 백 사이에 대전쟁이 벌어질 것이다.

이탄의 입술이 잔뜩 비틀렸다.

"큭큭큭. 다 좋다 이거야. 대전쟁이 벌어져서 인구의 절반이 죽어 나자빠져도 괜찮다 이거야. 그런데 왜 하필 나냐고? 왜 하필 나를 건드리느냐고? 그냥 나 좀 내버려두면 안 돼? 나 좀 가만히 두면 어디가 덧나? 이런 씨팔."

이탄이 벌떡 일어났다. 이탄의 의자 손잡이가 주인의 거센 분노를 견디지 못하고 푸스스 가루로 흩어졌다.

이탄은 피사노교의 편지를 은화 반 닢 기사단에 전달했다.

은화 반 닢 기사단이 곧 발칵 뒤집혔다. 사안이 사안이니만치 피사노교의 편지는 은화 반 닢 기사단을 넘어 모레툼교 총단까지 전달되었다. 정보를 전달하면서 은화 반 닢 기사단의 어르신들은 걱정을 잔뜩 했다.

총단 높으신 분의 반응은 사뭇 달랐다.

"이게 어찌 걱정할 일이란 말인가? 이는 오히려 우리 모레툼 교단의 위세를 만천하에 알릴 기회로다."

교황 비크의 말이었다.

비크처럼 야망이 넘치는 사람에게 있어서 마교의 출현은 위기이자 곧 기회였다. 그렇지 않아도 신임교황인 비크는 약점이 존재했다. 라이벌이었던 슈로크 추기경이 의문의 죽음을 당한 가운데 그가 무혈입성이라도 하듯이 교황으로 선출되었기 때문이다.

교황 선출의 공정성에 찜찜한 물음표가 붙은 만큼, 비크는 늘 성과에 목말라했다. 그는 신도들에게 그럴듯한 성과를 보여줘서 교황의 권위를 확고하게 다지기를 원했다. 피사노교의 출현은 이를 위한 아주 좋은 기회였다.

총단의 높으신 분들이 교황의 뜻을 은화 반 닢 기사단에 전달했다.

은화 반 닢 기사단의 어르신들은 전담 보조팀을 통해 그 뜻을 다시 이탄에게 알렸다.

층층계단을 통해 위로 올라갔던 이탄의 보고가 다시 층층계단을 타고 내려와 이탄에게 도착하였다.

"어이구, 망할."

이탄이 썩은 표정을 지었다. 찻잔에 담갔다가 꺼낸 종잇조각이 이탄의 손아귀 안에서 잔뜩 구겨졌다.

Chapter 5

종이에 적인 문구는 간단했다.

마함교니 수가뇌후부상에김 침사투지할농 좋피
은수 기투회타. 교진황슬 성미하티의가 명캐.

홀수 번째 글자만 따서 읽으면 '마교 수뇌부에 침투할
좋은 기회. 교황 성하의 명.' 이라는 의미였다. 이탄은 화가
잔뜩 솟아 머리 뚜껑이 활짝 열리고 두 눈이 시뻘겋게 달아
오르는 듯한 느낌을 받았다.

"뭐? 마교 수뇌부에 침투할 좋은 기회라고? 교황 성하의
명이라고? 아가리 닥치라고 그래. 이중첩자 노릇을 하면서
흑 진영에 거짓 정보만 흘리면 된다며? 큰 어려움은 없을
거라며? 그렇게 거짓 정보만 흘리다가 기회를 봐서 누명을
벗으면 다시 트루게이스의 신관으로 다시 보내준다며? 이
런 새빨간 거짓말쟁이들."

이탄이 씩씩거렸다.

물론 이탄의 음성은 개미 기어 다니는 소리만큼 작았다.
벽에 달린 귀를 의식한 탓이었다.

"다 필요 없어. 아군이고 적군이고 구별할 것 없이 다 적
이라고. 결국엔 내 실력을 키울 수밖에 없는 거야. 어떤 상
황에 놓이더라도 스스로 살아남을 수 있을 만큼 강해져야
해. 아니면 만일의 사태를 대비하여 내 한 몸 빼낼 수 있는
여우굴이라도 파두어야 한다고. 하루 빨리. 하루 빨리."

결심을 굳힌 이탄이 세실을 불렀다.

"가주님, 찾으셨습니까?"

집사장 세실이 쪼르르 달려왔다.

이탄이 서류철을 펼쳤다.

"여기 이 상단들이 가문의 주력이지?"

"그렇긴 합니다만, 상단들은 갑자기 왜 찾으시는지요?"

이탄이 지목한 상단들이 쿠퍼 가문의 주력인 것은 맞았다. 하지만 그건 바지사장에 불과한 이탄이 챙길 일이 아니었다. 각 상단의 단주들은 모레툼 총단에서 직접 관리해 왔다. 세실은 의아한 눈빛으로 이탄을 바라보았다.

이탄이 무심하게 대꾸했다.

"그래도 내가 명색이 가주인데 가문의 사업을 모르면 되겠어? 여기 적힌 상단들을 쭉 순방하려고 하니 집사장이 일정표를 좀 짜봐."

말을 하면서 이탄이 서류철 사이에 끼워둔 쪽지를 한 장 내밀었다.

입가무랑달피성기을논 위가해민서푸는공 마문
교공와례 접치촉춘할며 기낭회감를기 늘수려박야
한 함소. 전린폭미지쿠원제 요강망사.

세실은 능숙하게 홀수 번째 글자만 읽었다. '임무달성을 위해서는 마교와 접촉할 기회를 늘려야 함. 전폭지원 요망.'이라는 의미였다.

세실이 고개를 까딱였다.

"가주님의 뜻을 잘 알겠습니다. 제가 상단주님들과 상의하여 순방 일정을 한번 잡아보겠습니다."

방에서 물러나온 세실이 은화 반 닢 기사단에 보고를 올렸다. 어르신들이 한 자리에 모여서 이탄의 요청을 검토했다.

당연히 승낙 결정이 내려졌다.

명을 하달받은 세실이 이탄의 일정표를 작성했다. 본가를 떠나 대륙 북동부의 19개 대도시를 순방하기 위한 일정표였다.

총 순방 기간은 약 석 달로 잡혔다.

세실은 일부러 몇몇 하녀들에게 이탄의 순방 사실을 흘렸다. 유독 입이 가벼운 하녀들이 그 대상이었다.

아니나 다를까, 얼마 지나지 않아 쿠퍼 가문의 하인과 하녀들 사이에 이탄의 순방 사실이 널리 소문났다.

그리고 얼마 후, 이탄의 세숫대야에 새로운 천 뭉치가 등장했다. 이탄이 천을 슬쩍 빼내어 손에 쥐었다.

ㅊㅊㅊㅊㅊ

평범해 보이는 천조각에 어둠의 기운을 불어넣자 천 전체가 검은색으로 물들었다. 이탄은 검은 바탕에 떠오른 흰 글자들에 주목했다.

나의 뜻이 너에게 닿는 것처럼, 너 또한 나에게 닿아야 우리의 대업이 순탄하게 성사될 것이리라.

그러한 참에 네가 수방을 나오는 게 된 것 또한 위대하신 피사노의 뜻일진대, 나는 멀리서 이를 기뻐하노라.

너는 검은 드래곤의 아들이로되 드래곤의 무리에서 크지 못하였도다. 하되 네가 검은 드래곤의 아들이 맞으므로 비록 양의 탈을 쓰고 있다 하더라도 그 속은 드래곤일 것이고, 너의 혈관 속에도 검은 드래곤의 피가 흐르고 있음이니, 피사노의 이름 아래에서 우리는 의사소통이 자유로우리라.

다만 너의 피를 일깨우는 작업이 필요할 뿐.

수방 중에 너의 동기가 너와 접하여 너의 혈관 속에 흐르는 검은 드래곤의 피를 깨워줄 것이니 너는 아무 근심 말고 너의 일에 몰두하여라.

아들아.

검은 드래곤의 후예야.

위대한 드래곤의 피를 이어받았으되 나약한 양
행세를 해야만 하는 너의 오욕이 언젠가 무궁한 영
광으로 돌아오리니, 네가 너의 할 일을 마치고 교
로 돌아오는 날 그 어떤 각인보다 더 영광스러운
피사노의 각인이 네게 있을 것이다.

오로지 피사노의 이름으로 다시 전하마.

— 피사노 싸마니야 —

이상이 이탄에게 전달된 편지의 내용이었다.

"나 참. 이 아저씨도 참 겉멋만 잔뜩 들었네. 무슨 편지
를 이렇게 쓰냐?"

이탄이 툴툴거렸다.

요새 이탄은 정말로 기분이 최악이었다. 타의에 의해 끊
임없이 신분이 바뀌고, 이 도시 저 도시를 떠돌고, 삶이 꼬
이는 일들의 연속이라 신경질이 벅벅 났다.

"좋다고. 내가 순방을 나가준다고. 그럼 되잖아. 그러면
피사노교에서 알아서 접촉을 시도할 것 아니야? 에라, 모
르겠다. 될 대로 되라지."

이탄은 주섬주섬 짐을 챙겼다. 생각보다 챙길 것이 많지
는 않았다.

전임 49호를 죽이고 빼앗은 장검 한 자루.

팔뚝에 착용하는 흑색 팔찌 하나.

불길한 기운이 물씬 풍기는 두루마리 한 권.

"특히 이 팔찌와 두루마리가 중요하겠지? 아마도 이 물건들이 피사노교와의 연결고리 역할을 할 거야."

Chapter 6

이탄은 흑색 팔찌를 오른쪽 팔뚝에 착용하였다. 서늘한 기운이 이탄의 피부를 통해 전달되었다.

이어서 이탄은 두루마리 책자도 펼쳐서 쭉 훑어보았다.

이탄은 아직까지 팔찌와 두루마리의 정확한 용도를 파악하지 못했다. 은화 반 닢 기사단에 의뢰를 해보아도 건진 것은 전무했다.

"분명히 뭔가 있을 것 같은데. 무척 중요한 물건일 것 같다는 촉은 분명 오는데 막상 반응이 없단 말이야. 팔찌와 두루마리에 흑마법이 탑재된 것도 아니고, 그렇다고 음차원의 마나에 반응하는 것도 아니고, 신성력에 반발하는 것도 아니고. 거 참."

그뿐만이 아니었다. 두루마리 책자에 적힌 글자는 도저히 해독이 되지 않았다. 은화 반 닢 기사단에서 언어학자들을 총동원하여 조사 중이지만 아직까지 건진 바가 없었다. 아나테마의 악령에게 보여줘도 읽지 못하기는 마찬가지였다.

'무능하구나. 이런 것도 하나 읽지 못하고, 참으로 쓸모가 없어.'

이탄은 아나테마가 들으라는 듯이 핀잔을 주었다.

아나테마가 당장 뒷목을 잡고 길길이 날뛰었다.

[끄요옵. 이런 어이없는 놈. 나는 고대 문명의 최고 지성인답게 고대 문명의 모든 문자와 언어를 섭렵하고 있느니라. 네놈이 제시한 그 똥덩어리 같은 문자를 해석하지 못한다고 해서 내가 너에게 무능하다는 소리를 들어야 하느냐? 끄욕. 고대 문명의 리치인 내가 현대 문명의 문자를 무슨수로 해석하느냐고. 끄요오옵.]

'이 두루마리 책자에 적힌 문자가 현대 문명의 문자라고 누가 그러는데? 고대 문명의 문자일 수도 있잖소. 단지 영감탱이가 무식하여 읽지 못하는 것 아뇨?'

[끄요옵. 절대 아니다. 절대 그렇지 않아. 끄요오옥.]

아나테마가 분해서 어쩔 줄 몰라 했다.

이탄은 시큰둥하게 그 모습을 관조하다가 다시 한번 두루마리 책자를 훑어보았다.

히도 여러 번 읽어서 그런지 이제는 두루마리 속 문자들이 이탄의 머릿속에 저절로 떠올랐다. 그 문자들이 뇌주름 사이를 뱅뱅 떠도는 것 같았다.

'이 배배 꼬인 문자들이 마치 내 인생을 반추하는 것 같구나. 후우우.'

이탄이 속으로 한탄했다.

그 한탄처럼, 두루마리 책자 속 문자는 배배 꼬이고 또 꼬였다. 그렇게 꼬인 문자들이 이탄의 뇌 속에서 꼬리에 꼬리를 물고 서로 이어졌다 흩어졌다를 반복했다.

그러던 한순간이었다.

후루룩!

입술로 면발을 빨아들이는 듯한 소리와 함께 이탄의 머릿속에 떠오른 꽈배기 문자들이 마력순환로 속으로 쑤욱 빨려들어 왔다.

빨려드는 순서는 책에 적힌 문자의 순서와 일치하지 않았다. 대중없는 것처럼, 아무런 규칙도 없는 것처럼, 랜덤하게 고른 것처럼, 꽈배기처럼 꼬인 문자와 문자가 저절로 조합하여 연결되더니 그 조합된 순서대로 후루룩 빨려든 것이다.

콰르르르르—

마력순환로 속의 음차원 마나가 이 희한한 꽈배기 문자와 하나로 뒤섞였다.

콰르르르르르르르르르—

도저히 해독 불가능해 보이던 꽈배기 문자가 음차원의
마나와 잘도 결합했다. 문자가 음차원의 마나를 받아들이
면서, 혹은 음차원의 마나 위에 문자의 힘, 혹은 언령의 힘
이 더해지면서 마나 순환에 새로운 규칙이 생겼다.

콰르르르르르르르르르르르르르르—

잘 닦인 마나 통로를 통해 한 줄기로 흐르던 음차원의 마
나가 미지의 문자와 합쳐지면서 새로운 힘, 새로운 의지를
부여받았다.

콰르르르르르르르르르르르르르르르르르르르—

이건 마치 멀쩡하게 흐르던 강물이 갑자기 글자 모양으
로 변하여 흘러가는 듯한 모습이었다. 이렇듯 음차원의 마
나가 스스로 의지를 갖게 되면서 이곳 언노운 월드와는 분
리되어 있는 음차원 세계의 문을 활짝 열어젖혔다.

쿠와르르르르르르르르르르르르르르르르르르르르르르르르—

차원의 문틈에서 무지막지한 역도가 밀려들었다.

사실 마나의 용도는 무궁무진하였다. 검수들도, 마법사
들도, 주술사도, 심지어 신관도 마나를 사용했다.

마나가 '무기'와 결합하여 구체화되면 사람들은 이를
'오러'라고 불렀다. 언노운 월드에서 진짜 검수 취급을 받
으려면 오러의 발현이 가능해야 했다.

마법도 마찬가지였다. 마나가 '법칙'과 결합하여 나타나는 신기한 현상들을 사람들은 '마법'이라고 칭했다. 언노운 월드에서 마법사 대접을 받으려면 마나의 법칙을 적용할 줄 알아야 했다.

흑마법도 결국 마법의 한 갈래였다. 다만 흑마법은 정상 세계의 법칙과 반대되는, 다시 말해서 부정 세계의 법칙에 마나를 결합하여 구현한다는 점이 다를 뿐이었다. 결국 흑마법도 마나를 이용하기는 마찬가지였다.

한편 마나가 '신격 언어'와 결합하여 구체화되면 사람들은 이를 '주술' 혹은 '신성'이라고 불렀다.

그러므로 주술사와 신관들은 '신의 언어를 대신 말하는 자'나 다름없었다. 다만, 신의 언어를 대신 말하기는 하되, 인간의 영혼이 감히 신격에 미치지 못하기에 주술이나 신성의 힘이 마법과 같은 수준에 머무르고 있을 뿐, 사실 주술이나 신성의 근본은 훨씬 높은 곳에 닿아 있었다.

그런데 만약 마나가 그릇된 세계, 부정 세계, 혹은 음차원 세계의 문자와 결합하여 구체화된다면?

혹은 주술사가 신격의 언어 대신 마격의 언어를 읊조린다면 그 결과는?

물론 지금까지 이러한 예는 나타나지 않았다.

그릇된 세계에는 문자가 없기 때문이었다. 모든 부정 세계는 부정하므로 언어의 령이 바로 설 수 없기 때문이었다. 음차원 세계는 불규칙성이 너무 높아 문자와 언어의 뜻이 조각조각 끊기기 때문이었다.

마르쿠제 술탑의 시조인 마르쿠제 가로되,

"모든 주술문 가운데 가장 격이 높고 어려운 것이 언령이다. 세상 이치에 부합하는 힘이 자연 속에 있어 이를 불러오면 주술이고, 자연의 힘 대신 사특한 힘을 불러오면 흑주술이로되, 언령에는 오로지 바른 힘만 있도다."

라고 하였다.

이 말을 풀어서 다시 설명하면, 언어가 되었다는 것 자체가 이미 세상의 규칙을 따르는 것이므로 절대 그릇된 세계에 속할 수 없고, 부정 세계와 어우러질 수 없으며, 음차원의 마나와 섞이지 못한다는 것이 마르쿠제의 가르침이었다.

그 가르침은 수천 년 동안 진실이었다.

아니, 수천 년도 더 이전, 지금은 멸망하고 사라진 고대 문명에서도 언령이 음차원이나 부정 세계, 혹은 그릇된 세계과 어우러진 사례는 없었다.

세상의 모든 규칙을 부정하고, 질서를 무질서로 바꾸고, 도덕 규범과 언어 체계마저 흐트러뜨리는 것이 부정 세계나 그릇된 세계, 그리고 음차원의 속성일진대, 그렇게 무너진 세계에 언어가 존재할 리 없기 때문이었다.

Chapter 7

흑 진영의 최고봉인 마교, 즉 피사노교에서도 이에 대한 반론을 제시하지 못했다.

하여 마교에서는 자신들의 최후최악의 적으로 삼대 탑을 상정해 놓고 있지 않았다. 마교의 악마들에게 있어서 시시퍼 마탑이나 마르쿠제 술탑, 아울 검탑은 "다소 까다롭기는 하지만 언제든지 우리가 전력을 기울이면 꺾어버릴 수 있는 상대"로 치부했다. 대신 그들은 "언령이 가능한 신격이 인간계에게 강림한다면, 그가 바로 우리의 주적이다." 라고 공언할 만큼 이를 경계했다.

실제로 마교가 활개를 쳤던 시대를 살펴보면, 마교의 발호를 실제로 막아낸 중심에는 언령이 가능한 신격 초인들이 늘 존재해왔다. 그리고 그 신격 초인들은 나중에 모두 신으로 추대되었다.

이게 지금까지의 진실이었다.

그러나 세상에 영원한 진리는 없는 법이었다. 아니, '영원한 진리는 없다.' 라는 진리만이 오로지 홀로 영원할 진리였다.

지금 이탄의 몸에서 벌어지는 기현상은 현재의 문명, 고대의 문명, 심지어 그 이전의 문명들까지 통틀어서 난생처음 벌어지는 사건이었다.

질서와 규칙을 위해서 만들어진 문자가, 모든 질서와 규칙을 부정하는 음차원과 어우러져서 나름의 신격을 갖추어 갔다. 이탄의 사중첩 마나순환로 안에서 이 불가능한 현상이 거침없이 전개되었다.

모순도 이런 모순이 없었다.

콰르르르르르르르르르르르르르르르르—

마나순환로 속의 음차원 마나가 미지의 꽈배기 문자와 만나면서 점점 신격을 갖추었다. 그 신격이 본래 세계인 음차원의 문을 활짝 열어주었다. 이탄의 몸속에서 증폭된 음차원의 마나는 음차원 속으로 밀고 들어가서 그 세계를 한번 크게 휘젓더니 다시 이탄의 마력순환로 안으로 돌아와 도도하게 흘렀다.

밤하늘에 무수히 많은 별이 떠 있는 것처럼, 이탄의 몸속 대해와도 같은 어둠의 기운이 음차원 안으로 파고들어 무수히 많은 별이 되었다. 그 별들이 음차원 전체와 결합하여 다시 이탄의 몸속으로 복귀했다.

이러한 결합 현상이 반복되면서 이탄의 몸이 점차 음차

원 자체와 하나로 합쳐졌다. 혹은 음차원 전체가 이탄의 몸속으로 유입되는 듯한 현상이 벌어졌다.

쩌저적!

이탄의 피부가 가뭄 날 황무지 바닥처럼 갈라졌다.

콰드드득!

이탄의 근육이 올올이 찢어지고 부서졌다.

우두두두둑!

이탄의 뼈가 조각조각 박살 나고 으스러졌다.

이탄의 장기가, 이탄의 사지가, 이탄의 몸과 머리가, 이탄의 뇌가 잘게 부서져 내렸다. 이탄의 피부 위에 새겨진 사중첩 마나순환로도 갈가리 찢겼다.

몸이 해체되니 당연히 영혼도 날아가 버려야 정상이었다. 실제로 음차원의 세계가 통째로 편입되어 이탄의 몸속으로 파고들자 이탄의 영혼이 가장 먼저 찢겨나갔다.

'끄어어어억!'

이탄의 영혼이 아득한 비명을 질렀다. 간씨 세가 지하에 매달린 망령목 가지 하나가 위태롭게 휘청거렸다.

[끼요오오오오옥!]

모진 놈 옆에 있다가 날벼락 맞는다고, 난데없이 천지개벽에 휘말린 아나테마의 악령도 목이 터져라 악을 썼다.

살아생전 아나테마는 적 포로들에게 끔찍한 고통을 주면

서 죽이는 것으로 유명했다. 포로의 신체를 반으로 접고, 항문에서부터 시작하여 목구멍까지 굵은 통나무를 때려박아서 죽이는 것이 아나테마의 주특기였다. 고대 문명 사람들은 아나테마의 이 고문을 '아나테마형'이라고 부르면서 치를 떨었다.

그런데 이건 아나테마형의 극한 버전이라 할 만했다.

멀쩡한 사람, 아니 멀쩡한 언데드의 신체 내부에 통나무만 들어와도 죽을 것 같을 텐데, 통나무보다 더 커다란 집채가 파고드는 수준을 뛰어넘어서, 집채보다도 훨씬 더 큰 성채, 성채보다도 훨씬 더 큰 도시, 도시보다도 훨씬 더 큰 대륙, 그 대륙보다도 훨씬 더 큰 우주, 그 우주의 모든 시간이 하나로 겹쳐져서 만들어진 차원이 강제로 밀고 들어와 이탄의 내부에 자리를 잡는 과정이 일어났다.

[끄요오오옵! 그만! 그만! 끄요옥!]

아나테마는 눈물 콧물 질질 짜며 발버둥 쳤다.

하지만 아무리 발악해도 소용없었다. 당장 아나테마의 악령이 가루가 되었다. 이어서 이탄의 영혼마저 완전히 해체당했다.

포용해야 할 그릇(이탄)이 도저히 감당하지 못할 대상(음차원)을 무리하게 품었다가 결국 소화시키지 못하고 폭발하였으니, 이제 그 폭발의 여파가 언노운 월드 전체로 터져나갈 차례였다.

정상 차원 속으로 음차원이 갑자기 편입되면서 발생한 충돌 에너지는 엄청나기 이를 데 없었다. 이건 행성이 터져 블랙홀로 변하는 것과는 비교도 할 수 없는 가공할 에너지였다. 음차원이 편입되는 즉시 언노운 월드 전체가 붕괴하고 세상은 끝났다.

디 엔드.

끝.

종료.

아디오스.

세상은 이대로 끝장나는 것이 맞았다. 무질서함의 상징인 음차원이 정상 차원 내부로 갑자기 편입되었으니, 존재의 기반 자체가 서로 반대인 두 차원이 장렬하게 맞부딪치면서 산화해버리는 것이 당연했다.

세상은 그렇게 급작스럽게, 혹은 허무하게 끝나버렸다.

거의 그럴 뻔했다.

다행히 파멸 직전에 붉은 금속이 나타났다. 이탄의 붉은 금속이 두 차원의 충돌을 대신 막아주었다.

촤라라라락!

붉은 금속은 이탄의 영혼 속에서 강대하게 일어나 이탄의 영혼 위에 한 겹의 코팅을 해버렸다. 그 다음 놀랍게도 차원과 차원이 맞부딪치면서 발생하는 어마어마한 에너지의 폭발을 가뿐하게 감당해 버렸다.

마치 "이 정도쯤은 끄떡없다."고 항변이라도 하는 것처럼, 붉은 금속으로 둘러싸인 단단한 벽은 음차원을 통째로 삼켜 이탄의 신체 내부에 꽁꽁 가두어 놓았다. 음차원의 무질서하고 파괴적인 에너지가 붉은 금속벽을 넘지 못하였다.

덕분에 이탄도, 이탄이 속한 세계도 모두 무사했다.

하나의 차원 속에 또 다른 차원이 편입되어 깊숙이 틀어박혔음에도 불구하고 세상은 여전히 고요했다.

"끄으으응."

단지 이탄이 기절하여 카펫 위에 쓰러졌을 뿐이다. 아나테마의 악령 따위는 진즉에 정신줄을 놓고 헤롱거렸다.

Chapter 8

이탄은 다음 날 새벽까지도 의식을 되찾지 못했다. 이탄이 겨우 일어나 정신을 추스른 것은 먼동이 멀리서 터오는 새벽 5시 20분경이었다.

"어우, 씨."

이탄이 손으로 이마를 짚었다.

아직도 천장이 빙글빙글 돌았다. 속이 메슥거리고 목구멍에서 헛구역질이 올라왔다. 이탄은 엉금엉금 기어 침대에 겨우 몸을 눕혔다. 지난밤에 벌어진 일이 꿈인지 생시인지 아득하기만 하였다.

"후으읍, 후읍."

이탄은 팔뚝으로 눈을 가리고 심호흡을 깊게 가져갔다.

그러다 보니 어느새 아침 8시가 되었다.

똑똑똑

방문 두드리는 소리가 들렸다.

이탄이 대답을 않자 문 밖에서 세실이 이탄을 찾았다.

"가주님, 일어나셨습니까? 가주님?"

"으으으으. 집사장, 오늘 내가 몸이 좀 그래. 아침 식사는 거를 테니까 이따가 와."

이탄이 힘없이 대꾸했다.

세실이 깜짝 놀랐다.

"몸이 아프십니까? 당장 신관을 부르겠습니다."

"어우, 그런 거 아냐. 조금만 쉴 테니까 한 시간 뒤에 오라고."

"진짜 괜찮으십니까?"

세실은 집요했다.

"진짜 괜찮다니까. 이따가 오라고."

이탄이 짜증을 부렸다.

세실은 그제야 뜨끔하여 고집을 굽혔다.

"알겠습니다, 가주님. 그럼 한 시간 뒤에 다시 오겠습니다. 그때는 제가 가주님의 몸 상태를 좀 살필 테니 양해해 주십시오."

또각 또각 또각.

문 밖에서 집사장과 하녀장, 하녀가 물러나는 소리가 들렸다. 이탄은 두 눈을 꾹 감고 깊은 휴식에 잠겼다.

세상이 잠시 어두워졌다.

"끄으응차."

한참 만에 다시 침대에서 일어난 이탄이 비틀비틀 발걸음을 옮겨서 전신거울 앞에 섰다. 그 다음 옷을 훌렁 벗어던졌다.

이탄의 피부 위에 그려진 사중첩의 마력순환로는 그대로였다. 다만 마력순환로의 각 마디마디에서 흘러나오는 빛의 강도가 한결 진해졌다.

게다가 눈에 보이지는 않지만 마력순환로를 따라 흐르는 음차원의 마나가 꽈배기 모양의 문자 형태를 띠고 있다는 점도 특이했다

또 한 가지.

이탄은 전혀 생각지도 못한 신체 변화를 목격하게 되었다.

볼록 솟은 배 말이다.

"이건 또 뭐야?"

이탄이 얼굴을 와락 찌푸렸다.

이탄의 복부 속으로 음차원 전체가 압축되어 들어오다 보니 배가 볼록 나올 수밖에 없었다. 붉은 금속이 아무리 사납게 음차원을 짓눌러서 압축하고 또 압축해도 이 이상은 도저히 줄어들지 않았다.

덕분에 이탄의 배는 올챙이의 그것인 양 볼록하게 튀어나왔다.

원래 이탄은 몸이 약간 마른 편이었다. 지닌바 힘에 비해서 근육 양도 상대적으로 과하지 않았다. 잔근육이 잘 발달하여 보기에는 딱 좋았지만 그렇게 힘이 세 보이지는 않는 상태. 이것이 이탄의 본래 체형이었다.

그런 체형에 배가 살짝 나오자 전형적인 상인의 모습이 되었다.

입맛이 까다롭고 과식을 혐오하여 몸은 말랐으되, 늘 양질의 식사를 하다 보니 배가 볼록하게 튀어나온 30대 아저씨의 체형.

돈은 무지하게 많고, 일도 무지하게 많고, 시간이 없어서 운동은 게을리하는 사람의 대표적인 몸매.

지금 이탄이 바로 그 모습이 되었다.

물론 이탄의 몸을 직접 만져보면 생각이 달라질 것이다. 이탄의 근육은 그 어떤 기사보다도 더 쫀쫀하고 탄력이 넘쳤다. 이탄의 볼록한 배는, 그 안에 차원 하나가 통째로 압축되어 있기에 세상 그 어떤 물체보다도 밀도가 더 높고 딴딴했다.

그럼 뭐하나.

이탄의 겉보기 체형은 영락없는 배불뚝이 상인 꼴이 되어버렸다.

"하아아. 빌어먹을."

이탄이 긴 한숨을 내쉬었다.

12월 26일의 하늘은 희끗희끗하였다.

"눈이라도 한바탕 쏟아질 것 같군."

이탄이 마차 창문 사이로 하늘을 올려다보며 날씨를 예측했다.

"이랴, 이랴."

쿠퍼 가문의 가주 전속 마부가 채찍으로 허공을 둥글게 감았다가 땅바닥을 후려쳤다. 여덟 마리의 말들이 따그닥 따그닥 말발굽을 놀렸다.

　신임 쿠퍼 공인 이탄이 가문의 상단과 사업체를 둘러보는 행사가 오늘 시작되었다. 원래 일정표대로라면 이탄은 어제 순방에 나서야 했다. 그런데 어제 이탄의 몸이 좋지 않아 순방 일정이 하루씩 미뤄졌다.

　쿠퍼 가문에 소속된 호위무사들이 이탄의 마차를 철통처럼 호위했다. 이 호위무사들 가운데 절반가량은 외부에서 뽑은 용병들이고, 나머지 절반은 내부에서 육성한 정예들이었다.

　하지만 실상을 들여다보면, 외부 용병들 가운데 상당수가 은화 반 닢 기사단 소속 성기사들로 채워졌다.

　쿠퍼 가문과 친밀한 것으로 알려진 모레툼 교단에서는 신임 쿠퍼 공의 순방을 돕기 위해 신관도 2명이나 붙여주었다. 둘 다 치유의 가호를 부여받은 신관들이었다.

　이탄의 순방길에는 하녀장과 하녀들도 따라붙었다.

　이렇듯 구색을 갖추다 보니 이탄의 순방에 동행하는 수행 인력만 150명이 넘었다. 결국 쿠퍼 가문의 깃발을 높이 내건 이탄의 행렬은, 흡사 대도시의 영주가 영토를 돌아보는 듯한 위용을 갖추게 되었다.

Chapter 9

피요르드 시를 출발하여 이웃 도시 두 곳을 방문하는 동안, 이탄은 내내 무료하였다.

물론 두 도시의 상단주들은 이탄을 정성껏 모셨다. 실제로는 이탄이 바지사장에 불과하다는 사실을 상단주들도 잘 알지만, 그것은 절대 숨겨야 할 비밀이고, 이탄의 공식 직함은 어디까지나 쿠퍼 가문의 가주였다. 사람들의 이목이 무서워서라도 상단주들은 이탄을 극진히 대접할 수밖에 없었다.

이탄은 이런 대접이 달갑지 않았다.

우선 이탄은 언데드인지라 음식 섭취가 불가능했다. 특히 음료를 마시는 순간, 목에서 음료가 줄줄 새는 기현상을 보일 수밖에 없었다.

하여 이탄은 음식을 먹는 척하면서 몰래 버렸다. 눈앞에 산해진미가 쌓여있어도 이탄은 하나도 즐겁지 않았다.

언데드인 이탄은 여자를 품는 것도 거의 불가능했다. 성행위에 돌입하는 즉시 정체가 발각될 것이기 때문이다. 상단주들이 빼어난 미녀들을 골라 이탄에게 붙여주었지만 이탄은 그녀들의 손가락 하나 건드리지 않았다.

'신임 쿠퍼 공이 금욕주의자인가 부구나.'

'그러게 말이야. 음식도 조금만 먹고 여자도 멀리하네?'

사람들은 이탄을 철저한 금욕주의자로 평가했다.

그러다 보니 이탄이 할 일이라고는 실제로 각 도시의 사업체를 꼼꼼하게 점검하는 것밖에 없었다.

이탄은 상단주들이 내놓은 장부를 세밀하게 살피고, 사업 현황을 세세하게 돌아보았다. 그러면서 이탄은 하루빨리 피사노교가 접근하기를 기다렸다.

'이 지루한 행위를 언제까지 계속해야 하는 거냐? 어서 나타나라. 마교건 뭐건 어서 나타나라고.'

이탄의 애타는 속도 모르고, 피사노교는 잠잠했다. 이탄은 속으로 한숨을 삼키며 세 번째 방문지로 이동했다.

이탄의 세 번째 방문지는 도시가 아니었다. 도시와 도시 사이, 험악한 산악지대에 형성된 북동부 최대의 구리 광산이 이탄의 목적지였다.

"이 광산에서 끊임없이 구리가 채굴되어 벌써 64번째 갱도를 구축 중."이라는 광산 감독관의 설명은 이탄의 귀에 잘 들어오지 않았다. "이 광산에서 채굴되는 구리가 품질이 워낙 좋아 다른 광산의 구리보다 시세가 더 높다."는 자랑도 이탄은 한 귀로 흘려들었다. "광산에 고용된 광부들이 삼교대로 돌아가면서 하루 몇 톤의 구리를 캐낸다."는 말도 이탄은 시큰둥하게 들었다.

'나 무척 지루함.'이라는 말이 이탄의 얼굴에 쓰여 있었다.

난쟁이처럼 키가 작고, 수염이 덥수룩한 광산 감독관이 이탄을 올려다보며 물었다.

"하오시면 가주님께서 한번 갱도에 들어가 보시겠습니까?"

"엉?"

이탄이 눈을 멀뚱거렸다.

광산 감독관이 이탄에게 질문을 반복했다.

"가주님께서 직접 갱도를 방문하시겠느냐고 여쭸습니다."

광산 감독관은 비록 키는 작았으나 체격이 다부지고 눈빛이 형형했다. 손도 거칠어 그가 단순한 감독관이 아니라 광산 전문가임을 짐작게 했다.

'탐나는 인재구나. 이런 사람에게 빚을 잔뜩 지워서 내 신도로 만들면 좋겠어. 그럼 정말 꿀을 빠는 것 같을 텐데.'

이탄은 본능적으로 이런 생각을 품었다.

"아니 갑자기 왜 저를 그런 눈으로 보십니까?"

갑자기 오한이라도 들었는지 광산 감독관이 부르르 몸서리를 쳤다.

이탄이 얼른 화제에 집중했다.

"아, 미안하오. 조금 전에 내게 갱도 안에 들어가 보겠느냐고 물었소?"

"그렇습니다, 가주님."

"좋소. 구리를 캐는 맥이 어떻게 생겼는지 한번 봅시다."

광산 감독관이 이탄의 호위무사들을 돌아보았다.

"하온데 가주님, 갱도가 좁고 수레에 탑승할 수 있는 인원이 한정되어 있어 호위무사들이 모두 들어가기는 힘들 것 같습니다. 가주님의 앞뒤로 4명씩만 편성해도 되겠습니까? 그 대신 제가 가주님의 옆에서 직접 보필하겠습니다."

그 순간 이탄의 머리가 번쩍했다.

'혹시?'

갱도 안에 들어가려면 호위무사의 수가 제한될 수밖에 없었다. 게다가 갱도 안은 어두컴컴하고 은밀했다.

'만약 피사노교에서 나에게 접근하려면 이때가 정말 좋은 기회일 것 같구나.'

갑자기 이탄의 가슴이 두근두근 뛰었다.

"감독관이 동행하니 별 문제야 있겠소? 다만 만약의 사태를 대비하여 신관도 한 분 동행합시다."

이탄이 일부러 신관의 동행을 요청했다. 피사노교와 접촉을 유도하려면 동행자의 수를 줄이는 것이 유리하지만, 너무 대놓고 행동했다가는 적의 의심을 살 가능성이 높았다.

광산 감독관이 순순히 고개를 주억거렸다.

"알겠습니다. 저를 따라오시지요."

광산 감독관은 이탄을 32번 갱도로 안내했다.

"이 갱도에서 채굴되는 구리가 가장 품질이 좋습니다. 가주님, 어서 수레에 오르시지요."

갱도 안까지 연결된 철길에는 바퀴 달린 수레가 나란히 3개 놓여 있었다.

이 가운데 맨 앞 수레에는 호위무사 4명이 탑승했다. 중간 수레에는 광산 감독관과 이탄, 그리고 모레툼 교단의 신관이 앉았다. 맨 뒤 수레에는 다시 호위무사 4명이 올라탔다.

수레는 낡고 지저분했다. 광산 감독관이 민망한 듯 얼굴을 붉혔다.

"누추한 수레로 모시게 되어 송구스럽습니다. 광부들이 직접 구리를 나르는 수레다 보니 상황이 이렇습니다."

"당연한 일 아니오? 나는 아무런 문제가 없소."

이탄은 털털하게 답했다.

"이해해주시니 감사합니다."

이탄에게 꾸벅 인사를 한 광산 감독관이 사람들에게 수레의 작동법을 알려주었다. 그 작동법에 따라 손잡이를 조작하자 수레가 갱도 안으로 굴러갔다.

드르르륵—

처음엔 수레 움직이는 속도가 지루할 정도로 느렸다.

하지만 일단 갱도 안으로 들어가서 가파른 비탈길을 내려갈 때는 가속이 붙어 생각보다 훨씬 빨랐다. 더군다나 갱도의 폭이 좁은데 그 속을 휙 지나가다 보니 속도감이 더욱 강하게 느껴졌다.

갱도 천장에 매단 램프들이 사람들 머리 위에서 휙휙 지나갔다. 갱도 특유의 매캐하고 축축한 냄새가 사람들의 코끝에 확 끼쳤다.

"큭."

땅속 깊숙한 곳으로 확 빨려 들어가는 느낌에 호위무사들이 잇새로 신음을 흘렸다. 수레 손잡이를 붙잡은 호위무사들의 손에 힘이 꾹 들어갔다.

광산 감독관이 이탄을 힐끗 돌아보았다.

이탄의 표정은 평온했다.

광산 감독관은 남몰래 고개를 끄덕이고는 손톱으로 수레 표면을 톡톡톡 세 번 두드렸다.

'응?'

이탄이 그 미세한 소리를 들었다. 이탄은 일부러 광산 감독관을 돌아보지 않고 모르는 척했다.

한데 아무리 기다려도 특기할 만한 일이 일어나지 않았다. 수레는 점점 더 깊은 땅속으로 굴러갈 뿐이었다.

'내가 판단을 잘못했나? 설마 이번에도 허탕은 아니겠지?'

이탄이 슬쩍 눈썹을 찌푸렸다. 또 허탕이라면 정말 허탈할 듯했다.

그러는 사이 수레는 32번 갱도 밑바닥에 도착했다. 좁은 갱도가 갑자기 확 넓어지면서 커다란 지하 광장이 나타났다. 광장 천장에는 램프들이 환한 불빛을 밝히고 있었다. 광장 벽면에는 곡괭이를 든 광부들이 땀을 뻘뻘 흘리며 구리를 캐내는 중이었다. 까앙! 까앙! 까앙! 금속 부딪치는 소리에 귀가 따가웠다.

"다 왔습니다, 가주님."

광산 감독관이 날렵하게 수레에서 뛰어내렸다. 비록 난쟁이처럼 키가 작지만 광산 감독관의 몸놀림은 예사롭지 않았다.

"음."

이탄이 침착하게 주변을 둘러보았다.

제7화
분혼기생(分魂寄生)

Chapter 1

"수레가 완전히 멈췄으니 이제 내리셔도 됩니다."

광산 감독관이 이탄에게 다시 한 번 손짓을 했다.

"알겠소."

이탄과 신관이 차례로 수레에서 하차했다. 호위무사들은 그보다 한발 먼저 내려서 이탄의 주변을 밀착 경호했다.

광산 감독관이 지상과 지하를 오가며 바쁘게 이동하는 수레 가운데 하나를 골랐다. 그 다음 수레에서 구리 원석 한 덩어리를 꺼냈다.

감독관은 그 원석을 이탄에게 바쳤다.

"가주님, 이것 좀 보십시오. 정말 원석이 알차지 않습니까? 이곳 32번 갱도에서 채굴한 원석입니다."

원석의 품질을 자랑하는 광산 감독관의 표정은, 가을날 풍성한 곡식을 자랑하는 농부의 표정을 닮아 있었다.

"흐음."

이탄이 진중한 표정으로 구리 원석을 돌려보았다.

아무리 보아도 이탄은 뭐가 뭔지 몰랐다. 솔직히 이탄은 원석의 품질에 대해서 전혀 아는 바가 없었다. 물론 관심도 전무했다.

광산 감독관은 신관과 호위무사들에게도 구리 원석을 한 덩이씩 건네주었다.

"이건 제 선물입니다. 모처럼 이 험한 곳까지 오셨는데 기념으로 구리 원석 한 덩이씩 가져가십시오. 이래 봬도 가격이 제법 나갈 겁니다. 껄껄껄껄껄."

광산 감독관이 호탕하게 웃었다.

"허어, 그게 정말이오?"

가격이 제법 나간다는 소리에 신관의 눈빛이 달라졌다. 돈을 밝히는 것을 보니 역시 모레툼 교단의 신관다웠다.

굳이 신관만 이런 반응을 보이는 것은 아니었다. 호위무사들도 기분이 좋아 입술을 움찔거렸다. 다들 손에 쥔 원석들 살펴보다가 품속에 깊숙이 찔러 넣었다.

광산 감독관이 손가락으로 지하 광장 저편을 가리켰다.

"가주님, 저기 저쪽 동굴이 보이십니까?"

"응? 어디 말이오?"

"저기 저쪽 말입니다. 저곳이 요새 가장 핫한 곳입니다.
광부들이 이 32번 갱도를 집중적으로 파다가 새로 발굴한
구리 맥인데, 매장량이 셈을 할 수 없을 만큼 엄청날 것 같
습니다. 하하하."

"허어, 그렇소?"

이탄이 적당히 장단을 맞춰주었다.

광산 감독관이 이탄에게 은근히 권했다.

"가주님, 저기도 한번 가보시겠습니까?"

"응?"

"저기는 아직 철길을 놓지 못하여 불편할 수도 있습니
다. 하지만 저 안에 들어가면 번쩍번쩍한 구리가 통째로 드
러나 있어 눈이 황홀할 지경입니다."

광산 감독관이 이렇게까지 말하는데 거절할 수는 없었
다. 이탄이 고개를 끄덕였다.

"좋소. 어디 한번 가봅시다. 안내하시구려."

이탄이 손을 앞으로 내미는 시늉을 했다.

"저를 따라오십시오."

광산 감독관이 앞장서서 이탄을 안내했다.

새로 발견한 구리 맥은 광산 감독관의 말처럼 대단해 보

였다. 동굴 입구부터 시작하여 그 안쪽이 온통 구리로 가득
했다. 바닥에 설치한 램프 불빛에 반사되어 화려한 빛의 향
연이 땅속 깊은 곳에 펼쳐져 있었다.

"오!"

"정말 대단하구나."

모레툼의 신관이 먼저 탄성을 질렀다.

"흐으음. 과연 감독관이 자랑할 만하군."

이탄도 감탄을 금치 못했다.

호위무사들도 다들 눈이 휘둥그레져서 구리 맥을 쳐다보
았다.

"가주님, 이 안쪽은 더 볼 만합니다."

광산 감독관이 이탄을 동굴 안으로 잡아끌었다.

온통 구리 원석으로 둘러싸인 좁은 입구를 지나 모퉁이
를 돌자 어마어마한 광맥이 사람들의 눈앞에 드러났다.

"와아."

누군가 탄성을 터뜨렸다.

정말 이 안쪽은 별세계에 온 것 같았다. 온 사방이 번쩍
거리는 구리 천지였다. 그것도 그냥 구리 원석이 아니라 순
도 높은 구리가 통째로 박힌 듯했다. 그 구리 표면들이 마
치 거울처럼 사람들의 모습을 비춰주었다. 울퉁불퉁하게
각이 진 구리에 반사되어 사람들의 모습이 동굴 안 여기저

기에 맺혔다.

그 현란함이 곧 현혹이 되었다.

"끄으응?"

"끄응."

이탄의 호위무사들이 선 채로 환각에 걸렸다. 광산 감독관이나 신관도 예외는 아니었다. 한순간에 10명의 동공이 풀려버렸다.

오직 이탄만 멀쩡했다.

온 사방이 거울처럼 번쩍거리는 가운데, 몸에 회색 로브를 걸치고 얼굴에 회색 가면을 쓴 괴한이 유령처럼 나타났다.

이탄이 회색 가면을 쳐다보았다. 당장 이탄의 왼쪽 눈에 정보창이 떠올랐다.

— 종족: 필드 일족 (법사 계열로 추정)

— 주무기: 완드

— 특성 스킬: 마나 드레인(Mana Drain : 마나 고갈), 현혹, 악마종 소환

— 성향: 흑

— 레벨: A—

— 주 출몰지역: 언노운 월드 평야

— 출몰빈도: 희박

'흑 성향에 이 정도 레벨이라면 뻔하구나. 이자가 바로 피사노교 출신이야.'

이탄이 상대의 정체를 알아차렸다.

한편 회색 가면도 이탄을 위에서 아래로 쭉 훑어보았다.

이탄이 먼저 운을 떼었다.

"혹시……?"

Chapter 2

회색 가면은 주변을 한 바퀴 둘러본 다음, 일을 서둘렀다.

"시간이 촉박하구나."

이런 말과 함께 회색 가면이 이탄에게 성큼 다가왔다. 이탄은 '네가 뭔데 초면에 반말을 찍찍해?'라고 따져 묻고 싶었으나, 성질을 죽였다.

"그분께서 보내신 분이 맞습니까?"

이탄이 한 번 더 상대의 정체를 확인했다. 이탄은 정보창을 통해 이미 상대의 정체를 짐작하였지만, 이럴 때는 신중한 척 연기를 할 필요가 있었다.

회색 가면이 고개를 주억거렸다.

"맞다. 그분께서 보내서 왔다. 링과 바이블을 내게 보여라."

"링? 아! 이것 말씀이십니까?"

이탄이 팔을 걷어 검은색으로 번들거리는 팔찌를 보여주었다.

회색 가면이 손을 뻗어 이탄의 팔찌에 손가락을 접촉했다.

찌—이—잉!

고주파수의 진동과 함께 팔찌가 웅웅 울어댔다. 이탄이 어둠의 마나를 불어넣었을 때는 꿈쩍하지 않았던 팔찌였는데, 회색 가면과 접촉하자 잘도 반응했다.

'쳇. 주인을 만났다 이거냐?'

이탄은 은근히 신경질이 났다. 물론 겉으로 내색하지는 않았다.

회색 가면이 이탄에게 다른 증거품을 요구했다.

"링은 확인했다. 바이블은?"

'바이블이라면 이걸 말하는 거겠지?'

이탄은 품속에서 두루마리 책자를 꺼냈다. 그러면서 속으로 살짝 긴장했다.

'최근에 벌어진 그 사건 때문에 영 찜찜하구나. 당시에 이 책자가 내 마력순환로와 격렬한 반응을 했었단 말이지. 혹시 그 일로 인하여 책에 뭔가 손상이 간 것 아냐? 그 때

문에 일이 틀어지면 어쩌지?'

이것이 이탄의 걱정이었다.

이탄의 우려는 기우에 불과했다. 회색 가면은 바이블을 제대로 만져보지도 않고 이탄에 대한 칭찬부터 했다.

"호오? 바이블을 늘 품에 넣어두고 있었구나. 기특하다."

이탄이 상대를 슬쩍 떠봤다.

"궁금한 점이 하나 있습니다."

"무엇이냐? 시간이 얼마 없으니 짧게 물어라."

"제가 미욱해서 그런지, 아니면 각인을 받지 못한 탓인지 도저히 이 바이블을 읽지 못하겠습니다. 어떻게 읽으면 됩니까?"

회색 가면이 가볍게 웃었다.

"바이블은 원래 읽을 수 없는 책이다."

"네?"

"읽을 수 없기에 언리더블 바이블(Unreadable Bible : 해독 불가 경전)이라 불린단 말이다."

"아니, 읽지 못하는 바이블을 굳이 왜……?"

이탄이 의문을 품었다.

회색 가면이 이탄의 말을 끝까지 듣지 않고 중간에 가로 챘디.

"문자라는 것은 본디 질서, 규칙, 규범, 이딴 것들과 한 몸이었다. 하지만 우리의 선조들은 순수한 무질서, 불규칙, 부정함의 진리를 추구하였으니 어찌 문자와 어울리겠느냐? 그리하여 무질서와 불규칙, 부정함의 근원이신 피사노께서 읽을 수 없는 문자 10,000개를 비석에 새겨 우리에게 내리셨으니, 이것이 바로 우리의 원류, 만자비문이니라."

"만자비문!"

"만자비문은 비록 읽을 수 없으나 우리 선조들에게 큰 영감을 주었느니라. 그리하여 선조들은 만자비문을 특수 물감으로 탁본 떠서 늘 품에 지니고 다녔으니, 이것이 바로 바이블의 시작이다. 하지만 안타깝게도 이러한 전통이 날로 퇴색하여 오늘날에는 바이블을 품에 지니지 않고 배낭에만 대충 찔러 넣고 다니는 교도들이 많아졌다. 교리사도인 나는 이 점을 늘 우려하였느니라. 그런데 교의 밖에서 키워진 네가 바이블을 이토록 소중하게 여기는 모습을 보니, 역시 너에게도 검은 드래곤의 피가 흐르고 너와 내가 한 동기임을 새삼 깨닫게 되는구나. 실로 기뻐할 일이로다."

이탄을 바라보는 회색 가면의 눈빛이 한결 우호적으로 변했다.

이탄은 회색 가면의 말을 머릿속으로 곱씹었다.

만지비문.

읽을 수 없는 문자.

교리사도.

난생처음 들어보는 생소한 단어들이 이탄의 뇌리 속에서 소용돌이쳤다. 이탄의 머리가 팽팽팽 빠르게 회전했다.

'오호라! 꽈배기처럼 생긴 그 괴상한 문자가 무질서함과 불규칙, 부정함의 속성을 품고 있단 말이지? 그래서 마력순환로 속의 음차원 마나와 반응한 건가? 맞아. 그게 분명해.'

이제 대략적인 원인은 파악했다.

이탄이 손으로 자신의 볼록한 배를 쓰다듬었다. 이는 뱃속에 꽉 차 있는 음차원이 새삼 이탄의 마음에 와 닿았기 때문에 무의식중에 나온 행동이었다.

회색 가면이 이탄의 볼록한 배를 보고 꾸중했다.

"이런, 이런, 이런. 쯧쯧쯧. 너의 정신은 기특하나 너의 게으름이 마뜩지 않구나. 비록 네가 과업을 위하여 교의 밖에서 키워지고 상인 가문에 침투하게 되었다고는 하나, 몸뚱어리가 그래서야 어찌 검은 드래곤의 피가 흐른다 하겠느냐?"

"어엇?"

민망해진 이탄이 반사적으로 숨을 훅 들이켰다.

그래도 이탄의 배는 홀쭉해지지 않았다. 이건 살이 아니라 응축되고 또 응축된 차원이기 때문에 이탄이 아무리 애를 써도 소용없었다.

회색 가면이 손을 휘휘 저었다.

"되었다. 고작 숨을 들이켜 너의 게으름이 감추어지겠느냐? 오늘부터 매일같이 뜀박질을 하고 몸을 단련하여라. 만약에 네가 임무를 완수하고 교로 돌아온 이후에도 그따위 지방 덩어리를 배에 매달고 다닌다면, 아마도 너는 아무에게도 인정을 받지 못할 것이다. 쯧쯧쯧쯧쯧."

"네에."

이탄이 시무룩하게 대꾸했다.

그런 이탄이 귀엽게 느껴졌는지 회색 가면이 슬그머니 손을 뻗어 이탄의 뺨을 슥슥 쓰다듬었다.

이탄은 타인과 신체 접촉하는 것을 극도로 꺼려 했다. 하여 상대의 손목을 확 꺾어버리고 싶은 충동이 들었으나 일이 틀어질까 우려되어 꾹 참았다.

한데 뺨에 닿은 촉감이 영 이상했다.

'엉? 혹시 여자인가?'

이런 생각이 들 정도로 회색 가면의 손은 매끄러웠다. 이탄이 새삼스레 회색 가면을 다시 훑어보았다.

Chapter 3

키가 훤칠하게 크고 목소리가 굵어서 당연히 남성일 것이라고 생각했는데, 이제 보니 음성을 변조한 것 같았다. 회색 가면의 체형도 어딘지 모르게 여성 같았다.

회색 가면이 이탄의 상념을 끊었다.

"이런. 시간이 별로 없는데 엉뚱한 이야기만 나눴구나. 어서 서둘러야겠다. 이리 가까이 오너라."

이탄은 회색 가면이 이끄는 대로 다가갔다.

둘 사이 거리가 좁혀져서 바짝 달라붙게 되자 이탄의 걱정이 커졌다.

'제기랄. 이러다 정체가 들통나는 거 아냐? 아무리 신성력으로 한 겹 코팅을 하고 화장을 했다지만, 그래도 불안한데.'

이탄의 몸이 살짝 굳었다.

그런 속마음을 알지도 못하고 회색 가면이 타박했다.

"사내자식이 뭐 이리 겁을 내느냐? 교 밖에서 자라다 보니 영 숙맥이 되었구나. 쯧쯧."

회색 가면은 이탄의 뒷목을 잡아당기는 한편, 자신이 쓴 가면의 하단부를 분리하여 떼어냈다. 가면으로 감추어져 있던 붉은 입술이 드러났다.

'여자?'

이탄은 상대가 여자임을 거의 확신하게 되었다.

회색 가면이 이탄을 가까이 당겨 입술을 접했다. 이탄의 다물린 입술 사이로 물컹한 혀가 들어왔다.

'으헉!'

이탄이 소스라치게 놀랐다. 이탄은 재빨리 입 안에 신성 력을 북돋았다.

다행히 붉은 금속과 마력순환로 덕분에 언데드 특유의 기운은 밖으로 새어나오지 않았다. 그래도 이탄의 불안감 은 극에 달했다.

'어떻게 하지? 만약 이 여자가 내 정체를 깨닫는다면? 그럼 죽여서 입을 막아야겠지? 그 수밖에 없어.'

이탄의 손이 회색 가면의 뒷목 쪽으로 접근했다. 여차하 면 상대의 목뼈를 으스러뜨리고 두개골을 박살 낼 요량이 었다.

그 사실을 아는지 모르는지 회색 가면은 더욱 집요하게 이탄과 키스했다. 회색 가면의 혀가 뱀처럼 파고들어 이탄 의 혀와 얽혔다.

비록 붉은 금속과 사중첩 마력순환로 덕분에 언데드 특 유의 서늘한 기운이 밖으로 새어나가지는 않는다지만, 그 래도 이탄은 사람이 아니라 듀라한이었다. 언데드이므로 이탄의 입안에는 타액, 즉 침이 거의 없었다.

회색 가면이 한참 만에 다시 입술을 떼었다. 회색 가면은 신경질적으로 자신의 입술을 손등으로 훔쳤다.

"체엣. 제법 귀엽게 생겨서 기대를 좀 했는데 기분이 영 찝찝하구나. 이건 마치 사람이 아니라 통나무와 키스하는 기분이야. 아니, 통나무가 아니라 뭐랄까? 죽은 시체와 키스하면 이런 느낌일까? 비록 썩은 냄새는 나지 않지만 말이야."

회색 가면이 대놓고 불평했다.

이탄의 가슴이 철렁 내려앉았다.

'눈치챘나? 역시 해치워야 할까?'

순간적으로 이탄은 상대의 목을 붙잡아 꺾어버릴 마음을 품었다. 정체가 발각되었다고 생각한 까닭이었다.

다행히 이어지는 회색 가면의 말이 이탄의 긴장을 풀어 주었다.

"으으음. 네 녀석이 백 성향의 신성력을 지닌 탓일까? 아무래도 그렇겠지? 네가 적진에 침투하기 위하여 교의 밖에서 키워지고, 또 백 성향의 신성력을 지녔기 때문에 이런 텁텁하고 찝찝한 기분이 드는 것일 거야. 쯧쯧쯧. 달콤해야 할 키스가 이따위 맛이라니, 역시 백 성향 놈들은 재수가 없어. 퉤. 퉤. 퉤."

회색 가면이 바다에 침을 몇 번 뱉었다.

"네. 아마도 그 때문인 것 같습니다."

이탄은 이렇게 둘러대었다. 그러면서 겨우 안도의 한숨을 내쉬었다.

회색 가면이 고개를 갸웃했다.

"그런데 왜 변화가 없지? 나와 접하면 네 혈관 속 검은 드래곤의 피가 끓어올라야 정상인데? 그래야 우리가 피사노의 이름 아래 의사소통이 자유로워질 텐데?"

이탄은 다시 한 번 가슴이 철렁했다.

"제 빌어먹을 신성력 때문일까요?"

이탄의 말에 회색 가면이 웃었다.

"큭큭큭. 재미있구나. 빌어먹을 신성력이라고? 역시 네 혈관 속에는 나와 같은 피가 흐르는 것이 분명해. 그래. 빌어먹을 신성력이지. 그런데 말이다. 그놈의 신성력 때문에 네 피가 깨어나지 않으면 우리가 또 키스를 해야 하는데? 젠장. 너와 키스하는 거, 정말 맛이 더러운데."

회색 가면이 입술을 고약하게 비틀었다.

이탄도 내키지 않기는 마찬가지였다.

'아, 씨. 누구는 키스하고 싶은 줄 아나?'

회색 가면이 다시 다가와 이탄의 목을 붙잡았다.

이탄이 상대의 손목을 낚아채 허리로 끌어내렸다. 목의 흉터를 들키고 싶지 않아서였다.

그 동작이 재미있었는지 회색 가면이 또 웃었다.

"어쭈. 제법 박력을 보여주는데? 여자 좀 다뤄봤다 이거
냐?"

이탄은 대꾸하지 않았다. 속으로는 아나테마에게 구원을
요청했다.

'영감. 영감. 이거 어쩌면 좋소? 이 마교의 여자가 키스
를 통해 뭔가를 깨우려고 하나 본데, 당연히 될 리가 없잖
아. 나는 피사노교의 핏줄이 아니라고. 대체 이 사태를 어
떻게 해결해야 하오?'

이탄은 '고대 문명의 리치라면 이 정도 난국쯤은 돌파할
방도나 삶의 지혜가 있을지 모른다.' 라고 기대했다.

그러나 삶의 지혜는 개뿔.

[드르렁, 드르렁, 쿨쿨.]

아나테마의 악령이 갑자기 잠든 척을 했다.

'아 씨. 이 영감탱이는 인생에 도움이 되질 않아요.'

이탄이 속으로 아나테마를 욕했다.

그 와중에도 회색 가면의 혀는 집요하게 이탄의 혀를 건
드렸다. 이탄의 목구멍으로 상대의 타액이 넘어왔다.

'으윽. 역시 이 여자의 목뼈를 부러뜨리는 수밖에 없
나?'

이탄이 이런 생각으로 회색 가면의 뒷목을 붙잡았다.

그때였다. 띠링 소리와 함께 이탄의 정보창에 새로운 정보가 추가되었다.

— 종족: 필드 일족 (법사 계열로 추정)
— 주무기: 완드
— 특성 스킬: 마나 드레인(Mana Drain : 마나 고갈), 현혹, 악마종 소환
— 성향: 흑
— 레벨: A—
— 주 출몰지역: 언노운 월드 평야
— 출몰빈도: 희박
- 정신 연결: Y/N

Chapter 4

정보창의 앞부분은 바뀐 것이 없었다. 이탄은 가장 마지막 줄의 굵은 글씨를 주목했다.

'어라? 이런 것은 처음 보았는데? 뭐지? 정신 연결? 지금까지 눈으로만 훑어보았을 때는 분명히 없었던 정보인데, 신체 접촉을 하니까 새로운 기능이 활성화되었나?'

꼭 그런 것은 아닌 듯했다. 비록 키스는 처음이지만, 이 탄은 그동안 티케나 리리모와 신체 접촉이 몇 차례 있었다. 그래도 정보창에는 변화가 없었다.

'혹시 키스가 중요한 역할을 한 것인가? 아니면 다른 이 유가 있나?'

나중에 좀 더 자세히 알아보아야겠다는 생각이 들었다.

어쨌거나 지금은 한가하게 원인을 추측하고 있을 때가 아니었다. 이탄은 왼쪽 눈에 힘을 꽉 줘서 가장 마지막 줄에 초점을 맞췄다. 그러자 '정신 연결: Y/N'이라는 문구가 다른 글자에 비해서 밝게 변했다.

이 또한 지금까지는 없었던 현상이었다.

'된다. 뭔가 돼.'

이탄은 마지막 줄의 'Y'에 눈의 초점을 맞췄다.

띠링!

이탄의 머릿속에 한 번 더 종소리가 울렸다.

순간적으로 이탄의 뇌에서 신경 다발이 푸화학 뻗어 나가 회색 가면의 뇌 속으로 파고드는 것이 느껴졌다. 물론 진짜 신경 다발이 뻗어 나간 것은 아니고, 이탄의 상상 속에서 그런 장면이 그려졌을 뿐이었다.

"으흡!"

회색 가면이 움찔했다.

이탄이 회색 가면의 허리를 꽉 끌어안았다. 둘의 몸이 바짝 밀착되자 회색 가면이 한 번 더 움찔했다.

이탄은 상대방 몸의 굴곡을 느꼈다.

'역시 여자였구나.'

다행이다 싶었다. 만약 굴곡이 느껴지지 않았다면 이탄은 진짜로 회색 가면을 때려죽여 버리려고 했었다.

그동안 이탄의 순탄하지 않은 삶에 있어서, 첫 키스 상대마저 여자가 아니라면 이건 살아도 산 게 아니었다. 이탄은 그따위 사태는 상상하고 싶지도 않았다.

아나테마의 악령이 이탄의 생각을 읽고서 펄쩍 뛰었다.

[뭬야? 동성애가 뭐 어때서? 부정 세계로부터 비롯된 놈이 어찌하여 부정함을 거부하느뇨? 이런 배은망덕한 놈.]

'닥쳐. 영감탱이는 닥치라고.'

이탄이 버럭 역정을 냈다. 그 즉시 아나테마의 악령이 들어 있는 붉은 공이 사라락락 축소되었다.

[끄읍. 끕.]

아나테마가 입을 꾹 닫았다.

이탄은 아나테마에게 신경을 끄고, 오로지 회색 가면에게 모든 정신을 집중했다.

마침내 이탄의 영혼과 회색 가면의 영혼이 무수히 많은 신경 다발을 통해 하나로 연결되었다. 그 즉시 회색 가면의 영혼이 이탄의 세계로 붙잡혀 들어왔다.

'이게 무슨······. 읍!'

회색 가면은 갑자기 자신의 영혼이 이탄의 영역 안으로 소환되자 소스라치게 놀랐다.

이탄도 놀라기는 마찬가지였다. 난생처음 겪는 일에 이탄도 살짝 두려움을 느꼈다. 하지만 지금 이탄이 느끼는 두려움은 회색 가면이 느끼는 두려움에 비하면 아무것도 아니었다. 둘의 영혼이 하나로 연결된 순간, 회색 가면의 모든 것이 낱낱이 이탄에게 공개되었다. 반대로 회색 가면도 이탄에 대해서 극히 일부분을 깨닫게 되었다.

영혼과 영혼의 연결에서도 등가교환의 법칙이 적용되었다.

회색 가면의 영혼에 새겨진 모든 정보의 양이 100이라면, 이탄의 영혼에 실린 정보의 양은 감히 그것과는 비교도 할 수 없을 만큼 방대하였다. 심지어 이탄의 영혼 안에는 음차원 전체의 정보도 포함되어 있었다.

이탄은 회색 가면으로부터 100의 정보를 읽어 들였다.

회색 가면도 이탄으로부터 딱 100의 정보만 받아갔다.

교환의 절대량은 등가로 공평하게 이루어졌다.

하지만 결과는 완전히 달랐다. 이탄은 회색 가면의 모든 것을 100퍼센트 알게 되었지만, 회색 가면은 이탄의 실체에 대해서 기의 파악한 바가 없었다.

"어어엇?"

심지어 회색 가면은 지금 자신에게 무슨 일이 벌어졌는지도 파악하지 못했다.

반대로 이탄의 정신은 멀쩡했다.

그 멀쩡한 이탄의 의식에 미지의 문자가 떠올랐다. 언리더블 바이블의 꾀배기 문자와는 또 다른, 이곳 차원 사람들은 읽을 수 없는 문자였다.

分魂寄生 (분혼기생)

이 네 글자가 이탄의 뇌에 각인처럼 찍혔다.

이것은 이탄이 처음 망령이 되었을 때 붉은 침 표면에 적혀 있던 4개의 문구 가운데 하나였다.

이탄은 4개의 문구 가운데 이미 '複利增殖 (복리증식)'이라는 문구를 보았다.

복리증식이라는 네 글자를 확인한 시점 이후로 이탄의 마력순환로는 간씨 세가의 마력순환로와는 전혀 다르게 진화하여 마나를 복리로 마구 부풀려주게 되었다.

이어서 최근 이탄은 4개의 문구 가운데 '赤陽甲冑 (적양갑주)'라는 글자도 보게 되었다. 이것은 이탄의 영혼이 아나테마의 악령과 맞서 싸우다가 보게 된 문구였다.

적양갑주라는 네 글자를 본 이후로 이탄의 영혼 속에 신비로운 붉은 금속이 나타나 이탄을 보호했다. 심지어 적양갑주의 능력은 차원과 차원의 충돌 에너지를 감당할 정도로 어마어마했다.

위의 두 가지 문구에 이어서 오늘 이탄은 세 번째 문구를 개방하게 되었다. 이탄의 머릿속에 分魂寄生 (분혼기생)이라는 네 글자가 떠오른 순간, 이탄의 영혼이 부글부글 거품을 내며 들끓어 올랐다.

부글 부글 부글 부글 부글.

수없이 생겨나는 영혼의 기포 가운데 하나가 본체에서 똑 떨어져 나와 회색 가면의 영혼으로 흘러들어 갔다.

Chapter 5

"어어어?"

회색 가면이 한 번 더 기겁했다.

하지만 회색 가면이 할 수 있는 일은 없었다. 회색 가면이 두 눈을 똑바로 뜨고 지켜보는 가운데, 이탄의 영혼에서 떨어져 나온 조그만 혼, 즉 분혼이 회색 가면의 영혼에 찰싹 엉겨 붙어 한 덩어리로 녹았다.

"어어어어어억?"

회색 가면이 소스라치게 놀라는 가운데, 이탄의 분혼은 회색 가면의 영혼과 완전히 한 덩어리가 되어 뿌리를 내리고 기생을 시작했다.

원치 않게 숙주가 되어버린 회색 가면의 생각이 분혼을 통해 이탄에게 고스란히 흘러들어 왔다.

회색 가면의 감정도 분혼을 통해 이탄에게 그대로 유입되었다.

회색 가면의 지식이 분혼을 통해 이탄에게 전달되었다.

회색 가면의 정보도, 능력도, 마법도, 심지어 추억이나 기억마저도 분혼을 통해 이탄의 것이 되었다.

급기야 회색 가면의 의지마저도 분혼의 통제, 혹은 이탄의 통제를 받기 시작했다.

"어어어어어어어?"

회색 가면의 두 눈에서 의미 모를 눈물이 또르륵 떨어졌다.

이탄의 영혼이 까마득한 높이에서 회색 가면의 영혼을 굽어보았다. 강제로 '기생분혼'을 품고 숙주 신세가 되어버린 회색 가면의 영혼이 애처롭게 바르르 떨었다. 그 영혼이 올려다본 이탄의 혼백은 그야말로 광활하고 시커먼 우주 그 자체였다.

망령은 망령이되, 이미 하나의 차원을 품어 버린 이탄의 혼백은 이미 일반 영혼과는 차원을 달리했다.

이탄의 혼백은 신격과 정반대의 관점에서, 오롯한 '마격'을 갖추었다.

물론 이탄이 지금 당장 마격의 어마어마한 권능을 가져다 쓸 수 있는 것은 아니고, 당분간은 상당한 제한을 받겠지만, 그것만으로도 이탄의 혼백은 일반 영혼과는 비교도 되지 않는 지고한 존재감을 풍겼다.

하찮은 피조물이 신격의 존재, 즉 신을 만나고 신과 연결되면 미쳐버리는 것처럼, 하찮은 회색 가면의 영혼도 마격의 존재, 즉 이탄과 연결된 그 순간 이미 정체성을 잃어버렸다. 회색 가면이 알고 있던 모든 지식과 능력이 이탄에게 흘러들어 왔다. 대신 회색 가면은 이탄의 분혼에 의해 조종되는 꼭두각시가 되어버렸다.

"어어어."

회색 가면이 백치가 되어버린 듯 입에서 침을 뚝뚝 흘렸다. 이탄은 분혼을 통해 회색 가면의 내부를 해부하듯 관조했다.

"어디 보자. 이렇게 해보면 되나?"

이탄이 회색 가면의 지식을 뒤적여서 한 가지 정보를 찾았다. 그 다음 그 정보에 따라 피사노의 피를 흉내내어 보았다.

일반적으로 사람의 혈관 속 적혈구는 납작한 원반 모양을 지녔다.

반면 피사노교의 사도들은 적혈구가 스파이럴(Spiral: 나선) 모양으로 빙글빙글 꼬인 형태였다.

"이건가? 이렇게? 이렇게 하면 돼?"

이탄의 의지가 자신의 몸속 적혈구에게까지 미쳤다.

사실 이것은 이탄의 능력이라기보다는 붉은 금속이 나서서 이탄의 적혈구를 조몰락조몰락 찌그러뜨려 준 덕분이었다. 그 덕에 이탄의 적혈구는 점차 점차 스파이럴 형태로 변해갔다.

적혈구의 전이 시간은 그리 오래 걸리지 않았다. 이탄의 실체는 듀라한인지라 피가 거의 없었고, 적혈구의 숫자도 그리 많지 않았기 때문이다.

이탄의 심장 속에 차 있는 소량의 피가 먼저 나선 모양을 갖추었다. 그렇게 일부의 적혈구가 스파이럴로 변하자 그 적혈구들이 이탄의 혈관 속을 돌아다니며 나머지 적혈구들도 모두 스파이럴 형태로 바꿔버렸다.

마치 전염병이 퍼지듯이 이탄의 피가 전환되었다.

촤아아—악.

이탄의 피가 100퍼센트 스파이럴로 바뀐 순간, 이탄의 영혼이 갑자기 네트워크에 연결되었다.

오로지 피사노의 이름으로만 접속이 가능한 영혼의 네트워크!

놀랍게도 피사노교에서는 이 네트워크를 통해 교도들 간에 자유로운 의사소통이 가능했다. 아무리 거리가 멀리 떨어져 있어도 말이다.

"와아아, 대단하구나. 어떻게 이러한 것이 가능한지는 모르겠다만, 정말 대단해."

이탄은 진심으로 감탄했다.

영혼의 네트워크는 이탄의 오른쪽 눈에 영향을 주었다. 이탄은 오른쪽 망막에 맺히는 '네트워크 사용법'을 빠르게 파악했다.

일단 피사노교의 네트워크는 총 5개의 등급으로 구분되는 등급제였다.

교의 가장 꼭대기인 마종주 시프르는 0등급.

마종주보다 한 계단 아래인 교주 와힛은 1등급.

교주를 떠받치는 팔대 대주교는 2등급.

팔대 대주교를 섬기는 사도들과 대주교의 핏줄들은 3등급.

일반 교도들은 4등급.

이 가운데 마종주 시프르는 교주와 팔대 대주교, 사도, 그리고 교도들에게 수시로 네트워크 연결이 가능했다. 심지어 상대가 원하지 않는 상태에서두 강제로 연결이 가능한 최상위 등급이었다.

만약 마종주가 원한다면 그는 아랫사람들이 네트워크 안에서 어떠한 대화를 주고받는지도 낱낱이 읽어낼 수 있었다.

다만 이 사실은 마종주 외에는 아무도 몰랐다. 무수히 긴 시간 동안 마종주의 자리가 비어있다는 사실도 극비 중의 극비였다.

마종주 바로 아래 서열인 교주 와힛은 마종주를 제외한 모든 피사노교 사람들에게 강제로 네트워크 연결이 가능했다. 다만 교주는 마종주처럼 타인의 네트워크 대화를 읽어내는 것은 불가능했다.

2등급인 팔대 대주교는 3등급과 4등급에게 자유롭게 네트워크 연결을 할 수 있었다. 하지만 동급의 대주교들이나 상위 등급인 교주에게는 허락이 떨어져야 비로소 연결이 가능했다.

마지막으로 3등급과 4등급은 소속 그룹 및 직속 부하들과만 네트워크 연결이 가능하며, 다른 교도들에게 네트워크를 연결하려면 먼저 교단의 승인을 받아야 했다.

"뭔가 되게 체계적인데?"

네트워크에 대한 설명을 빠르게 머릿속에 담아둔 다음, 이탄은 오른쪽 눈에 힘을 주어 다음으로 넘어갔다.

∞ 접속 등급: 3

∞ 접속 그룹: 피사노 싸마니야의 혈족

∞ 접속 명칭: 쿠퍼

∞ 접속 멘토: 교리사도 밍니야

이탄의 오른쪽 눈에 이상과 같은 기본 정보가 표시되었다. 이탄은 특히 밍니야라는 이름에 주목했다. 그리곤 눈에 힘을 주어 다음 화면으로 넘어갔다.

이탄은 망막에는 싸마니야 혈족들의 네트워크 접속 명칭들이 주르륵 떠올랐다. 이 가운데 회색으로 칠해진 명칭들은 현재 접속을 끊은 자들을 의미했고, 검은색으로 칠해진 명칭들은 현재 접속 중인 혈족들을 뜻했다.

제8화

망령목의 변고

Chapter 1

이탄이 네트워크에 접속하자 일부 혈족들이 반응을 보였다.

⊗ [소리샤] 신입인감?

⊗ [술라드] 신입 맞네. 밍니야가 멘토로 뜨는데?

⊗ [소리샤] 오오. 밍니야가 멘토라고?

⊗ [코투] 환영함. 흐흐흐.

⊗ [소리샤] 코투//환영은 무슨. 신입은 무조건 괴롭히고 보는 놈이.

⊗ [코투] 소리샤//형님 그런 말씀 마세요. 싸마니

야 님께서 보시면 진짜인 줄 오해하시겠어요.

　⊗ [술라드] 난 졸림. 접속 끊고 가서 잘 테니 소
리샤 형님이 신입과 놀아주쇼.

　⊗ [소리샤] 내가 왜? 밍니야가 챙기겠지.

　⊗ [코투] 소리샤 형님은 원래 막내 챙기지 않으
십니다. 흐흐.

　⊗ [소리샤] 코투//닥쳐.

이탄의 망막에 이상한 이야기들이 쭈루룩 나타났다가 사
라졌다. 이탄은 '이게 뭐지?'라고 생각했다.

　⊗ [쿠퍼] 이게 뭐지?

그 즉시 네트워크에 이탄의 생각이 글자로 찍혔다.
네트워크 접속자들이 즉각 반응했다.

　⊗ [코투] 어허! 신입 주제에 시작부터 반말이냐?
요런 건방진 놈.

　⊗ [술라드] 신입이라 모르고 올린 듯.

　⊗ [코투] 술라드//무지가 곧 무죄는 아니잖아요?
형님들, 신입 군기 좀 잡아야 할 듯합니다.

∞ [소리샤] 코투//야. 군기는 네가 잡아.

∞ [코투] 소리샤//제가요? 왜요? 그러다 밍니야 누님에게 머리카락 쥐어뜯길 일 있습니까?

∞ [소리샤] 코투//그럼 신입이자 막내가 반말 찍찍 내뱉는 모습을 두고 보던가.

∞ [코투] 소리샤//쩌업. 그런 꼴을 내버려둘 수는 없죠. 알겠습니다. 제가 군기 좀 잡겠습니다. 그나저나 막내는 언제 옴?

이탄은 망막 속 문장들을 멀뚱멀뚱 쳐다만 보았다. 코투가 화를 냈다.

∞ [코투] 쿠퍼//내 질문 안 보임? 막내는 언제 교에 옴?

이탄이 고개를 갸웃했다. 속으로는 '쟤가 뭐라는 거지?'라는 생각을 품었다. 문제는 그 생각이 날 것 그대로 오른쪽 망막에 찍혔다는 점이었다.

∞ [쿠퍼] 쟤가 뭐라는 거지?

이탄의 말이 화면에 떠오른 순간, 네트워크 속 대화가 잠시 중단되었다. 그리고 불과 1초 뒤, 네트워크가 폭발적으로 과열되었다.

⊗ [코투] 크악, 이런 쌍놈의 자식. 너 어디서 감히 막말이냣. 당장 교로 들어와라. 죽여 버릴 테다.

⊗ [소리샤] 막내 말버릇 좀 보소. 코투, 너 막내 교육 똑바로 못 시키지? 한 번 단체로 피똥 한 번 싸볼텨?

⊗ [술라드] 허걱. 이런 개막장은 또 처음일세. 아무래도 우리 혈족에 피바람이 한바탕 불겠구먼. 으허허헛.

이 밖에도 무수히 많은 욕설들이 이탄의 오른쪽 망막을 가득 채웠다. 이탄이 망막 오른쪽 상단부에 초점을 맞췄다.

접속 해제

이상 네 글자가 이탄의 망막 속에서 환하게 빛났다가 사그라들었다. 그와 동시에 이탄의 네트워크 접속도 중단되었다.

⊗ [코투] 쿠퍼//너 어디야? 죽여 버린다. 내장을 발라 줄 테니 빨리 교로 들어왓.

⊗ [소리샤] 코투//이 자식들아. 네놈들이 군기가 해이해지니까 막내 놈이 우리를 우습게 보는 거 아 냐.

⊗ [술라드] 잠이 확 깨네. 근시일 내에 푸닥거리 한 판 해야겠다. 코투가 책임지고 저놈 좀 잡아들 여라.

이탄이 네트워크에서 벗어나는 마지막 순간까지도 피사 노교의 접속자들은 길길이 날뛰는 중이었다.

아니, 접속자들은 이탄이 횅하니 나가버리자 더욱 극심 하게 입에 거품을 물고 열변을 토했다. 온갖 욕설과 협박이 이탄을 향해 쏟아졌다.

이탄이 네트워크라는 신세계를 한 번 경험해보는 동안, 회색 가면은 실 끊어진 꼭두각시 인형처럼 바닥에 널브러 져 있었다.

"이 여자가 내 멘토란 말이지? 밍니야라니, 별 희한한 이름도 다 있군."

기절한 밍니야를 내려다보면서 이탄이 낮게 웅얼거렸다.

그날 밤, 이탄은 밍니야와 접촉한 사실을 은화 반 닢 기사단에 보고했다.

적피의사 교는리공사삼도마와탕 접민촉기 완가료깅.

이탄이 휘갈겨 쓴 쪽지가 집사장 세실을 통해 은화 반 닢 기사단에 전달되었다. '적의 교리사도와 접촉 완료'라는 의미였다.

은화 반 닢 기사단의 어르신들이 한 자리에 모여서 대책 회의를 열었다.

Chapter 2

가장 먼저 10호 어르신이 5호에게 물었다.

"교리사도면 마교에서 어느 정도 레벨이오? 5호께서는 혹시 아시오?"

5호가 고개를 갸우뚱했다.

"글쎄올시다. 나도 잘 모르겠소. 피사노교는 원체 비밀스러운 집단이라. 쯧쯧쯧."

7효도 대화에 끼어들었다.

"어쨌거나 사도라고 하면 일반 신도들보다는 높은 것 아뇨?"

"명칭만 보면 꽤 높을 수도 있지. 우리 모레툼 교단에 비유하자면 주교쯤 되는 위치일 수도 있겠소."

5호는 잠시 밍니야의 위치를 유추해 보았다.

7호가 문득 이탄을 칭찬했다.

"허어어. 신임 49호가 마교의 고위층과 접촉을 해냈다는 것 자체가 고무적이지 않소? 이건 마땅히 49호에게 상을 내려야 할 일이외다."

"그렇지. 7호의 말이 맞소."

"아암. 상을 내려야 마땅하지."

다른 어르신들도 모두 고개를 주억거렸다.

5호의 생각도 다르지 않았다.

"내 생각도 여러분과 같소. 49호는 조직에 몸 담은 지도 얼마 되지 않았는데 참으로 기특하오. 하지만 당장 그를 불러들여 상을 주기란 쉽지 않으니 당분간은 멀리서 지켜봅시다. 여하튼 모처럼 마교 내부에 아군을 심어놓은 것 같아 마음이 뿌듯하오."

"그렇지. 장차 49호가 마교의 발호 시점만 파악해 주어도 정말 큰 공을 세운 셈이외다. 49호의 공은 그때 치하해도 늦지 않으니 우선은 지켜봅시다."

"전담 보조팀도 확실하게 붙여주고."

"옳거니. 우리가 확실하게 그를 밀어줘야지."

12명의 어르신들은 이렇게 회의를 끝마쳤다.

회의 결론은 다음 두 가지였다.

첫째, 이탄이 잘 하고 있으니 우리는 멀리서 지켜보자. 괜히 설레발을 치다가 피사노교가 눈치를 채면 안 된다.

둘째, 이탄에게 전담 보조팀을 보강해서 붙여주고 그의 등을 확실하게 떠밀어주자.

이탄은 세실을 통해 어르신들의 결정 사항을 전달받았다.

"내 이럴 줄 알았지. 내 이럴 줄 알았어."

이탄의 반응은 싸늘했다.

어차피 이탄은 은화 반 닢 기사단에게 별다른 기대를 하지 않던 참이었다. 원래 인생은 홀로 걷는 길과 같은 것. 이탄은 누가 뭐라고 해도 자신만의 길을 걸어갈 생각이었다. 걷는 중에 은화 반 닢 기사단에게 이용을 당하고, 또 이탄이 그들을 이용하기도 하면서 뚜벅뚜벅 가다 보면 언젠가는 누가 진정한 승자인지 판가름이 날 것이라고 이탄은 생각했다. 이탄은 피사노교도, 은화 반 닢 기사단도, 모레툼 총단도, 비크 교황도 믿지 않았다. 이탄은 오직 자기 자신만 믿었다.

밍니야와 접촉한 이후에도 이탄의 순방은 계속되었다.

이미 순방의 목적은 달성한 터라 별 의미는 없었다. 하지만 그래도 갑자기 순방을 중단할 수는 없었다. 이탄은 북동부의 대도시들을 돌면서 쿠퍼 가문의 방대한 사업체들을 둘러보았다.

각 사업체를 담당한 상단주들은 이탄에게 호의적이었다.

이탄이 석 달간의 외유를 나가는 동안 프레야는 단 한 차례의 연락도 없었다. 이탄도 부인과 연락할 생각을 안 했다. 솔직히 이탄은 프레야를 부인이라고 생각하지도 않았다.

"아마도 이건 프레야도 마찬가지일 거야."

서로가 필요에 의해서 결혼 시늉만 낸 것. 이탄과 프레야의 관계는 그 이상도 그 이하도 아니었다.

대신 밍니야와는 자주 접촉했다.

밍니야는 이탄과 헤어진 다음 피사노교로 복귀하는 중이었다. 그러는 짬짬이 그녀는 이탄에게 네트워크를 연결해 이런 저런 정보들을 흘렸다.

물론 이것은 밍니야가 원해서 행한 일들이 아니었다. 밍니야의 영혼에 분혼을 기생시켜 놓은 이탄은 그 분혼을 통해 밍니야를 조종했다. 밍니야는 꼭두각시가 되어버린 것처럼 이탄의 명령에 복종했다.

이탄은 밍니아와 접촉할 때를 제외하면 피사노의 네트워

크에 접속하지 않았다. 이탄이 네트워크에 나타나기만 하면 사방에서 피사노 싸마니야의 혈족들이 벌떼처럼 들고일어나 이탄에게 쌍욕을 퍼부었다.

이탄은 그 욕들을 가볍게 무시했다.

싸마니야의 혈족들은 밍니아에게도 비난의 화살을 돌렸다. 그들이 밍니아에게 요구하는 바는 한 가지였다. 당장 그 버르장머리 없는 막내를 교로 데려오라는 것.

한동안 묵묵부답이던 밍니아가 결국 참지 못하고 네트워크에 한 마디를 남겼다.

⊗ [밍니야] 오라버니들. 내게 뭐라고 하지 마세요. 나는 싸마니야 님의 명을 따랐을 뿐.

이 한 마디로 네트워크가 잠잠해졌다.

싸마니야의 첫 번째 아들인 소리샤도, 싸마니야의 혈족들에게 군기반장이라 불리는 코투도, 뒤에서 음모와 모략을 즐기는 술라드도, 감히 싸마니야의 명령에 딴지를 걸어볼 용기는 없었다.

그저 코투가 네트워크에 이런 한탄을 남긴 것이 마지막이었다.

∞ [코투] 쳇. 대체 막내의 정체가 뭐야? 싸마니야
님께서 언제 또 그런 놈을 낳으셨대?

물론 아무도 코투의 질문에 답을 하지 못했다. 그날 이후
로 싸마니야 혈족의 네트워크에서 쿠퍼(이탄)가 언급되는
경우는 없었다.

이탄도 네트워크를 잠시 잊고 순방에 집중했다. 그러는
사이 순방이 모두 끝나고 이탄이 쿠퍼 본가로 돌아오게 되
었다.

어느새 세상은 봄빛이 완연한 3월 말이 되어 있었다.

Chapter 3

이탄은 밍니야로부터 입수한 정보들 대부분을 은화 반
닢 기사단에 보고하지 않았다. 스파이럴 적혈구에 대해서
도, 피사노 네트워크에 대해서도 꽁꽁 감추었다.

다만 이탄은 피사노교의 움직임 몇 가지를 은화 반 닢 기
사단에 흘려주었다. 그것만으로도 기사단의 어르신들은 찬
사를 금치 못했다.

"49호가 정말 일을 잘하는구려."

"5호께서 49호에게 일을 맡기기를 잘 하셨소."

어르신들은 이런 말들을 주고받았다. 그도 그럴 것이, 지금까지 백 진영에서 이 정도 수준의 고급 정보(?)를 캐낸 적이 없었다. 다른 흑 진영 세력들을 모르겠지만 피사노교는 그만큼 첩보 공작이 까다로운 곳이었다.

이탄이 보내준 정보는 은화 반 닢 기사단을 통해서 총단으로 올라갔다. 비크 교황은 이탄의 정보에 각별한 관심을 기울였다.

이탄이 공을 세울수록 이탄의 주변에는 점점 더 많은 수의 전담 보조팀이 보강되었다. 물론 보조팀은 행동을 극도로 조심하였다. 혹시라도 피사노교가 수상한 낌새를 눈치챌까 두려워한 탓이었다.

덕분에 이탄은 별 훼방을 받지 않고 한가로운 한때를 보냈다. 4월 한 달은 이탄의 인생을 통틀어서 가장 편안한 시간이었다.

원래는 5월도 편안할 뻔했다. 아직까지 피사노교는 조용했고, 은화 반 닢 기사단에서도 이탄을 다그치지 않아서였다.

다만 한 가지 치명적인 사건이 이탄의 한가로운 일상을 망쳐놓았다.

"이런 빌어먹을 간씨 세가 놈들."

이탄이 뿌드득 이빨을 갈았다.

"이런 찢어 죽일 놈들."

이탄이 한 번 더 으르렁거렸다. 뒷짐을 지고 창가에 서서 창밖을 내다보는 이탄의 두 눈에 시뻘건 불덩이가 차올랐다.

쿠퍼 본가의 정원에는 5월을 맞아 온갖 색깔의 꽃들이 아름답게 피어났다.

이탄의 눈에는 그 아름다운 풍경이 들어오지 않았다. 지금 이탄의 눈에 비친 것은 앙상하고 괴기스러운 나뭇가지와, 그 나뭇가지 끝에 대롱대롱 매달려 있는 시체의 머리통이었다.

미이라처럼 바짝 말라붙은 머리통들을 주렁주렁 매달고 있는 이 나무의 정체는 바로 망령목이었다.

한데 이탄의 눈에 어른거리는 망령목은 16개의 가지를 지닌 간세진의 망령목이 아니었다. 무려 56개의 가지를 위엄 넘치게 뻗친 커다란 망령목이었다.

꼽추 노인이 벌벌 떠는 손으로 머리통 하나를 나뭇가지에서 떼어내었다. 그리곤 그 머리통을 붉은 액체 속에 곧바로 담았다.

[끄어어어어어—]

나뭇가지에서 떨어져 나온 머리통이 끔찍한 괴성을 질렀다.

이탄의 귀에 그 망령의 비명이 쩌렁쩌렁 울리는 듯했다. 이탄이 이맛살을 구겼다.

"왜 또 저 짓이지? 애써 매단 망령을 왜 떼어내는 거야? 저딴 짓을 하다가 망령이 급살을 맞아 소멸해버리기라도 하면 어쩌려고?"

이탄은 한 시간 전에 겪었던 고통을 떠올리고는 부르르 몸서리를 쳤다.

지금으로부터 한 시간 전.

간씨 세간의 꼽추 노인 운보가 간세진의 망령목에서 이탄의 머리통을 떼어내었다.

"켁."

그 즉시 이탄이 외마디 비명을 지르며 고꾸라졌다. 이탄은 혼백이 통째로 뒤틀리고 몸과 영혼이 분리되는 듯한 현상을 겪었다.

좌라라라락!

붉은 금속이 이탄을 보호하기 위해 크게 일어났다.

하지만 이번에는 적양갑주의 권능도 도움이 되지 않았다. 붉은 금속, 즉 적양갑주는 이탄의 혼백과 신체를 외부의 공격으로부터 보호하는 데는 특화되었으나, 이탄의 혼백 자체가 스러지는 것을 막아주지는 못하였다.

이탄은 방패의 가호를 수련하다 말고 그 자리에서 고꾸라져 카펫 위를 데굴데굴 굴렀다. 마구 헛구역질도 했다. 눈알도 180도 돌아갔다. 어찌나 고통스러웠던지 이탄의 머리통이 몸에서 떨어져 나와 따로 굴러다녔다.

'안 돼.'

그 와중에도 이탄은 필사적이었다. 이탄은 자신이 듀라한이라는 사실이 들켜선 안 된다는 생각에 어떻게든 방문을 걸어 잠그고 이빨 사이에 카펫을 쑤셔 넣어 신음이 밖으로 새어나오는 것을 막았다.

"가주님, 괜찮으세요? 가주님."

방문 밖에서 세실이 쾅쾅쾅 노크했다.

"괘, 괘, 괜찮다."

몸과 분리된 이탄의 머리통이 가까스로 몇 마디를 내뱉었다.

그렇게 세실을 물린 다음, 이탄은 다시 한번 카펫 위를 데굴데굴 굴렀다. 혼백이 깨져나가는 듯한 고통은 정말 끔찍했다.

만약 이탄이 음식을 먹는 생명체였다면, 내장이 뒤틀리는 와중에 구토를 하고 배설물도 왕창 흘렸을 것이다.

다행히 이탄은 언데드인지라 그런 흉한 꼴을 보이지는 않았다.

겨우 정신을 수습한 이탄의 눈에 갑자기 희한한 풍경이 보였다. 이곳 언노운 월드와는 다른 차원인, 바로 간씨 세가의 탑 내부 풍경이었다.

이탄은 그 풍경을 통해 끔찍한 일들을 목격하게 되었다.

꼽추 노인 운보가 이탄의 머리통을 간세진의 망령목에서 떼어내어서 붉은 액체에 담그고, 이어서 그의 머리통에 약품을 처리했다.

이탄은 타 차원에서 그 모습을 모두 지켜보았다. 왜 저쪽 차원의 풍경이 눈에 보이는 것인지 이탄은 알 수가 없었다. 그저 이를 빠드득 빠드득 갈며 운보가 하는 짓을 지켜볼 뿐이었다.

그러는 사이 이탄의 고통이 거짓말처럼 멎었다. 운보의 약품 처리가 혼백의 안정에 도움을 준 듯했다.

"휴우우."

운보가 이마에 흐르는 땀을 소매로 닦았다. 그러면서 안도의 한숨을 내쉬었다.

"다행히 망령이 죽어버리지는 않았구나. 세진 도련님의 나뭇가지도 아직 시들지 않았고. 빨리 접붙이기를 끝내야겠다. 더 늦으면 큰일이 날게야."

운보가 이렇게 중얼거렸다.

이탄은 차원 너머에서 운보의 독백을 모두 들었다.

"저 망할 꼽추늙은이가 지금 대체 무슨 짓을 저지르는 거야? 이런 빌어먹을."

뿌드득!

이탄의 이가 저절로 갈렸다.

이탄의 두 눈은 화염을 머금은 듯 강렬하게 달아올랐다.

〈다음 권에 계속〉